飛 FLY

小瑞　著

廣東省出版集團
花　城　出　版　社
中国·广州

图书在版编目（C I P）数据

飞 / 小瑞著. -- 广州 : 花城出版社, 2013.1
ISBN 978-7-5360-6613-7

Ⅰ. ①飞… Ⅱ. ①小… Ⅲ. ①长篇小说－中国－当代
Ⅳ. ①I247.5

中国版本图书馆CIP数据核字(2012)第248707号

出 版 人：詹秀敏
特约策划：陈 刚
责任编辑：张 懿
王 凯
技术编辑：薛伟民
装帧设计：严元龙

出版发行 花城出版社
（广州市环市东路水荫路11号）
经 销 全国新华书店
印 刷 广东新华印刷有限公司
（广东省佛山市南海区盐步河东中心路23号）
开 本 787毫米×1092毫米 16开
印 张 15 1插页
字 数 230,000字
版 次 2013年1月第1版 2013年1月第1次印刷
印 数 1－10,000册
定 价 38.00元

如发现印装质量问题，请直接与印刷厂联系调换。
购书热线：020－37604658 37602954
花城出版社网站：http://www.fcph.com.cn

谨以此书献给我的祖父

目　录

序

贾平凹

小瑞我俩以前不认识。

他托人找我，希望能给他的书写个序。

这些年，年龄慢慢大咧，对琐事就越来越不耐烦，一般地能推就推。尤其写序这事，书稿拿来的都是厚厚几大本，要看要写，是一个劳心累身的体力活，我是当编辑出身的，怯矆这事。

再有，来找的人实在太多，厚此薄彼，得罪人，生是非。我不想招惹麻烦，这样的抬举受不起。

但这次破例，原因有二。一是和重暄的交情，他不常开口，相托必有缘由，不好推脱。二是他讲的事情，说动了我。

这个小瑞，不是个文人，过去是个闲人。

十几岁开始混社会，用陕西话讲，从小卖蒸馍，啥事都经过。到了三十多岁幡然醒悟，开始做正事，走正路。

一番打拼，这些年也算是事业有成，但他却不甘于此，发愿要写一本书。

本来高中都没念完，握惯拳头的手捉起笔来，瞀乱不是一点。

他写了三年。

翻着字典，一笔一画地写。二十万字，厚厚几本。原稿上，歪歪扭扭的字间还夹杂着拼音。但他写完了，还改了几遍。

这让我看到了他的虔诚。他是用心了，而且心很重。

倒退二三十年，这样的文学青年多得很。但二三十年过去了，这样的人就稀罕了。

中国人有耕读传家的传统，耕田可以事稼穑，丰五谷，养家糊口，以立性命。读书可以知诗书，达礼义，修身养性，以立高德。

但现在，年轻人不爱耕田了，都跑到城市混社会，更不爱读书，只想发财。

倒是这个小瑞，退出江湖，读书写字。就这一点，也该鼓励。

我开始觉得他算得上一个浪子回头的故事，后来，从他拿来的简介上看，才知道他是黄埔军人的后代，其祖父系黄埔一期毕业，曾任国民政府陕西警备司令。

这娃行，没给先人丢脸。

引 子

镜中的这张日渐消瘦的脸，深陷眼眶中眼睛下方的眼睑上被黑青色覆盖。我已站在浴室镜前半个小时之久。仔细观察着这张脸及裸露的身体，开心的、愤怒的、阴郁的、悲伤的；言不由衷的、似是而非的、无可名状的，应有尽有……喜欢自己的身体，匀称而不显肥胖。讨厌男人臃肿，尤其害怕那一个个硕大无比的肚子，看了就觉得恶心。一直担心某一天，我的肚子也会莫名其妙地凸显出来，好似身怀六甲的女人一样又圆又大。每当想到这里，都会忍不住地查看自己的肚子，摸摸是否有了多余的赘肉。以至吃饭时，绝不让自己吃得太饱。还好，三排对称的腹肌及结实而发达的胸肌、宽阔的肩膀都使我暂时摆脱想象，回到现实中。宽阔的肩膀，使我原本那不小的头，显得不再硕大。倒是身上那些令人生畏、错乱重叠、新老交替的疤痕像无数只战斗中的蜈蚣在相互怒视、撕咬。有时觉得自己更像是布袋和尚，身上的皮肤就像那千疮百孔的布袋，被任意组合缝补，留下千奇百怪的纹线，又好似一条条的拉链，犬牙交错，留下不同的迹印。

我也像我所有的同类一样，喜欢文身，好像身上的某一部位没有几个图案就不足以证明自己的身份，但绝不会文那些粗陋可笑的图案于身体的醒目处。我认识一个十多年前因偷自行车被判了几年的所谓老江湖，左右两条胳膊上各文了一个虎一个凤。但我每次看到他的文身，怎么看都无法跟虎和凤联系起来，倒像猫和鸡。所以我经常开玩笑说：麻烦你把那个左鸡右猫盖起来，别混淆儿童幼小的心理，让他们不分什么是虎什么为凤。我见过最可笑的文身是当年我在“里面”时，有一个跟我同处一室的哥们儿，叫小宝，竟然在十个脚趾的缝隙间刺下了八个字：“走遍天涯！孝敬父母！”每次看见我就忍俊不禁，但又忍不住地破口大骂：“你他妈的把父母都孝敬到脚趾缝里了，也真他妈的孝敬到家了”。他听完总是通红着脸，然后配合着不好意思的表情嘿嘿地笑着，低眉顺目的样子，不像个因伤害而来此接受改造的对象，倒像一个刚新婚的小媳妇。

幸好，我的文身没有那么卓尔不群。经常可以在别人欣赏的赞扬声中，沾沾自喜。一尊神秘凶猛的藏传佛教的护法神像，守护着我的身体，上面的六字真言总能带给我心理的平静和安宁。脚面上一只活灵活现的蝎子，随时准备伸出毒刺，让所有靠近它的人死于非命。这是我当年西藏之行带回来将会陪伴我终生的唯一印迹。也许正是我身上这尊菩萨的保佑才使自己几次大难不死，死里又逃生。全身上下缝了上千针，每次我都能看到死神那张快乐张扬的脸，即将引我进入它张开的怀抱，甚至突然回到小时候，也许是很小的时候，可能是没有记忆的年龄所发生的事情。这也许就是人们常说的回光返照。最终又奇迹般地回转阳间，以至让主治医生都误以为是自己的医术太高明而自喜，在我面前总表现出一副救世主的和善模样。我知道这是佛祖创造的奇迹，是我命不该死。每每这个时候，我都很感谢那个给我文身的藏族小伙子，也许他就是佛祖的化身。从那以后我再无法继续这种在我身上绘画的爱好，不是不爱好，实在是找不到能够超越他手艺的人。

比起身体我更喜欢这张脸，这张让许多人爱不释手，也让许多人恨之入骨的脸。从第一次身陷囹圄踏进“里面”，我已学会大部分时间不用嘴说话，而是用表情传达我的思想和语言。我总觉得能从嘴里说出来的话基本上是苍白和毫无意义的废话，而没有说出的话倒是真实的。上帝造人为什么会有两个眼睛，两个耳朵，一张嘴，就连一个鼻子上都长两个鼻孔，就是叫人多听、多看、多闻、少说话。所以，我讨厌所有话多的人。有时，也会异乎寻常的话多，当然，这要看对象。

喜欢自己这张脸，邪性但不邪恶。有时到了迷恋的状态，眼神中透出的光，阴冷得连自己有时都觉得颤栗悚然。很多人会在这种眼神中瑟瑟发抖，如坐针毡，不敢回视。我在观赏他们局促不安的同时总有一种征服的快感。而自己也被这种看似没有任何内容变化，让人难以琢磨的表情紧紧包裹，像坚硬的松果，使对方无法揣测到我的真实内心，避免自己受到任何伤害。

闭上眼睛，扬起头，慢慢转动脖颈，深深地吸了口弥漫在水蒸气中的香味，直沁心脾，陶醉其中。喜欢浴后用香水在水气弥漫的空中喷洒，看着那一团团香水从香水瓶颈的小孔中争先恐后地喷射而出，天女散花般散落在空中与水蒸气融为一体，化为看不见的微粒，让自己沐浴在这漂浮的香气中。全身每一个浴后张开的毛孔都尽情而贪婪地吸吮着这慢慢落下的精灵……

喜欢香水，异乎寻常的痴迷。收集香水是我唯一的正常嗜好。所有与我有过恋情而又多少懂点儿我的女人都会送我香水。可笑的是，很多时候不同的女人在不同的时间，竟然送了相同品牌、相同气味的。这让我多少都觉得有些遗憾。也许大多数人说我是在用名牌堆砌生活，但人活一天，为什么不让自己活得质量高一点儿？谁知明天还能否在这个世界里畅游，或者说还能否看到明天的太阳，明天对我来说太遥远了，之所以这样想，不是因为我没追求，而是因为在“里面”的那几年让我悟到了很多道理，我知道时间是永恒的，人类只是在一个永恒的面上加了许多点，才有了几年、几月、几日，这只是为了好记罢了，所谓的年月日对如我这类的人来说都是多余，因为我们根本不会去记今天是几号，星期几，甚至有时连是哪一年都搞不清楚。只知道今天。对我来说也可以这样讲：根本就没有明天，因为明天根本不会到来，可以说有今天，有昨天，但不会有明天。谁又见过明天？也许连刚过去的那一秒都是虚幻的，还是把今天过得实在点吧。扯远了，接着说我的喜好。

喜欢在各种瓶子中盛放的神秘液体，当它从那迥态各异的瓶中喷发出来，就转化为了让我流连忘返、挥之不去、不能自拔的香气。每个瓶子都是一种符号，一种想象的符号，任由你的思想挥发那淋漓尽致的洒脱。CK one的清淡，Versace蓝色牛仔的狂野，Kenzo的优雅，Boss的浅甜……不同的衣服搭配不同的香气，不同的季节散发不同的味道。香味在脉搏有韵律的跳动下，慢慢挥发、散开直到消失……

新的一天就在这种淡淡的香气中展开。

我喜欢夜晚，夜的孤寂，夜的深沉，夜的神秘及夜的危险。我天生属于夜晚，危险的夜色会使我萌生无数的安全，每个夜晚的来临都是我极度兴奋的开始，身体的每个细胞都随着霓虹灯的闪烁而跳跃。

第一章

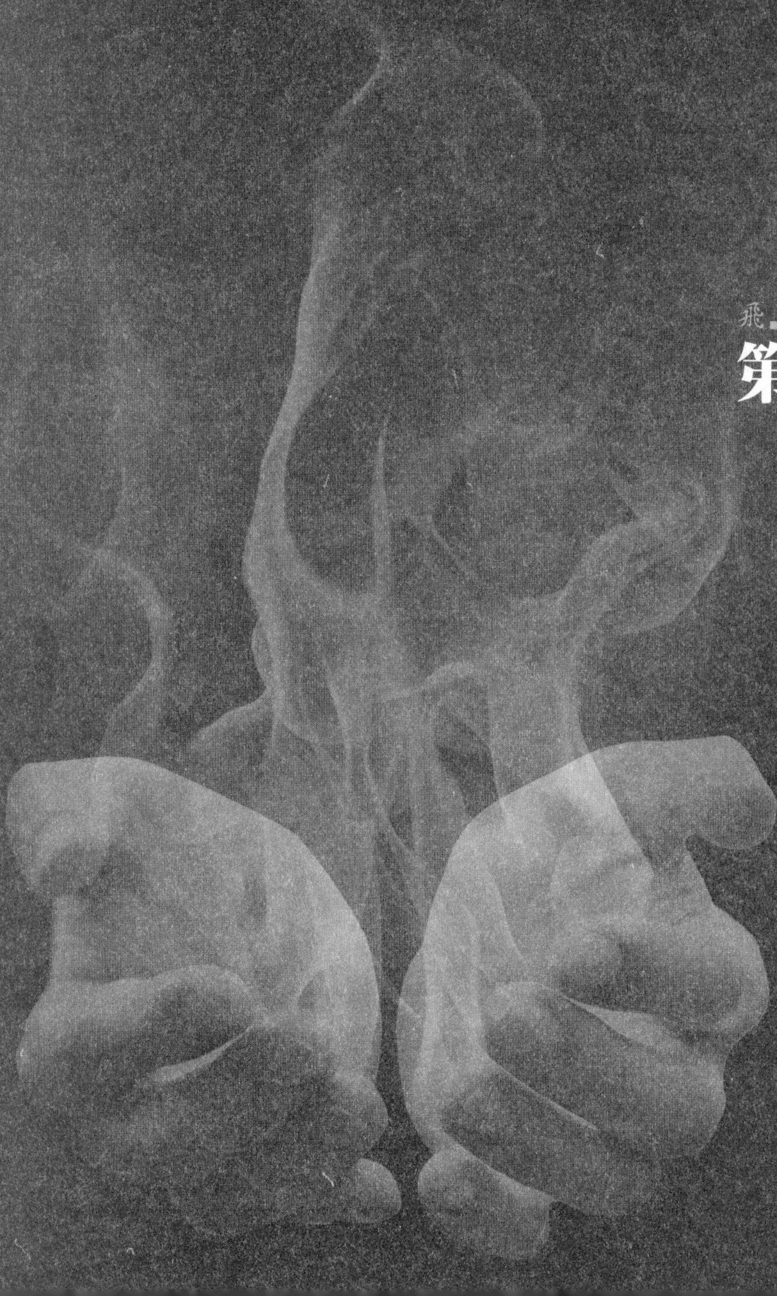

我生活的城市是一个有着几千年历史的古城，在中国的历史上有十三个朝代在这里建都，就像现在的北京城，曾经也是文化、政治、经济的中心。在汉唐时期是许多人魂牵梦绕、趋之若鹜，一生要来一次的地方，是当时全世界各国人民心目中的华丽之都，西有罗马，东有长安。就像现在的纽约、巴黎。在这里也许你一不留神发现的瓶、砖、瓦，都可能是几千年前老祖宗留下来的宝贝，让你一家三代吃穿不愁。我们也曾经是皇城根下的子民，虽然时过境迁，几千年后的今天，已不再有当年老祖宗的辉煌和霸气，但这里的人民依然保持着老祖宗遗留下来的风范。骨子里透着的那种桀骜不驯，天为老大，我为老二的思想，犹如挥之不去的文化，根深蒂固，源远流长。似乎每个人都认为，如果放在几千年前都可能当个将军、重臣什么的。当你和这里任意一个人聊天时，经常会听到的就是“要是放在汉唐时期，那我们家……我们家在过去也是大户人家……”虽然今天已经落魄，但毕竟这里曾经是毋庸置疑的皇城，至今仍旧延续着贵族的风范。

十月古城的白天，夏的狂躁仍在延续，炙烤着古城的耐受力。女人们则拼命抓住这稍纵即逝的夏，在长的、短的、上少、下少、前透、后露的各色裙子中徘徊挣扎，尽显这夏日最后的妩媚与妖娆。男人更是不放过这最后大饱眼福的机会，双眼死命地抓住可以看得到的大的、小的、白的、黑的、半露的、微露的、若隐若现的、密不透风的、罗圈的、八字的、XO的、修长的、粗壮的各类胸脯与美腿，在理想和现实之间徘徊游走。只有夜晚的来临才能感受到些许秋的爽意，各类眼球也在一天的刺激中渐渐恢复平静。

上岛咖啡馆坐落在古城一条老街上，建国路这条街道保存着很多名胜古迹及革命历史遗址，在记录历史文献的教科书中时常寻找到它的踪影。近代的许多历史名人及改变历史的事件都曾在这条街上的某个小院或几栋小楼内留下痕迹，最著名的当属曾经震惊中外的“西安事变”了。中国的历史就在这一个或几个事件中得以改变。我们也一不留神生活在了这个时代、这片土地上。曾经的青石板路被现代的水泥路面所代替，树荫下青砖灰瓦的老房子见证了这里曾发生的一切，斑驳的墙体不厌其烦地向每一个经过的路人诉说着旧日的故事。如今，各种商铺栉比鳞次，白天热闹非凡，夜幕低垂，老街就抛弃了白日的喧嚣，恢复了自身的宁静。

街道两旁的法国梧桐，繁茂的枝叶在夜色中、在微风中婆娑起舞，簌簌作响。咖啡馆招牌的霓虹灯在黑暗中用力眨着眼睛，变幻着不同的色彩，犹如彷徨中的呐喊，试图想要挣脱夜的拥抱。

我喜欢夜晚，夜的孤寂，夜的深沉，夜的神秘及夜的危险。我天生属于夜晚，危险的夜色会使我萌生无数的安全，每个夜晚的来临都是我极度兴奋的开始，身体的每个细胞都随着霓虹灯的闪烁而跳跃。我非常喜欢诗人顾城说过的一句话：“黑夜给了我黑色的眼睛，我却能用它寻找光明。”虽然到今天我也没寻找到我的光明，但不影响我喜欢这句话，因为我确实一直在黑暗中寻找我的光明……除了在我生命中一些特殊的、不得已的、身不由己的日子外，我从不知太阳为何物。总是在它踏上回家的路时，我才苏醒过来，而当它准备开始一天的工作时，我又要进入梦乡了，好像每天都在劈星斩月，躲避太阳的追踪。很庆幸，我有一批志同道合的同类。

“瑞哥，在这儿。”在我踏入“上岛咖啡”大门左顾右盼之际，王玲在右边靠窗的位置向我招手。王玲是我一姐们儿，身上没有什么恶习，和任何人在一起都不多言语，只要是朋友有了什么不痛快的事都能找她倾诉，我觉得她像一个精神垃圾的回收站，最让我佩服的是她能连续回收这种垃圾而没有厌烦的表情。我时常怀疑她可能以前是废品收购站的，老公是公安局长的公子，但并没有因此改变她朴实的本质。飞扬跋扈似乎与她永远绝缘，而她的老公则恰恰相反。她老公和我是朋友，但好像全世界的人都欠他似的，每天摆着一副“千万不要忘记阶级斗争”的脸。我难以想象王玲怎么能和他生活在一起这么多年。每次见到他，我都想问“是不是有人欠你钱没还”，我时常想，如果有天他那局长爹下台了，这张脸还能摆给谁看？

王玲刚才给我打电话，说她有个朋友刚失恋，一起出来聊聊天。失恋对我是一个陌生的话题，再说我又不是感情回收的垃圾站，本不想过来，但王玲说是一美女。对待美女那就另说了，尤其是刚失恋的美女。平时我是个沉默寡言的人，但对美女当属另一范畴，尤其是看到让我产生欲望的美女，总是才思如泉涌，出口成章。说我不是博士后还真没人相信，一旦睡过，便才思枯竭，又恢复到了小学文凭的本质。

我总是搞不清楚，是漂亮的女人让我显得博学，还是我原本就才高八斗……总之，最终睡到了一张床上，不知是我征服了她们，还是她们征服了我。原本陌生的两个人，就这样因为精虫那一阵惯性的、疲于奔命的奔跑，彼此有了相互的烙印，从而演变成了彼此缠绵亲密无间的一个人？更让我一头雾水的是，到底是我那些可爱的小虫子使我与这些女人变得更加亲密，还是她们喜欢上我别的什么东西？但我身上到底有什么值得她们喜欢的？难道是我的小虫子与其他人的有什么不同？最让我不能理解的是许多人一次毫无意义的无聊拥抱，就可能换来一个不知所云的小红本。不幸哪一只生命力顽强的精子与一只同样顽强的卵子有幸碰巧相遇，从此就无法分开而产生一个无法解释的胚胎，而这种无法解释最终延续着这种无法解释，经过长达十个月的磨炼，形成了一个看得见的生命，而那原本不同思想、不同环境、不同教育、独立自由的两个人从此相互束缚，相互制约，共融于一间屋内，有可能直至生命的终结，化为宇宙间的一粒尘埃，难道人的一生就必须这样度过吗？彼此打着爱的旗号，干着相互捆绑、制约的勾当，全然无视自由的可贵，最终彼此习惯于这种相互受虐并乐在其中。我时常感叹人生的巧合与无奈。

咖啡馆人很少，整个大厅只有三四桌客人，有两桌正在打牌。美女就是美女，整个咖啡馆就这儿亮。我边说边坐在她俩对面。

和她一起的女孩儿的确漂亮得让我无法忽视她的存在，头发简单地在后面扎了个马尾，脸上没有修饰的痕迹只是略显苍白。灰色带帽抓绒衣套在宽大的白色T恤上，因为坐着，看不到穿了什么裤子。她用痛哭过后，略微肿胀的眼睛淡淡地看了我一下，像鸡毛掸子轻拂桌面的落尘，都闻不到灰的味道。愁容满面的一张白净的脸上挤出一丝不情愿的笑，倒好像我是令她伤心的失恋男友一样。所有的随意和不修饰的憔悴更使人觉得她楚楚动人，心生怜意，倒不如说是心生爱意更准确。

“来，我给你介绍一下，这是我好朋友——惠子。”

“这是……”

“噢，叫我小瑞。”我抢着回答道。

“你好。”她的声音柔软无力，让我想起小时候吃的棉花糖。

“你看起来可不好，谁欺负你了？”

每次看到这类女孩都会让我有种莫名的感觉，反倒是那些性感无比、热辣型的，却让我提不起多大兴趣，所有和我所谓谈过恋爱的，有过一段情的都是文气无比玉女型。当然这不能排除我在一个无聊至极的夜晚或是极度兴奋的时刻和一个妖艳性感的女人上演一次激情戏，一般情况下也不会与同一个人发生第二次。

我和惠子就在这金秋十月的咖啡馆里初次相识了。

“别胡说，你喝什么？”王玲问。

“Cappuccino。”

我喜欢Cappuccino首先是它的名字，因为它源于我喜欢的意大利，而我喜欢意大利又源于那部迷倒芸芸众生的电影《教父》。这部电影又引发我爱上了一批好莱坞演员马龙·白兰度、罗伯特·德尼罗、阿尔·帕西奴……其二是这个名字有个美丽的传说，和十七世纪那不勒斯半岛上的修士们紧密地联系在一起。一杯做好的Cappuccino就像修士在他们深褐色的外衣上覆上一条美丽的围巾一样让我充满神秘的遐想。它美丽的外表、浓郁的口味配上润滑的奶泡颇有一些汲精敛露的意味，再撒上些肉桂粉的起沫牛奶，混以自上而下的意大利咖啡的香气，嗯……真是华丽幽雅，香气四溢。呷上一口，啊……妙不可言，萦绕不断呀。

有人说Cappuccino是恋爱中的人喝的，但我总能喝出一种失恋后孤独的伤感。慵懒的午后独自喝上一杯Cappuccino，品味那曾有过的甜蜜与苦楚，甜蜜的往事变为淡淡的纯苦，苦中又有一丝浓浓的香郁。我的美好初恋就在这Cappuccino中度过。说是初恋其实就是第一次纯洁的朦胧的感觉，根本就不知恋为何物，更不知爱是什么东西，但今天想起来还是有值得回忆的地方，也就算恋吧……

我与她相识、相知、相恋于那童话般的象牙塔内。我们当时都是情窦初开对一切充满美好的憧憬，包括我俩的爱情。记得那是一个夕阳晚沉的傍晚，我和她站在校园操场边的柳树下，她长长的黑发和柳树长长的枝条在和煦的风中交织、飞舞。一轮明月在残阳余晖的暮色中高高挂起，看着那片红色慢慢地被夜色吞没，如血的残阳尽情地释放它最后的温柔，照得人暖暖的。她脸上粉白细腻的皮肤被这红色围裹，娇艳得令我忘乎所以，我双手环抱她那婀娜的腰，我们第一次双唇相吻了。确切地说，应该是我在她比我还勇敢、还渴望的眼神怂恿下，鼓起我全部的勇气，干出了在当时对我来说最惊天地、泣鬼神的一件事。就是两只红唇蜻蜓点水地对碰了一下，就是我所谓的初吻。回忆总是美好的，我也就习惯把这二唇对碰一下的情节想象得更浪漫一些了。

随后事情的发展就更具喜剧色彩。她突然转身离去，不是走，而是跑。把我一个人呆若木鸡的扔在那里不知何去何从，随着这短暂的甜蜜眩晕过后的是茫然无知和无尽的担忧。茫然无知在于她那时的突然离去，而担忧却来自她万一怀孕了怎么办这个问题。

随后的一个月我在煎熬中度过。我每天都在密切地、暗暗地、注视着她的肚子是不是有异乎寻常的隆起。我当时还无法把我那可怜的，却比我早熟的小弟弟时常令我不知所措的突然勃起与怀孕扯上任何关系。她也被我这种过于关切的眼神搞得莫名其妙。直到我那个他妈是妇产科大夫的同学加死党，问我亲她时伸舌头了没，我告诉他没有，只是嘴唇对嘴唇。他高兴地告诉我，这不要紧，只有舌头吸着舌头时才会怀孕的。他严肃的表情让我不得不认为到底是妇产科大夫的儿子，我才如释重负。但他又不无遗憾地告诉我，如果吸着舌头，那才是真的美啊。问他是怎么个美法，他一副神秘莫测、妙不可言而又无可奉告的表情，头还不失时机地左右摇晃着，遗憾的神情代替了严肃，终究让我既害怕又后悔，随后神往。

她仍旧请我去她们家，给我做Cappuccino。也许现在看来不是很正宗，但在当时，仅这个名字，已让我神魂颠倒。因为她的父母是搞外事工作的，有很多时间都在国外，所以在那个年代，她可以喝上这种咖啡，我也有幸认识了它。

我的美好初恋就在这一杯杯她亲手做的Cappuccino中度过，直到那个火热的盛夏，我当时的脾气也跟这天气一样火爆。

我们校长的公子不幸跟我分到同一班，这是他的不幸，更是我的不幸。在他多次在我们班展现他的花拳绣腿之后，在大多数同学已经学会忍气吞声，纵容这种“恶势力”在我们班以至全年级无限蔓延之后，也就在他准备攻下我这最后一座山峰之时，不幸被这座花岗岩堆砌成的山上落下的石头砸得身未粉，骨先碎。

公子头上的绷带及二十几个针眼显现了这次全年级乃至全校唯一一次反抗的行为，最终我为这次“哪里有压迫哪里就有反抗”的行为，得到了更加残暴的“镇压”。一张喜洋洋的红色大字报上，黑色字体强烈地控诉着我这个“暴民”的“事迹”，之后是全校师生的千民大会。

我被两名公安人员拧着两条单薄的小细胳膊，按着一颗硕大的头，押赴主席台的正中央，我有幸成了全校师生仰慕的对象。我们那可敬的校长，慷慨陈辞；短胖如冬瓜的教导主任，义愤填膺；全校师生肃穆端庄，声讨之声一浪接一浪延绵不绝。我那从小倔强的头颅，被两只当时我觉得是世界上最强悍有力的大手按着，始终无法抬起。

说心里话我并没有被台上、台下这种排山倒海的气势所吓倒，只觉得有些好笑，就在我毫不畏惧地接受人民对我的“审判”时。毫无畏惧是我个人现在的想法，在当时更多的是畏惧，是对未来不知的一种害怕，面部的不畏惧只是吓傻了的表现，那种木讷的神情对旁观者来讲就是厚颜无耻。我瞥到了她——我们班那个美丽可爱的班长，我一生中第一个吻过的女孩儿。站在队伍的最前方，我也只能拼命地把眼珠向上抬，抬到可能已没有黑眼球的地步，才看到她的表情。这可能是我看到的全场唯一的悲伤，当然，我也只看到了她一个人的脸。她旁边的N多个脸，不是我看不到，而是我当时压根就没顾得上去看，也许就根本没想去看。我只想看她，我在这个学校唯一牵挂的人，还好，她没有让我失望。我看到她美丽双眼已朦胧不堪。她试图努力想拉住那行将坠下的泪滴，结局却适得其反。虽然我当时很坚强，但那双美丽的眼睛和那大颗的泪滴却让我无法再坚强下去。我感到有什么东西从我的眼眶中挣脱，掉在我的黑色布鞋面上，湿漉漉的一滴痕迹。我用口型告诉她“等我回来”……

由于当时我所有的注意力都在那个美丽的初恋身上，所以我并没顾及当时他们是怎样声讨我的，用的什么措辞，令我一生印象最深刻的是最后的结束语：把罪犯带下去！我再次主动把头低下，是因为我不愿让她看到我涌出的泪水如断线的珍珠。“爱人，保重。等我回来。”我心里默默地念道。在被带下台之前，我又努力地看了那个让我落泪的女孩，这一眼犹如风中的蜡烛完成它最后的绝唱，更如深秋的晚风带走那最后一片落叶。就这样，我坐上以前与我遥不可及的警车，风驰电掣般地去了我本不该去的地方。我一生的轨迹就此改变了。

这之后，也当然波澜不惊地结束了那段纯真的Cappuccino之恋。

今天，我当年的Cappuccino恋人不知已做了谁的新娘，不知是否能够回忆起曾经的一幕。而我，依旧喜欢Cappuccino，这也许是我那段爱情的唯一记忆。至于她是否能想起曾经的我，对我已不重要了。

“怎么晚上没事，想起来这儿喝咖啡了？”我装作不知情的样子问王玲。

“我朋友心烦，想出来坐坐，聊聊天。”王玲回答着。

“哦，看样子是跟男朋友吵架了，要不就是刚失恋。”我一副满不在乎的样子。

“你怎么知道？”王玲故作惊奇，而惠子用一种疑惑的眼神望着王玲。

“那还用说？这么漂亮的女孩儿，来这种地方不化妆，穿得这么随便，素面朝天，一看眼睛就知道是刚刚哭过。又有好朋友在一旁相伴，你说不是失恋是什么？”我呷了口咖啡继续说道，“失恋有什么呀，很正常嘛。谁没失过恋，没什么难过的。我都失了一百多次了。天下三条腿的驴难找，两条腿的人到处都是。”

“你恋过没，我都怀疑，谁都像你一样，什么都无所谓。”王玲打着圆场。

“没事，别难过，旧的不去，新的不来。实在不行，我就奉献一把，谁让咱们是朋友呢？要不今晚咱俩回去，我好好地给你安慰安慰，开导开导。”我并没有觉得说这些有什么唐突或不妥，依旧信口开河地说着。

“你怎么是这种人？”她终于开口，面露愠色。

“我是什么人，男人呀！再说了，这有什么，我说这话是我的权利，你不去是你的自由，你凭什么要剥夺我的权利，我就奇了怪了，这世上还有王法吗？这好心还真没好报了。”我一脸正经地说道。

“流氓！”她小声嘀咕着。似乎想让我听到，又怕让我听到。

“嘿，你怎么知道我小名，千万别告诉别人，这真是缘分啊。什么也别说了，今晚就这么定了。”我越发郑重其事。

“王玲，咱走吧。”她看着王玲说着，当我是空气，全然不顾我的存在，表情变得很正式，让我心里更觉得好笑。

“你别跟人家胡说八道，别人还真把你当流氓了。”王玲表情严肃地对我说道。

“那有什么，流氓怎么了？流氓也是种职业啊。不是谁想当就能当的，再说了，都是她的错，如果她不勾引我，这些话我能说吗？”我有些理直气壮。

“谁勾引你了？”她有些愠怒。

“你看，谁让你长了一副叫男人犯罪的脸，如果你长得像个丑八怪，我能说这么多吗？漂亮不是你的错，可让别人犯罪就不对了。时间多宝贵呀，我把时间看得比命都重要，为了你，我连命都不要了，我容易吗我？你这就是典型的谋财害命，就这，你还说这种话。你说，是不是你的错？”我好似义愤填膺地说着。其实我还真就有点义愤填膺，要不是看她长得漂亮，我才不会有这种闲情逸致在这里浪费时间呢。

“我怎么就谋财了，我图谁的财了？”“废话，命都没了拿什么挣钱，这还不算谋财吗？”

她扑哧一声笑了：“油嘴滑舌！”刚才还紧张的气氛随着她的笑也变得温润起来。

“这就对了，认识到自己的错，我就原谅你了。好了，来让我给你讲讲爱情是什么你就不伤心了。我俨然一副爱情专家的样子。上帝造人时把人一分为二，为什么呀，就是为了让这辈子相互寻找，相互折磨，所以我们今生都在苦苦寻找那个我，也就是所谓的那根肋骨。但也不一定都能找到，有人一辈子都在找也没找到，有人一次就找到了，所以说幸福的爱情是相似的，不幸的爱情各有各的不幸。”我突然想起俄国著名作家托尔斯泰说过的这句话，“幸福的家庭是相似的，不幸的家庭各有各的不幸”被我随意拿来进行了篡改。“爱情有时就像狗尾巴花，乱如麻。你现在这种情况，那就是举杯消愁愁更愁，抽刀断水水更流，才下眉头又上心头。问你能有几多愁，恰似一江春水向东流。”她被我的博学逗得笑了起来。

“你这是什么乱七八糟的？”

“这叫知识，孩子，你懂吗？唉，要不然怎么说呢，没有文化真可怕。”我越是一本正经，她俩越笑得是花枝乱颤。惠子似乎已忘了失恋的痛苦。

“没看出来你这人还挺逗的。”惠子冲我说着，她的眼神变得很柔和。

“千万别夸我。我知道我这人不逗。”我有意停了一下，“我是特别……逗……”最后三个字说得既缓慢又有力。

“你脸皮真够厚的，说你胖你就喘起来了。”笑容依然挂在她的脸上。这明显是对我的一种鼓励。

“我是实话实说，当然我还要继续讲老实话，像你这么好的女孩，人见人爱，花见花开，和尚见了你都要动还俗的心，神仙见了你都要变凡胎。谁不珍惜你，那是他没眼光，没品位。压根就不值得为这种人伤心落泪。他都不知道有多少人对你虎视眈眈，早就等着他滚蛋了。再说爱情这东西也是可遇不可求，你又何必为这不属于你的东西难过呢？太不值了。每一对刚坠入爱河的男女都幻想着他们的爱情会与众不同，可以天长地久。最为可气的就是琼瑶阿姨的小说，使多少纯真的少男少女都落入了爱情的陷阱。什么‘山无棱，天地合，乃敢与君绝’整个是扯淡。天可长，地可久，但人生是有限的，怎能要求有限的东西，达到无限的高度，这简直是痴人说梦。所以嘛，该分手就分手，分了就分了，也没什么难过的。”

“照你这么说，这世上就没有真正的爱情？”她对我的爱情理论产生怀疑。

“有啊，但绝不会永久。所以，老子告诉我们天地之所以能长且久是因为它们不能自生，所以才能长生，那么，什么是婚姻？你要是对中国文化有了解就应该知道，你看那两个字是怎么写的——因为一个女人发昏的原因，所以就有了一场婚姻，能不能结婚，主要是女人的问题。所以说，在一起呢，就认真地过好每一天，如果有一天分手了，也就不后悔了。别在一起打打闹闹，分开了又想着对方，何必呢？”我对爱情的理性认知引起她的好奇。

“你真的这样认为吗？”她用柔和而好奇的眼神看着我，我掏了支烟点燃，吸了一口继续我的演讲。

“是呀，我从不相信天长地久这种鬼话，世上万物都是相对的，没有绝对的。天下哪有不散的宴席？你没听人说过花无百日红，人无千日好吗？”

“照你这样说，人们都不需要结婚了吗？如果都像你社会不就乱了？”王玲说着。

“那倒也不是。婚对有些人来说，是一定要结的。结婚的目的，归根结底就是为了传宗接代，延续人类社会的发展，如果都不结婚，都不生孩子，那人类不就灭亡了吗？只是婚姻和爱情是两回事，爱情需要的是激情，是浪漫，可以不去想明天吃什么。但婚姻就必须牵扯到柴米油盐这些琐碎的小事上，激情、浪漫最终趋于平淡，取而代之的是责任、包容和忍耐。那么爱情至上的人，就会感到乏味，一切都和以前不能画上等号，这时什么婚外情啊、一夜情啊就都出来了。说不定到那时，是你先有了这些乱七八糟的情况。”如此深沉的思想竟被我讲得如此不以为然。

“我才不会呢，只有你们男人才会做这些事。”惠子强辩着。

“好好，就算是我们男人爱做这样的事，那我问你：如果每个女人都守身如玉，守着贞节牌坊，那男人找谁去呀？所以说，有需就有供，这是市场经济的规律。懂吗，小女子？”

“反正我不是那种人！”她看着我，脸涨得通红就像她已经做了这种事刚好被我逮到一样。

“好，就算你不是……”

“什么就算，本来就不是！”

“好，不是不是，那现在别人这样做，你觅死又觅活的，有什么意思？你说你现在伤心难过，在家哭得死去活来，想说明什么问题？是对这段恋情的后悔，还是想让他知道你多爱他？这都没什么用。你要知道这个世界离了谁都能转，这人呀，别看在一起好的时候，什么甜言蜜语都能讲得出来，好像每一对都是罗密欧与朱丽叶、董永和七仙女似的，你死他也不活。其实你真的死了，他活得更好，可逮着机会换新人了。能没事想起你时流几滴鳄鱼的眼泪，已经不错了。”

她被我说得好像明白了许多，一副若有所思的样子。

“所以说嘛，你现在就是‘少年不识愁滋味，为赋新词强说愁’。”我又恢复了嬉笑的调侃。

“去你的吧，谁强说愁了？”看她的表情确实被我说得已经没有开始那么愁了。

“哈哈，鉴于你目前的状况，我给你个方子，保证药到病除。”

“什么呀？”

“你现在应该怀有一颗超脱的心对他说：轻轻的我走了，正如我轻轻的来，我挥一挥衣袖，不带走一片云彩。”如果徐志摩知道N多年后我能用他的诗句开导一个美丽的姑娘脱离爱的苦海不知作何感想。

“好好的一首诗，就这样让你毁了。”当我深情而动容地念完这首诗时，笑容开始接替哀伤的位置占据了她的脸。我开始佩服自己竟然能让一个沉溺苦海的人回头是岸，这得是多么大的功德啊，要不说信佛的人就是善良，说每日一善，我今天也真算是做了一件善事，我继续大谈我的人生爱情理论，主要也是为了把善事做到底，省得作了一半，孩子回去后万一没想明白，做了什么蠢事，那倒让我觉得是自己的错了。

“我要是他，把你捧在手里，我还怕摔了；含在嘴里怕化了；搂在怀里还怕用力过大把你搂疼了。告诉你，我现在就把队排上，前面没有人了吧，要不要发号？”我严肃的表情配合着郑重其事的语气。

“你太贫了！”她的脸上已没有了任何悲戚感。

“你听听瑞哥的话，别那么死心眼儿想不开。”王玲在旁附和着。

“我没有想不开呀。”她辩解。

“这就对了，孺子还是可教的。不说了，改天你请我吃饭，我给你上课，都是自己人，打五折。”

“呸，想得美。你倒贴钱我也不去吃，还打五折。”她笑着说着。在我唾沫星乱溅、侃侃而谈间，在她俩笑得前仰后翻上气不接下气之时，时间已指向了11点。我的电话响个不停。

“你有事就先走吧，咱改天再聊。”王玲说道，“我们也该回去了。”

“那怎么行，再怎么也该把你们送回去，关爱女性是我的美德。什么叫绅士，看看我就知道了。”

“你就贫吧，下次再也不叫你出来了。”王玲说道。

“别，千万别。走，叔叔我送你们回去，保证到你们家楼下，你叫我上去喝杯咖啡我都不去。我就是坐怀不乱的柳下惠。”我对惠子说。

“你想得美，你算谁的叔叔啊？谁叫你上去呀？”她撇着嘴，用鼻子哼着。

“不说了，把你的电话号码给我。如果哪天我想不通还要把你采访一下：到底是怎么知道我小名的，我没告诉过你呀？”我全然没理会她刚才那没有礼貌的表情，很绅士地索要着电话号码。

“我见过贫的，没见过比你更贫的了。”她笑着说，“没有电话。”

“嘿！孩子，这就又是你的不对了。从小到大，老师都教你做一个诚实的孩子，怎么能对叔叔撒谎呢？这样，我就又得教育教育你了……”

“好了好了，别说了，我怕了你了。”她无奈地打断我的话，“我只说一遍，记不记得住，不管！”无奈的语气中夹杂着任性。

她语速很快地说了电话号码，孰不知，我外号叫“电脑”。

再见她是一年后了。

在送她们回家的路上，六哥的电话像催命样的响个不停。他们已经开好了包房，只等我去了。

六哥和我是最好的朋友，不知为什么，我的朋友都比我大很多。而且从小就喜欢同大我很多的人在一起玩儿。几乎没人了解我，因为我都不了解自己。总感觉一直有两个我在体内。白天、晚上交替出现。说不同的话，做不同的事，我不过是一具被借用的躯壳，任由他们宰割，我的生活也经常被他们搞得乱七八糟。

我时常认为自己是古代人，就算不能太古，至少不应是这个时代的人。要么就是未来某个年代的，头上长着犄角，或像《魔戒》里的猴子。总之，不应是现代人。我的脑子经常会天马行空，甚至能够看着天上的云，呆呆的几个小时不说一句话。看着那些云，由远至近又由近至远，不知它们从哪里来，又要到哪里去。由云，能想到人生，有时深刻得让我喘不过气。

我经常把自己刻画为某位古代横刀立马的将军，带着千军万马征战杀场，如果非要塞一个朝代的话，那一定是汉朝。我常常沉浸在这种快乐的遐想中不能自拔。但现实的一切总令我失望。有时我又觉得自己是一只可怜的臭虫，随时随地都会被一只偶然经过的大脚踩死，就这还不包括敌杀死之类的高科技产品。

我时常战战兢兢，对生活如履薄冰。时常又张牙舞爪，蔑视一切，而最令我胆颤心惊的，说了你也不信，因为连自己都不信，不是所谓的生死，而是看着那些怀有七八个月身孕还敢在马路上行走的女人。我看着那一个个圆而又滚、勇往直前的大肚子，腿就开始发软，甚至要昏倒。至今也不明白是什么原因。

我不喜欢解释，任何事都是如此。了解我的人自然懂我，不了解的又有什么好说的。我在很多人眼中是不可理喻的怪物、魔鬼。

噢，忘了介绍六哥了，刚才说了六哥是我的好朋友，也是为数不多较明白我的人，我们已认识多年，他是一个外形与年龄极不相符的人，比我大十多岁，但绝对看起来没那么老，倒像三十岁的样子。总是把自己打扮得花枝招展，全身上下都用各类名牌包装，头发的颜色也是与国际时尚接轨的酒红色。像女人一样总是在脸上抹许多护肤养颜之类的水水膏膏，还好没见过他抹口红，否则我真对他的性取向产生怀疑。他年轻时是个“靓仔”，但当时没有这种称谓，总之是英俊杀死一片的类型，结过一次婚，有一个孩子又离了，眼看着孩子比他都高了，也没见他管过，用他的话讲叫“有娃不愁长”，开了几家游戏厅，属于一辈子“一人吃饱全家不饿”型，好像从来没什么事能令他烦恼。

记得有一次我们俩去澳门，第二天就把带来的钱输得精光，剩下三千多港币，他竟然花了二千八买了瓶抹脸的什么护肤霜。我有时真的不知对他说什么好，可能对他最重要的就是吃好玩好。用他的话讲就是人活着别对不起自己……现在更是老当益壮每天生活在花丛中。

进了包房，音乐咚咚作响，所有的灯光全部呈休息状态。只有桌上蜡台上的烛火发出鬼魅的光。火光在迷离而又有节奏的音乐中跳跃，像一张张猩红的嘴，随时准备着吞噬掉房间里的每个人。六哥已大汗淋漓，赤裸着上身，在这音乐中，在一圈美女妖娆性感的包围中，痛苦而欢娱地挣扎扭动。美女们都像蛇一样，扭曲摇摆着性感的肢体。每张脸上都必不可少地戴着墨镜。VERSACE、GUCCI、ARMANI、CD各种品牌的墨镜在各种脸上争相登场。

“瑞哥，你怎么才来？大家都等着你呢！”点点说着，扑到我怀里。

“我有点事。”我表情冷漠，语气冰凉。

点点是我众多女友中关系比较密切的一个，属于小巧玲珑型。五官标致得让人无法想象。看见她这张脸，我就会产生和她睡觉的想法。她家有钱，开了几家公司，她爱我。（当然这不是我说的，是她告诉她一姐姐，而后她这姐姐又告诉了我。）我们俩在一起断断续续也有两年了，她个人认为我是她的男朋友，但我知道我不是。对她，只停留在喜欢的水平上。也许是因为从小家里太娇惯她了，她胆子很大，没有她不敢尝试的，这也是令我不能爱她的重要原因之一。而我对她，更是像雾像雨又像风。（我似乎跟所有我想说话的漂亮女孩儿，都停留在上床之前。一旦经过那必不可少的程序之后，我都惜字如金，连那春天般的笑也很难见到。这也是我甩脱那些个潜在麻烦的一个行之有效的手段。）

说起来，她今天这样，也完全是我的责任。当初刚认识她时，她还是一个非常纯洁的孩子，只是脾气坏点儿，跟现在这种生活根本不搭嘎。她家给她投资开了一家不错的服装店，一天，我偶然经过，发现了她。那时，她十八岁。只是看起来要成熟些，各方面都跟现在差不多。刚好又是夏天，皮肤白皙光滑，尤其是她胸上的那一对乳房让我怎么也和十八岁联系不上。碰巧，我认识她隔壁的同行文文，又碰巧文文与她是好朋友，她又把文文叫姐姐。就这样阴差阳错，一来二去，被我先是甜言蜜语，花言巧语，后是糖衣炮弹地骗上了床，又把她拉进了这种生活圈子。虽说她年岁不大，倒也把我搞得筋疲力尽，兴趣盎然。等她爱上了我，我却失去了兴趣，但她仍然愿意每天无悔地陪我。用她的话讲，就是每天能见到我，她就很高兴了。我曾告诉她，我俩只是朋友。她要愿意重找男朋友就找，别管我。如果她看上的人我认识，她又不好意思讲出口，我可以帮忙说说。她听完这话，气得好长时间不搭理我不接我电话。我以为我俩就此诀别了，过了很久才又跟我联系。但她对我真的很仗义。有次我的一个兄弟出事了，要交罚金五万块，如果当天不交人就要被送去看守所，当时已是傍晚，银行也已下班，正在我想给谁打电话时，她从包里拿出第二天要去深圳进货的钱。那时，我们也只仅仅在一起一两个月。让我很是感动了半天，也害得我第二天早晨觉都没睡就去了银行。但我除了爱和她睡觉，别的事怎么也提不起精神。开始是我为拉她下水，带她到这种场合，后来是她为了能和我在一起，奉陪！但现在却纯属个人爱好，竟然也认识了一圈HI友，有些我都不认识。不过这不影响我俩经常在一起睡。

还没坐稳，一片药已被塞进嘴里。

“就等你了，干吗呢，催你多少遍了，现在才来。”六哥带着几个美女老早就来了，很不耐烦地说道。旁边的美女不失时机地用纸巾在他背上擦着汗。

“刚正跟别人谈事，你把我催得事没谈完就过来了。”我说着。

“瑞哥。”“瑞哥……”红红、小娟，还有几个叫不上名的女孩子在一旁向我打着招呼。

“嗯。”我回答着。

“快，快，快，先来两路，今天的东西不错。”六哥说着把盘子推到我面前，亲切的态度好像我不来点就对不起他似的。

不知从什么时候开始，已习惯不去想明天的事。明天对我来说是未知的，也许活不到明天。可能每天晚上去玩的过程，都是要去奔赴死亡约会的过程，以前思想中常常萦系着死的念头。有相当长的一段时间，我无法入睡，死亡的意识与我如影随形。总觉得一旦睡着了就再也不会醒过来，也许等到臭了，身体都腐烂了才会被人发现。我在这种惊恐中度过了无数个不眠之日，每天回家都要带一个女人。其实，有时完全不是为了和她们发生什么浪漫故事。只是感觉，万一我死了，有一个报信的人，不至于让我臭掉。我也仔细思索过一些哲人的问题——“我从哪里来，又将到哪里去？我为什么活着，又为谁活着？”这些玄而又玄的问题，在百思不得其解中徘徊，直到经过那几次与死神的擦肩而过之后，我才突然不再惧怕死亡。有时还会窃窃发笑，自己怎么会有怕死的这种想法，以至于变得有些胆大妄为。

一次，一个道士给我算命。他说我上辈子是阎罗判官，所以这辈子总有一些上辈子的孤魂野鬼、错判重判的重新投胎，今世做人后，念念不忘上世之仇，找我麻烦。但就算碰到看似很危险的事，都会逢凶化吉，遇难呈祥。而那些上世的鬼、今世的人都会再次变成鬼。想想好像也是，自打我进入社会，找我麻烦的，最后好像都没有什么好结果。以前总以为是自己好记仇，“君子报仇，十年不晚”嘛，搞了半天原来我就是判官。“死是什么，死是生的延续”，曾经囫囵吞枣地读过叔本华的书，别的都忘了，只记得这一句。但却使我明白：人生不就是由无数个小的死亡组成吗？每一天过去，都不会再回来，不就跟死了一样吗？只要我们还能看到明天的太阳，还能迎接明天的希望，也就不在乎那些逝去的岁月了。一旦觉得真的看不到明天的太阳时，就开始有了死亡的恐惧。但恐惧又有什么用呢？谁又知道今晚睡着了，明天还会不会起来？然而，每天都生活在空虚之中，只有依靠药物才能找到一种活着的快感。同时又伴随着当即死去的冲动。这么多人依偎在一起只是为了相互取暖。每个心灵都是孤寂的。每个清晨来临，迷乱的夜晚行将结束时，都像年轻的妈妈离开襁褓中的婴儿，依依不舍。

末稍神精在药物的作用下跳跃起来，我进入了另一个世界，那是一个极乐世界。

我看到点点那张小巧而标致的脸更加精致，像日本动画片中的人物。我仔细寻觅她脸上的败笔，但无从查找。我不知是否该用仙女形容她，此时，她绝不是凡人。这个时候我突然感觉不到自己是一个男人。这倒显得我心灵很纯洁，我只是单纯地欣赏她的美，单纯地搂着她，单纯地抱着她，单纯到我已忘了男人和女人在一起还可以干点别的什么事。我躺在她腿上，紧挨着她圆润的胸脯，她坐靠在沙发上，她的十指抚摸并揉搓着我的头发，我的头皮沙沙作响。我突然以为她是传说中的女神——美杜莎。幻想着在她的注视下、十指揉搓中，我变作一块石头，一块丑陋不堪的石头。

这时我已感觉到另一个我，飞出躯体，那也许就是所谓的灵魂。在空中自由地漂浮，没有任何羁绊。也就是在这一刻我感到永生的快乐。闭上眼睛是一个世界。睁开，又是另外一个世界。一切都在我的眼中变异、放大或缩小。我看到许多我以前从未见到过的东西。有时真的在想，现在死了是最好的，一切就解脱了。在快乐中，飘荡着离去。再他妈的没有烦恼了。如果让我选择死，我宁愿用这种方法……

我闭上一只眼睛、睁开另一只眼睛努力在真实与虚幻中分辨着，我不断变换着两只眼睛所处的水平状态，试图分清楚上一秒钟在眼前和脑海里出现的景象的真与假，虚与幻。茫然却让我无从得知。

我讨厌讲话，有时却又不得不说，内心是孤独的，孤独的折磨时常谴责着我不得不面对一张张陌生的脸。我试图做到真正的自己，却离理想越来越远，不时的很讨厌现在的自己。

第二章

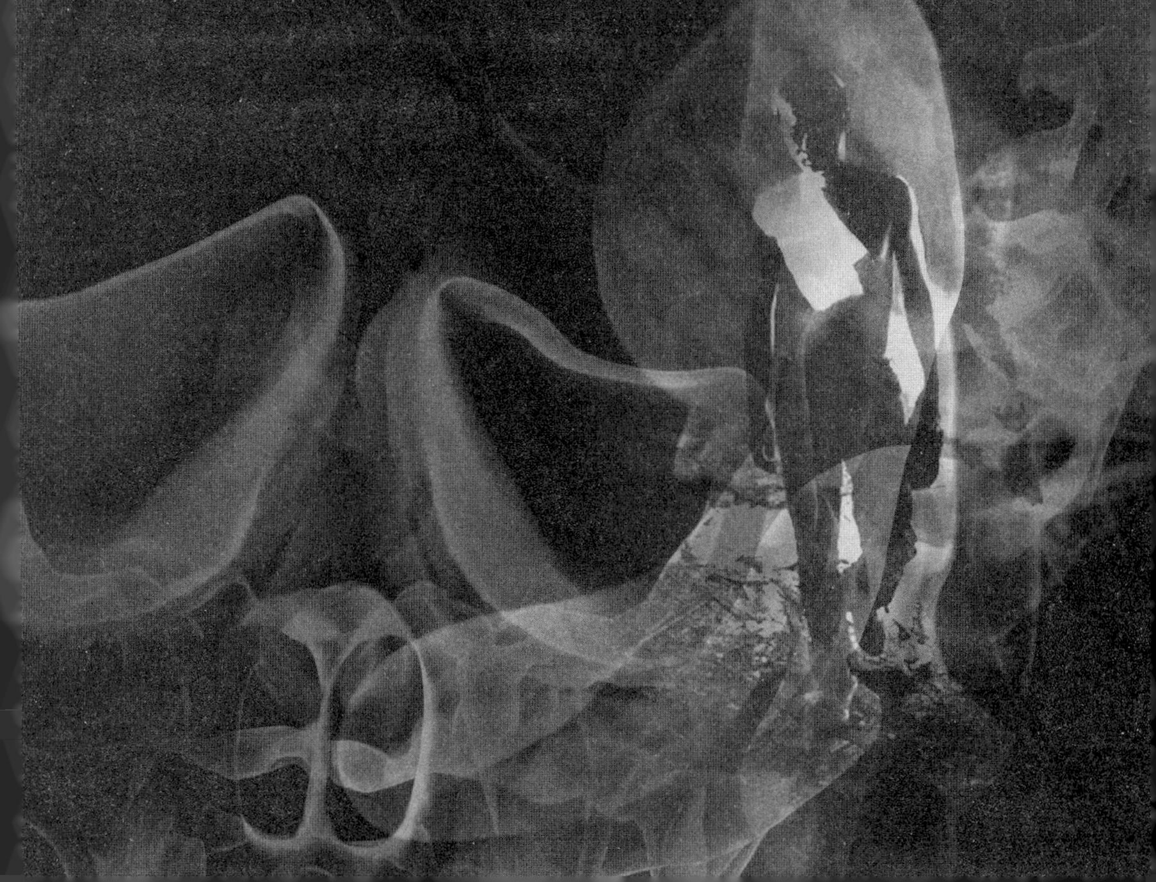

这两日天空始终很忧郁，阴沉的雨拼命地撞击着青灰色的水泥路面，似乎要敲开它坚硬的壳。街道被雨水冲刷得像刚清洗过的脸，城市的铅华与喧嚣也被这场雨涤荡得缺乏了往日的风采。路上的行人也减少了许多。咖啡馆里的人更是寥寥无几，透过透明落地大玻璃，看着不时经过的各种雨伞像蝴蝶般倏而不见，步履匆匆的人们几乎都不愿与这孤独的雨做伴，只剩下这雨像离家的孩子落寞的、自顾自地下着。

雨天，我总是会莫名地伤感。各种古怪阴冷的思绪一浪浪地涌来，面部表情也在心的起伏下变得阴沉起来。周遭的一切都被这种阴冷冻结、凝固。寂寥的咖啡馆里漂浮着JAZZ的忧伤，让这种冷更加坚固。转瞬间万物被疾速形成各种不同形状的固体，保持固有的姿态，仿若冰的世界。冰凌、冰粒、冰片、冰块……时间从此静止，世界不再变化，万物不再冰冷……

神经、阿荣他们几个在打牌，我一个人窝在另一张桌子旁的沙发里。我讨厌讲话，有时却又不得不说，内心是孤独的，孤独的折磨时常谴责着我不得不面对一张张陌生的脸。我试图做到真正的自己，却离理想越来越远，不时的很讨厌现在的自己。只有在一个人的咖啡馆里才能恢复本来的我。不用跟任何人讲话，活在自己的世界里，静静地看着时间的流逝。但每天的生活总是千篇一律：咖啡、酒、药物、女人……不知下一分钟会干什么。仰头枕在沙发靠背上，向空气中吐了口烟，看着这股青烟被无奈地推到空中，形状瞬息万变，犹如平静的湖面投下的石子，荡起一圈圈漪涟，又像怒放的玫瑰花瓣，慢慢地散开，无声无息，消失、隐匿。百无聊赖之际拿起电话，翻看着电话簿里女人的电话号码，眼睛在快速地搜索着。突然，一个陌生号码进入我的视线，后面的数字都是6，但又一时想不起是谁的，主人的名字有点像个日本姑娘的名字：惠子。我努力搜索着，还是想不起她是谁。随即按了拨号键，几声嘀响之后，一个女孩儿甜美又低沉的声音："喂，谁呀？"

"是我，小瑞。"我还是没听出来她是谁。

"噢，你怎么想起给我打电话了？"

"晚上有空吗，一起去喝酒？"

"不去了，你去玩儿吧。"

"那好，改天再见。"挂了电话，我努力分辨这个熟悉的声音是谁，结果是徒劳。到底办没办过？始终没有清晰的答案。记忆力越来越差，什么也记不住，以前的"电脑"成了猪脑。算了，删掉吧，反正也不知道她是谁。可能早就是我吃过的一盘菜了。就这样，她从我的世界里被删除了。

"哥，电话。"神经拿过电话。

"瑞哥，我是老四。上次欠钱的那个小东北让我抓住了，怎么办？"

"在哪儿呢？"我问道。

"游戏厅。"

"我马上过来。"

2002年世界杯期间，全民皆赌，至少我认识的人是这样，好像人人都是庄家，可以操纵比赛结果。我们可能是全世界博彩业排名最后一位的集团公司。我们有幸生活在这个全球大家庭的互联网时代，下注的方式也与时俱进地改为网上投注。我只需给这些赌客们一个网站名，再根据他们的信誉度给予一部分现金额度。每天球赛结束后，计算出输赢的数字就行。如果当天下注量过大，我会在每场比赛开赛前把自己吞不下的数字打入我的后庄——澳门博彩公司就OK了。

小东北这小子世界杯期间在我这报球下注，开始一直表现不错，也不像个没钱的人，开着一辆九成新的新款"雅阁"。平时还挺讲信用，谁知有一场球报了二十万，输了。第二天就消失了，害我找了一个多月没找着。

在这次世界杯上，我高涨的爱国之心让中国队的球技彻底地摧毁了。三场球赛分别开出的盘子是对方让我们一球、两球和三球。而我们的球队也不负重望地分别以0：2、0：3和0：4光荣饮弹身亡。我那义无反顾的爱国热情，也随着我们这支内战内行、外战外行的特牛叉队伍的光荣献身而灰飞烟灭。在中国队最后一场对巴西的搏杀中，我的一个哥们儿很自豪地告诉我说：我今天买500中国赢。接着又沉重而小声地说着：买5万巴西赢。我当时都想抽他。但他说了一句耐人寻味的话让我至今无法忘记：“虽然咱爱钱，但也不能不爱国呀，可谁又和钱过不去呢？”

当一场全国人民所期待的搏杀演变成一场毫无悬念的桑巴舞对中国龙的屠杀时，我也不得不承认我们这些善良臣民的爱国心是多么的苍白无力。看着这些平时在国内的绿茵场上张牙舞爪生活中对自己的同胞挥以施瓦辛格式的铁拳，毫无廉耻地蹂躏着我们那些美丽的足球宝贝的柔情、肆意扮演着民族英雄的形象，占据着各大报纸的版面，强迫着我们无奈的眼球，对他们行着注目礼，而在这场举世瞩目的足球盛宴中却带着九颗光荣的“彩蛋”，凯旋。

在韩国人的身上，我及时地吸取了我们国家这支强大的亚洲队的回国经验，调转枪头，每次都下到这支太极虎的对面，决策上是英明的，但还是被韩国队这只恶虎连咬几口，被它搞得鲜血直流，如果韩国队继续无视公平公正的体育精神，我还真不输。谁知当世界上大多数人民以为他们肯定要将无耻进行到底，手捧“日韩”世界杯，我又识时务地把赌注押到他们身上时，他却放下屠刀，立地成佛了，他倒是浪子回头了，而我却几乎倾家荡产。我甚至在给一个外地朋友的电话中扬言，那个乌拉圭的傻B裁判来中国，我第一个把他灭了。也就是在那个时候，小东北这小子竟然跑了。今天总算给逮着了。我们开着车一路风驰电掣赶到了游戏厅。

游戏厅在外面看很普通，没有招牌。一楼临街的大落地窗总是被厚厚的绒布窗帘遮挡着，大门也不开，显得冷冷清清。门口站着几个闲人，似乎无事可干。只有看到熟人或常客，才会把大卷闸门上的小门打开，里面就是另外一种景象。上百台翻牌机都坐满了人。游戏机每次开牌或结束时，都会发出“噔噔”的声音，此起彼伏。打机的人坐着，还有一些人在这些人身后站着，一些是工作人员。还有一些是可能已经输光了的人，但又不甘心离去，好像别人赢回来了，自己也很满足。如果自己从这个机子刚离开，别人坐上去，打出同花大顺、小顺或五头什么的，那又懊悔得死去活来。好像这副牌就应该是他的，但却让别人捡去了。不时，大厅的某台机子前会有一阵骚动，人们都向那台机子聚集。那一定是这台机子出了大牌。围观的人有嫉妒的表情、有羡慕的表情、有不屑的表情，还有的好像是自己打出来似的无以言表的表情。兴奋、激动、懊丧、后悔、冷漠、得意、生气，各种表情集合在一起，发出“噢”的一声。随后是一阵七嘴八舌的议论。“本来出了一对，但我没留，所以……”“这个机子该出大牌了，已经填了很多钱了……”“我就看它像要出东西了，几天都只进不出……”总之个个都是诸葛亮再生。很快大厅又恢复了原有的秩序，各自重新回到自己的座位上全神贯注地奋战，期盼好运降临到自己头上，就算现在发生第三次世界大战，也与自己无关。

“俄罗斯大轮盘”上也围满了人，里三层外三层，似乎一把不下注就会错失一次发财的机会。等到结果出来，赢的人欢天喜地，输的人垂头丧气，还引得同伴一阵指责和埋怨……

办公室在二层后面一个很隐秘的角落。打开后门可以直接走到大街上去。进了办公室，小东北这小子在墙角蹲着。老四他们几个在旁边坐着，看见我进来全站了起来：“瑞哥，瑞哥。”

“嗯。”

老四是我多年的兄弟。微黑色的国字脸上一条刀疤。由上而下经过额头划过眼角，停留在嘴角上方的脸颊上。这半张脸总在不停地抽搐，让每一个见到他的人都无法忽视这刀疤的存在。他做事就像他这张脸一样，常常叫人匪夷所思，但结果时常不错。

有次，和他一起做事的兄弟被抓了，当时派出所也在全力以赴地抓他，他竟然跑到派出所给那个人送饭去了。更让人不解的是他竟然跟派出所的同志吵了起来，嫌人家不让送饭，把里面那哥们儿吓得没差点晕死过去。而他却像没事人似的在那里不依不饶，最后是在周边人的劝阻下极不情愿地离开那里，我估计要是赶他走的公安大哥知道他就是那个他们全力以赴要抓的人，非要抽自己几个大嘴巴子不可。平时，我安排他带些兄弟在六哥的游戏厅，防止那些没有赌品的人输急了闹事。

我坐在椅子上，掏出根烟。几个点燃的打火机，摆在我面前。我吸了口烟，用一种摄人心魄的寒光，看着蹲在墙角的小东北半天没说话。小东北着一身深蓝色的名牌西装，朱红色的衬衣解开两颗扣子，衣领覆盖在西装的领子上，一条样式别致的白金项链挂在脖子上，油光发亮的背头上，连只苍蝇都站不住脚。他家住西郊，父母以前是援建时来这里安营扎寨。西郊很多军工大厂都是这种情况。他们这一代仍然延续着有别于城中别的地区的东北音。严格意义上说，已不再是正宗的东北人了。

我看着他，他在我的眼神中局促不安，每次当我面对准备收拾的人时，都能听到我的血管里鲜血的流淌声，每个汗孔都会张大嘴巴，汗毛都会激动地跳跃，语言则会消失得无影无踪。

“瑞，对不起，前一阵实在输得太多。”他惊恐的脸上带着一种无奈的忏悔。复杂的伤感全部挤在脸上，五官为之动容。

“瑞哥的名字也是你叫的？”老四照着他那张复杂的脸就是一记清脆而沉重的耳光。这小子竟然在这突如其来的清脆声中，没来得及转换他的表情。数秒钟后，这半张脸好像才反应过来。眼睛、脸颊和嘴一起向中间紧缩，发出“嘶”的一声，手也开始抚慰那张不听话的脸。

“你他妈的，给你说话，当是没听见？”老四抓着他光鲜照人连苍蝇也趴不住的头发，向身后拽着，他的脖子也随着这股外来的强大力量慢慢扭动，整个脸在脖子的带动下仰了起来。老四脸上的那道疤也不失时机地配合着他的语言抽搐着，狰狞得让人不忍看下去。

“瑞哥，我错了。”不过，在这种情况下，他懂事多了。

“知道错了，你知道为了找你，让我们费了多少功夫。”老四居高临下地对着这张攥在他手中仰面看着他的脸，另一只空闲的手急不可待地又慰问着小东北闲着的另半张脸。我喜欢这样的节奏感紧凑，整个氛围像演一场舞台剧。

很快，他那张还算漂亮的脸已由俊秀型过渡为肥胖型。嘴角有了一丝殷红，像夕阳西下的一丝晚霞，显得格外夺目。

“瑞哥，这钱我一定还，前阵子实在是输得太多了，没办法，你再给我几天时间，我砸锅卖铁也要给你还上。”小东北抓住老四中场休息的短暂时间快速而清晰地阐述自己的思想。

我不知该拿什么来形容他的语言和表情的有效组合，但确实没有打动我。

“哦，没办法你就跑，你把我们这儿当什么了？银行？福利院？你是孤寡老人吧？看来每天得给你发点赡养费。”阿荣在一阵谩骂声中，又夹杂了一套泰森的组合拳，一股脑地泻在小东北的脸上。其他人也不失时机地给了小东北几个窝心脚。小东北倒像一个勇士，在这一阵急风暴雨之中只发出几下“嗷嗷”的声音，就恢复到岿然不动的境界。

我实在无法容忍这种杂乱无章的打法，深深地吸了最后一口烟，扔到地上，转动鞋掌呲灭烟头，冷笑着看了他一眼，然后对老四说道：“拿把榔头来。”老四从床下的工具箱里翻出冰冷生锈的榔头递给我，空气似乎也突然冰固了。小东北不知是真的感到了冷还是其他什么原因，身体突然抖了起来。我拿着手里的榔头，用力拧了拧铁头与木头的连接处，看看是否有松动迹象。当得到满意的答案后，我起身离座蹲在小东北面前，看着他始终没有吭气。突然举起榔头向他的头上晃了一下，他本能地向后一闪，两个手死死抓住我高举榔头的手臂，我的气不打一处来，“把手放开！”我冷冷地说道。

“瑞哥，我一定还钱，你听我说……”他的声音开始急切而颤抖。这时的表情如果演电影一定能获奥斯卡最佳提名，只是可惜了这小子的演技才华，我都有些被他的表情所打动了，可一想到那些血汗钱时，那一丝怜悯又不翼而飞了，有时我的脆弱让我自己都会感到无地自容，要说做人不能太自私，就算不顾自己也应想想在找他的那些天里兄弟们的痛苦，三伏天一个个像猎犬一样四处追寻他的踪影，没找到还要遭受心里的折磨与谴责，再说除我之外他也不知骗了多少人，他反倒和没事人一样的花天酒地，那些被他欺骗的人怎么生活？我就是不为自己，也要为了其他人的被骗，为了兄弟们的受累，主持公道……

“你几个把手给我拉住，把嘴堵上！”他的抵抗在我的眼神中瘫软。

很快，小东北的胳膊被拧到身后，嘴里被塞进老四不知从哪里翻出的一条烂抹布，这小子变得狂躁不安，身上抖得像正在发病的羊癫疯病人，嘴里不知哼哼着什么，头在拼命地摇着。我看着他，慢慢地举起榔头，笑着。他的眼神中透出无法言表的惊恐，“嘭”——随着他蹲着的左膝盖被这冰冷的榔头有情地热吻了之后，这小子嘴里发出一声沉闷的嚎叫，整个身子缩成一团，随即向后倒去。我没有理会他的哀号，正如他没有理会我当时的难受一样，照着他的双膝及脚面一阵连续痛砸，他的头连同整个身体在这一串连续的“嘭嘭”声中使劲地扭动着、挣扎着。脸也因腿部的疼痛而扭曲、抽搐而变形，像一只掉入陷阱垂死挣扎的野兽发出“嗷嗷”的哀号。

我喜欢榔头撞击骨头时发出的“嘭嘭”声，每当听到这种声音，我都有一种奇异的快感。用榔头敲击骨头时发出的声音就像贝多芬那首多舛的

《命运交响曲》，能够让我感到扼住对方生命喉咙时那种活着的意义，而用刀这种利刃却时常让我很血腥，血让我兴奋，但同时又破坏心情，总而言之，言而总之，我还是不太喜欢直接表述血腥的工具。

他的两腿再次在这一连串榔头的亲密接触中颓然倒地，嘴里含糊不清地哼着什么，像是唱日本的拉网小调，眼泪如受了委屈的女人般喷泻而出。整个画面让所有人为之动容，如果换个美女我会不顾一切地放弃对他的愤怒，对他却越看越气。常说：男儿流血不流泪，这还没挨几下就成这样子了。要是日本人来了，这种狗日的绝对是汉奸。唉，想想当年中国抗战打了八年，就是因为汉奸太多。要不然一个弹丸小岛之国竟然把我们这个泱泱大国欺负了那么多年。如果把我放在那个年代我一定是死硬的爱国锄奸团一员，这样也不会让鬼子嚣张八年。

"以前是练田径的吧？还跑不跑了？"我轻声地说着。

他嘴里发出的哼哼声，配合着头部的摆动，像西式落地大摆钟使劲地摇着。

"来，蹲起来。"我依旧保持着微笑。

他努力想蹲起来，但几经尝试都没有成功。

"你不会蹲是吧？"榔头在他的膝盖上轻轻划动，他竟然一条腿缓缓地蜷了起来，屁股竟离开了地面，仿佛疼痛感消失了。然而这种奇迹只维持数秒，就又一屁股坐在地上，脸上再次浮现出痛苦的表情。嘴里的抹布在这个时候被他的上下两排牙齿充分地利用、爱抚，掉在外边的那一条破抹布像一片乌云，挂在彩霞旁边。我真担心如果没有这块抹布，他会不会把这么好的两排牙齿给磨碎了，或是把那唯一的舌头给咬掉！几经努力，他始终没有再次蹲起来。两腿平放在地上呈V字形。要么说这狗肉上不了席面。他一定没看过《钢铁是怎样炼成的》，我突然觉得很没劲。

我站了起来，把榔头递给老四。他们几个松开了抓住他各个部位的手，小东北好像一口气泄了，瘫坐在地上，呜咽着。

我看着他这个样子，气又不打一处来：欠我钱不还，就知道跑，现在还没打呢，又装孙子。我突然忍不住照着那张让我生厌的脸猛踢几脚。那张脸很快在我a.testoni皮鞋的关照下，变成了另一张脸，是猪头才对。我有一点纳闷，一张好好的脸怎么就像变形金刚一样说变就变了呢？而且你说要变就变得好看些，怎么就要什么难看变什么呢！要么说这人呀还是不要做坏事，这坏人和好人变得脸都不一样，你看那电影坏人一出场都能看出来。虽然不好看了，那令我生厌的哭声却停止了，看来他还是有些觉悟的。

我坐回到椅子上："把抹布拿下来。"

抹布阻挡了我与他之间的语言交流。

当烂抹布从他嘴里拿出来时，他一口粗气落地了。

我又重新点了根烟，拿出纸巾，清理着鞋上的血点，边用眼睛瞄着他。他的眼神和我的在空中碰撞时，没有产生意料之外的表情，而是迅速地低下头，又不时抬起眼皮偷偷地窥测我是否依然关注他。

"说吧，咋办？我听你的！"我语气平缓，态度温和。

"我还，我还！"他回答的速度比兔子跑得还快，"我今天就联系人卖车。"

"欠多少钱？不要时间长了，把账记多了！"我最怕在经济上不清楚的人，包括我在内，所以我从不借钱，倒是借给别人的钱经常收不回来，两年前在"百家乐"的场子上，有个叫小芳的女人，三十多岁，斯斯文文的，我认识她时她和她老公给场子上带"腿子"(就是赌客)，每天场子上都要给她些好处，倒是有了些钱。不知怎么自己也赌上了，开始赌得很豪爽，最后存款都输光了。有一天，她又输光了，向我借钱，本来我是不愿意借给她的，劝什么不能劝赌啊。她和她老公又一起对我说好话，又给我掏出一个存折，上面有7万元作担保，说天一亮回家就给我取钱，我也就见不得别人说好话，心太软，极不情愿地借给了她。赌运比人背，一会又输了个精光。虽然输光了，咱也不能落井下石呀。天亮了，我又送他俩回家，谁知道回家后谁也没把钱取来，原来那张存折是假的。这两口子咣当一下给我跪到地上哭得乱七八糟，我一下懵了。就气不打一处来，他妈的，自古欠债还钱天经地义，没钱还敢借？本想把女的拉出去卖身抵债，可这三四十岁的老女人谁要啊，再一看他们家上有七十岁的老母，下有十二岁小女孩，一家人都哭天抹泪的说好话，气得我快吐血了，最后只能先走，临走时说清楚了还款时期。可到了日子人是来了，非但一分钱没还，又被骗走一千。两口子一看见我就开始流泪，她老公一声不吭地站在旁边，那表情就好像谁刚把他老婆给办了没给钱一样，最后又说孩子明天上学没钱交学费，又一天没吃饭，看我能不能再借给她一千元，你说气不气人，这钱没还又让我赔了一千，后来听说这女的去日本淘金了。这么大年纪了，日本人又变态这钱也不好挣呀。我心里还挺不是滋味的，再后来就没有消息了，从那以后我就发誓不和经济上不清不楚的人打交道。别人不对，但我不能不清不楚，不能让别人多记，更不能少记呀。

“二十万。”

“哼哼，怕你记不清，还真就记不清。借银行的钱还利息不，每次找你的费用谁付？”我边说边走到他的面前蹲下。

“瑞哥，那你，你，你说多少就是多少！”看着蹲面前的我，他抖得连话都说不清，开始结巴起来。我不明白这些人为什么不能自觉点，非要让别人难堪地提醒后，才能记住欠多少。

“这样吧，你现在情况不好，再给你一个月时间，你先把车押到这儿。到时候你给我还三十万行吗？”我用一种商量的口气，一边说着一边从口袋掏出一张雪白的纸巾，给他擦拭着脸上及嘴角边的“彩虹”，态度和蔼得让他不忍拒绝我这合理的提议。

“行，行，行。”他对这样的结果很满意，干脆得让我都想再给他缓些日子。

“还不谢谢瑞哥。”阿荣说话间又踢了他一脚。

“谢谢，谢谢瑞哥！”

“行了，行了，不要动他了，这小伙子人不错。”“来，咱把手续办一下，写个借款合同。”

“行，瑞哥，你说怎么写？”

“写，你借我三十万的现金，拿这车做抵押，时间一个月。咱俩虽然是朋友，但我还是要把丑话说在前面，如果一个月后再不还钱，那我只能把你这车卖了，到时你可千万不要说我不够朋友。来，把车钥匙给我。”小东北从口袋里拿出车钥匙。

“哦，我差点忘了，车手续在哪儿？”

“都在车上。”

“好，谢谢你！”

“老四，找个布子把东北脸擦一下，别让他这样出去，不好看。”

老四一边把那块烂抹布丢给他，一边骂着：“你他妈的你咋就这么贱的，不打你就不知道还钱？不打你就不知道喇叭是铜锅是铁，马王爷有三只眼，你也不想一想，你跑了和尚能跑了庙吗？除非你从这个地方彻底消失。你这种狗日的，皇帝买马的钱你都敢拿去赌，胆太大了，你太胆大了啊！”老四连续的“你太胆大了”让我也觉得，他是太胆大了。

“娃呀，你以后可不敢再这样了，这是遇到我们好说话，要是遇到不好说话的你怎么办？到时后悔都没眼泪。”老四语重心长地说着。

“是，是。”看着他回答的态度我在想，这人呀有时怎么就这么糊涂呢？

他用那块堵嘴的破抹布，把脸上的血渍擦净，越罢显得嘴唇肥厚得像两根平行的火腿肠。龇牙咧嘴的五官挤在一起，配上这张猪脸，叫人忍俊不禁。

“小东北，饿了吧，走，我请你吃宵夜。”

“谢了，瑞哥，我不去了，你们去吧。”小东北有气无力地说着，像秋天树上飘落的叶子。

“那好，你在这里休息休息，我等你的电话。”

临出门时，阿荣看到吊在小东北脖子上那条一点认不清形式，现在还敢站出来招摇过市的白金项链，不知怎么就不顺眼了，可能是觉得比自己脖子上那条粗吧，用手拽着说：“你他妈的，一天不好好地做生意，找个地方去上个班，没事你装啥黑社会，你以为戴个金项链就是黑社会，你吓谁呢？明天不许戴了，再让我看见你就小心着。”

“这不是给流氓抹黑吗？”出了门阿荣嘴里还在小声嘀咕着。阿荣这种维护正义的性格总在不同的地方显现，也难怪他看不惯这种装流氓的假流氓。

“哦，对了。”我突然想到了什么，转回房中。

小东北看我又回来了，很惊诧，不知又有什么事。

“你的脸是咋搞的？”

“嗯？”他对我突如其来的这句关心，一下子没有反应过来，随后又立即明白过来，“摔的。”

这小子还算明白事。

“以后小心点，要是下回再摔，可能就不是这么轻了。”我郑重其事地提醒了他，再次转身离开了。

我最恨两种人，一种是抽大烟的烟鬼，一种是滥赌的赌鬼，这两种人什么事都做得出来。没钱急了，卖儿卖女卖老婆。逼死爹娘，欺骗朋友。赌鬼赢了不知道收手，输了就卖房卖车，没有忠孝廉耻，只有死到临头，才知道后悔害怕。这种人死一个，少一个，这个社会也少个祸害。所以对这种人没什么可同情的，只有一个办法：痛打！这也算治病救人吧，但我却经常做不到，唉……

从里面出来，不知什么时候，这下了几天的雨竟然停了。月姑娘在接受星星们对她问候的同时，不忘回以她月牙般的笑脸。湿润的地面在月亮的照射下，泛着白光。肚子还确实有点饿了，走到车前，神经已在里面睡着了。他和美梦被我一阵急促的车窗的敲击声惊醒，赶忙打开车门。

“哥，这么长时间，怎么样？”

“嗯，没事了，去澳港海鲜酒楼，我饿了。”

两辆车一前一后驶向澳港海鲜酒楼。

澳港海鲜酒楼位于繁华的文艺路路口。这条路因有许多文化团体单位而闻名，又有几个大的鲜花批发市场。所以，白日里总是热闹非凡。等到夜晚来临，华灯初上之时，街上的这些通宵营业的酒楼又使它变得更加非凡热闹。在这里你可以了解到这个城市每天所发生的一切，各类小道消息传播的速度超越任何一家新闻媒体，其真实性和可靠性甚至超过了那些正常渠道。各类群体都集中于此。政府官员、公安干警、商业巨头、流氓大亨、地痞无赖、小姐妈咪、市井小民，总之是五花八门，无所不聚，要不怎么说民以食为天。

这家酒楼是一个澳门人跟一个香港人合开的，主营粤菜，鸡煲翅做得最拿手。刚坐下女经理王丽就过来了：“瑞哥，来了。今天吃点儿什么？”

“你看着上吧，主要想喝点儿汤。”

“就你们几位？”

“嗯。”

“那就一个鸡煲翅、一个蒜茸蒸扇贝、一个啫啫生肠，再来一个上汤娃娃菜，你们几位也就差不多了。”

“行！”

……

正在吃饭，有人走到我面前：“小瑞，二哥叫你！”我抬头一看，原来是二哥的司机小宝。顺着他手指的方向看到二哥二嫂几个人在靠墙角的位置上，像是刚到，桌上只有几只茶杯，我起身向他们桌子走去。

二哥是我们这个城市里响当当的人物，五十多岁，各个方面都很给面子。有人说他很霸道，有人说他很义气，我属于后者。因我们两家是世交，他对我不错。而我，对他自然也没得说。在二十多年前，我很小的时候他已扬名立万。而那时，我还不懂社会是什么东西，只是当别人知道我与他的关系很好，脸上流露那种羡慕神情时，一种沾沾自喜便会萦绕着我。

当我踏入社会之后，有几次被对手的铁拳砸得即将粉身碎骨的时候，是他救我于水火之中。这些年，他一天天老了，头发一根根白了，我也在风雨中一天天的茁壮成长，看到彩虹。当然也给他办了一些力所能及的事情，但每次见到他，仍然怀着一颗亲切、感恩的心。

“二哥、嫂子！”

“嗯，小瑞，你刚来，这是你王哥。”我偏过头，看到他旁边坐的人，“王哥，我认识。”

“你们俩认识？”二哥问道。

“认识认识，只是这几年联系少了。”王鹏说着。

王鹏外号王大款，人有钱，爱张扬。开的奔驰车号全是8，手机号也全是8，人看似很江湖。早几年认识，只是没太深交。

“认识就好，来，坐坐。你王哥那儿有个事，本来还说给你打电话呢，今儿刚好碰着了。这事也就你去比较合适。”

“啥事儿？”

“是这样，你王哥呢，最近做了一个酒品牌代理，也属于中国八大名酒之一。但是现在这餐饮业规矩太多，任何东西进店都要收进店费。牌子越亮，进店费越高，你王哥刚掏了几百万把这个牌子拿下来，在这方面不太熟，我考虑：一、你在餐饮娱乐方面比较熟，人缘好；二、你以后也要做点儿正行，不要老在社会上打打杀杀，年龄也不小了，三十了吧？”

“嗯。”

“就是嘛，你看看多快呀，我有时候经常想你那个时候还是个小孩儿，现在我都老了，以后就要靠你了！”

“二哥，你说什么呢，不管什么时候你都是我的二哥。”

“王鹏，小瑞就是这点儿好，重感情，讲义气，你把这事交给他办，没有错。”

“二哥，你找的人不会错！”王鹏笑着说。

这时，菜也上来了。“来来，边吃边说。”

“瑞，你明天到你王哥的办公室去一趟，你王哥准备让你在他的商贸公司里当个副总，你就负责酒的进店与销售。看怎样花最少的钱办最好的事，但前提是不能惹事，因为这是正当生意。游戏就要有游戏规则，不能胡来。”二哥语重心长地提醒我。

“我知道。”

……

“哥，电话。”神经过来，把电话递给我。

“二哥，没有别的事，我就先走了，明天我和王哥联系。”

“好，你先走吧，别惹事哦。”

“嗯。”我说话间使眼色让神经去把这两桌的单买了，然后告辞。

第二天起得比较早，下午两点去了王鹏的公司。他们公司位于南郊开发区的一幢28层高楼内的16层，整层。经过秘书小姐的询问及电话落实，我被引到了王鹏办公室门前。

他的办公室在最顶头的一间。宽敞明亮的房间，一张三米长的红木办公桌，闪着油亮的光，气派非凡。主人座位的后方整面墙壁的书架上被各类书籍堆积填充，政治、文学、经济、传记无所不包。桌子上摆放着一台19寸液晶显示屏的电脑，一台松下传真机，一台惠普打印机，外带三部电话。另一面墙上挂着本市一位著名书法家的大作，是诸葛孔明老先生的“淡泊明志”。

我就纳闷，为什么所有搞政治的、做大生意的，都要给自己的办公室或房间里挂上这种和自己的信仰完全背道而驰的东西？这可能就属于挂羊头卖狗肉的典型范例，倒是茶几上的一套功夫茶具引起了我的兴趣。

看到我进来，他热情地起身招呼：“小瑞，你也来得够早的了。我这一早晨都忙完了，你才来。”

“王哥，不好意思，我这都算起得早。平时这时候都还睡着呢。”

“好家伙，你这过的是啥日子，比神仙还神仙，一觉睡到自然醒。哥这早上八点就到了，晚上睡得再晚都得早起，一天到晚最缺的就是觉了。来，来，来，快坐，你喝啥茶，哥这好茶多。”他边说边离座开始摆弄起那套茶具。

“普洱吧。”

“哦？你爱喝普洱，那你看看我这普洱怎么样？”说着，他从柜中拿出一块茶饼，“别人送给我的，喝过两次。”我接过茶闻了闻，又看了看表面泛出的茶油光，那种醇化后的茶表面自然彰显出来的悠悠红光："王哥，这茶不错，至少应该是十年的。"

"哎呀，没看出来，兄弟你还是个品茶的行家。哥也爱喝茶，来来，讲一下你是怎么看出来的？"

"我也是粗懂皮毛，只是爱喝普洱，略微知道点。"

"你别客气，我还真不懂这普洱，别的绿茶还行，来讲讲！"

"王哥，那我就不客气了。一般说来，这普洱是天冷时喝的，所以有一种说法叫'夏饮龙井，冬饮普洱'。普洱茶产于云南，又生茶和熟茶之分，一是自然发酵成形的称生茶或生饼；二是人为加湿加温，渥堆成形的称熟茶或熟饼。茶表面的陈化与时间的长短成正比，这也跟做茶人的手艺有关，年代越久的就会泛出自然的茶油光。如果加以化学制剂加速陈化的茶，会将茶的活性破坏，茶质空洞无内涵，耐不住热水的浸泡。好的普洱是放在四处干燥通风的地方，自然调节。让微生物与茶有机地起到后发酵作用。这样的茶叶才能越陈越好，而不是人工而为之的。而且你得到好的茶叶要存放得宜，还得看时机喝。雨天、晴天、天冷、天热，什么时候喝，都是有理可循的。无论多好的茶最终都是要喝的，那么怎么才能喝到一杯好的茶汤，这讲究可就大了。"

"小瑞，你倒说说，这有什么讲究？"他眼里流露出一丝有意考我的意思。

"喝茶不单仅仅是用开水泡茶这么简单，欲想功其事，必先利其器。不但茶叶要好，泡茶喝茶的器皿也非常重要。俗话说'水为茶之母，器为茶之父'，无论是什么材质的茶杯都不能有异味。干净整洁的茶具，在泡茶之前仍要用开水烫一下，再次消毒去异味。用紫砂壶冲泡普洱茶可以减轻普洱茶中的杂味，所用紫砂壶应选用壶壁较厚，壶口出水流畅的，才能保证每一泡的口味均一，壶腹宜圆形，茶叶在这样的空间里容易舒展，保证每一泡的浸出物均匀，从而把此茶独有的圆润表现出来。光茶具好还不行，我刚说了，水为茶之母，古人泡茶用水特别讲究，要求水质清、活、轻。水味甘洌，最好是山泉。茶圣陆羽说'乳泉、石池浸流者，是泡茶最佳用水'。当然，我们现在是达不到这种条件了，也只能拿这桶装的所谓矿泉水凑合一下。在泡茶的水法上，绿茶讲究要轻柔，乌龙要高冲低斟，红茶调饮，普洱需要高温，不同的普洱冲泡手法会有较大差异。粗老的原料需要水温越高越好，细嫩原料或白毫较多的茶品，冲泡水温应更接近绿茶。一般普洱茶的冲泡水温要越高越好，但对较好的普洱就要降低水温，忌讳一下子把茶叶烫死。熟茶需要水温高，温杯的步骤不能遗漏。注水沿着杯边缘轻柔淋入沸水，直至水满溢，名为洗茶。但要控制水流舒缓，以免激荡茶叶使茶汤流失真味。第一道洗完之后要闻一下杯盖，确认是否仍有杂味。如果味不纯，就要再洗一次。”正在这时，水已烧开了，器具也已摆放停当了。

“来来，小瑞，你也别光说，今天就给咱表演一下。”

我一边开始泡茶的工序，一边继续讲解着每一道工序的名称。

“冲泡普洱茶，每一个步骤都有说法。放茶叫‘杯含日月’，洗茶叫‘浸涤红尘’，泡茶叫‘秋池漫雨’，把泡好的茶倒入量杯中叫‘白玉流霞’，从量杯中再分杯叫‘普降甘露’，这时，你拿起这杯茶叫‘手捧江月’，再慢慢地闻味叫‘暗香浮动’，最后送入口中品茶就是‘细品琼浆’，这也就完成了所有的工序。当然，喝茶也不能一饮而尽，所谓一饮、二喝、三品。既然品，就要分三口完。这样，一杯好茶就会回味无穷。”

“小瑞，听你一席话，还真是让我对普洱有了新的认识，增长了不少茶的知识。”

“唉，我也只是略懂皮毛，班门弄斧。”

“好，咱们先说点儿正事！小瑞，哥虽然是做生意的，但各个方面我还多少都了解一点，我们也算认识好几年了吧？虽然不太来往，当哥的对你多少还是了解些的。否则我也不会给二哥说让你来，最起码我们有很多共同的朋友，大家对你的评价都还不错。”他突然的郑重其事，搞得我还一时无所适从。“你昨天走了，我和二哥聊了半天，一致认为这件事你做最合适，但还是要讲究方式方法，不能乱来，咱这毕竟是正经生意。至于运作方式和你的费用，我想这样，你看行不行？进店这一块你负责，包括进店后的销售情况，我给你派几个人，你也找几个人，组织一个销售公司，你不用天天来，但必须有专人负责。关于进店费这一块当然压得越低越好，能不交最好。我这里除了你找的人的工资外，每瓶酒我再给你提10块钱，现在可能有点少，等咱们打开市场了，哥再给你涨，你看行不行？”

“王哥，现在不要说钱，先给你把这市场打开，你的意思我已经明白了，我现在回去就组织上人。”他对我这种义无反顾的干脆，感到不可思议的高兴。

“好，兄弟，哥就喜欢你这种性格，不说了，等这生意做好了，你就看哥的吧！”

我俩又扯了一会闲篇，我就告辞了。

随后的一个月，都围绕着这件事开始忙碌起来。我让我的一个兄弟小杰当了销售经理，又找了几个人都印发了名片，我也成了王鹏公司的挂名副总，每天派人出去，在全市做市场调查，作出详尽的线路图，标注每条街上的每一个有规模的酒店位置及名称。然后又通过各种关系，运用各种手段把酒送进去。功夫不负有心人，月末时节，终于有了一百多家销售窗口。王鹏是逢人便夸我的办事效率及能力，我并没觉得有什么与众不同的地方。

我一直都想做点正行生意，但又不知从哪里下手。也曾装模作样地开过一家商贸公司，一切手续齐备，执照发下来了，却没有做过一单生意。最后以执照过期未审验告终。现在终于和正行生意联系到了一起，而且还小有成效，有一种小学生得到一张奖状后的肯定与欣慰。

我们俩对跳着，随着节拍默契地配合，像一对拍档。直至她香汗淋漓，我也气喘吁吁才回到座位上。当我靠近她时闻到了一股淡淡的体香，我深深地吸了一口，是我喜欢的味道，有种迷醉。

飛 FEY

第三章

每天的日子大体相同，这才晚上九点，叶刚打来电话说在“豪门”开好了房间让过去。这小子最近摇头刚上道，又不会HI。昨晚见我带了五个女孩开Mini party，很是羡慕，死活说今天要请我一起玩儿。

“哥，电话。”神经说道，“小杰来的。”

“瑞哥，我爸刚才被车撞了。”电话里传来小杰低沉的声音。

“司机抓住没？”

“跑了。”

“你爸现在人怎么样？”

“现在在市医院呢，脑出血，要打开。钱不够。”

“差多少？”

“两万。”

“等着我。”

小杰家里穷，父母双双下岗。他爸好不容易才找了一份看大门的工作，每月几百块钱。他妈在她们厂门口摆地摊儿，卖些鞋垫、发夹等小零碎。还有一个妹妹在读中学。小杰对父母很孝顺，他目前在我的酒业公司当经理，每月挣点钱都拿回去补贴家用了，自己从不乱花。我很喜欢他这一点，他人又很讲义气。跟我五六年了，对我很忠心。三年前就因为别人与我有点过节，他就把对方给办了，砍了十多刀，判了七年。最后我花了不少钱才把他弄回来。被砍那小子，到现在手上还少三根指头没找到。

今晚月亮不知跑到哪里去了，外面漆黑一片。

到了市医院的急诊大楼。急走，脚下突然一绊，我整个人向前扑了出去，赶忙用手去撑，还是趴在了地上。神经急忙把我扶起：“哥，你没事吧？”

“咝，狗日的，什么玩意儿？”原来是一根隔离墩上的铁条，白天这里是放自行车的，手腕痛得要命。

到了急救室门口，小杰和他的家人坐立不安地等待着。他妈正跟医生交谈着什么。

“你们赶紧去交钱吧，这不能等的。”医生用一种习惯的冷漠说着。

“我知道，求求你们先救人吧，钱马上就到。”小杰的妈用颤抖而又惊慌的声音哀求着。现在的医院，真他妈的狗眼看人低，没有钱救死扶伤就是一句空话，话又说回来，有钱的都经常把没病治成有病了，轻的治成重的，重的治成没气的，何况还没钱。

“瑞哥。”看到我，小杰一张焦急无助的脸，一下子有了希望，快步向我走来。

“嗯。”我应道。

神经取出钱：“给，这是两万五，快去办手续。”

“哥。”小杰用一种说不清的眼神望着我。

“别磨磨叽叽的，快去吧。”

“嗯，哥，过一阵我还给你。”

“你说啥呢，脑子没病吧，哪来这么多废话，是不是有病？别他妈废话，最近别乱跑，在这儿好好呆着，有事给我打电话，我有空就过来了。”手腕疼得我也没有什么好心情。

“嗯。”小杰低头答应着。

“小瑞，太谢谢你了，今天如果你不来，小杰他爸都不知该怎么办了。”小杰妈走过来用一种感恩的表情对我说道。

小杰的父母跟我都很熟，小杰在监狱那几年，我经常去他们家。每月都会送去家用。他父母是那种大多数中国传统家庭的家长，胆小而又怕事的老实人，一辈子小心翼翼，年轻时赶上“文革”十年，上山下乡。年纪大了，又赶上光荣下岗，现在连病都看不起，总之，倒霉事都让他们这一代人赶上了。

我最受不了就是老人这个样子，好像我做了什么伟大的事似的。“没事，阿姨，别客气。”

“妈，这是瑞哥给的两万五。”

“两万就够了，已经太麻烦你了，这五千你拿回去吧。”

“阿姨，留着备用，万一不够了。我还有事，先走了。”我边说边转身快速离去。

“小杰，快去送你哥。”

离开医院去豪门的路上，我在想，人的命真是难以捉摸，好好的没招谁惹谁就让车撞了，生死在天，富贵由命，这真不是人能定的。

“瑞哥，你来了，叶哥让我接你。”“豪门”的经理小涛站在大厅里冲我笑着。

“哪间房？”

“总套，都来了好半天了，就等你呢。”小涛热情的语言中透着殷勤。

我喜欢小涛，有眼色。每次我来都是忙前忙后，又是送果盘，又是打折的。如果有朋友要订房，就算我不来，给他打个电话，他也会安排得让朋友们很满意。当然，每次我来发给他的小费都比别人多。

“哎呀，我的神啊，你终于来啦。我等到花儿都谢了。”刚进房就听见叶刚夸张的声音。

“本来早就到了，刚好有点急事。”房子里男男女女十多个人，有一半认识，我一边说着一边打着招呼。

“今天就等着你给大家上课呢。”落座后叶刚说。

“昨天‘公子’玩儿时我去了，那真叫会玩儿，一个人带五个美女，音乐都跟咱平时玩儿的不同。所以今天专门请他来上课。”

“老叶你别开玩笑了，我也是瞎玩儿。”叶刚是做摩托车生意的，开了个摩托车城，生意很好。跟方方面面的关系都不错，只是对婚姻有着超乎寻常的执着。离了三次婚，结了四次。越找越小，但还是每天出入于娱乐场合。以前是天天喝酒，十次见他九次醉着，现在又迷上了摇头，天天找一帮人傻摇。但他人不错，见我总是说有什么事需要帮忙找他，也确实帮过几次。

“你再瞎玩儿我们都该回家了。”叶刚说道，“来来来，先把东西吃了。”

“给，把这几盘碟拿去，最新HI曲，我让人专门做的。”我对叶刚说道。

“换碟换碟。”叶刚喊着。

……

“HI是什么？那是一门艺术，是一段历程。有的人不会HI，吃了HI不出来，傻哭傻笑或像谁要把他怎样了似的。

“在五种情况下我是不玩儿的。一、人不对不玩儿；二、环境不对不玩儿；三、药不对不玩儿；四、音乐不对不玩儿；五、心情不对不玩儿。”我讲到这里停了一下，吸了两溜。每个人都用焦急渴望的眼神看着我，我揉了揉鼻子，吸了两下。

“瑞哥，你倒是快讲啊，为什么不对不玩儿啊？”老四问。

“你们想想，我们每天玩儿这是为了什么？那是为了享受，享受飞的感觉。俗话说，人生如梦，抓紧胡弄；时间不多，抓紧受活。享受，那就要会享受。玩儿的过程就是产生幻觉的过程。如果人不对路，就最好不要在一起玩。清醒的时候你能控制住自己的情绪。但药物上头时就很难控制，所产生的幻觉都是危险的、可怕的，万一不留神就容易出问题，说不定还会打起来。环境也非常重要。你想如果地方不对，给人的感觉乱七八糟像个菜市场，认识不认识的包间里乱窜也不知是谁的朋友，一进来瞪个大眼睛盯着你，你正飘着美呢，一睁眼看见一张陌生的怪脸在你面前你说你是什么心情？再比如还担心自己的东西被偷，或闭上眼睛，想的全是门突然被撞开，一个声音高喊着：全都不许动！那就是非常扫兴的事了。在这种情况下怎么能玩好？”大家哄堂大笑。

“要是说药不对那就更严重了。吃了和没吃一样，你说气不气人？还有一种药不是没劲而是吃完后整个像机器人，胳膊、腿都僵硬得像吃了老鼠药三步倒，一晚上都是硬的。在座的可能也有人吃过假的我就不多说了。”“说得对说得对……”一些人附和着。“关于音乐这一条，是非常重要的。一个好的曲子能带你飞得更高，飘得更远。你要能达到深刻理解这首曲子含义的高度，也非一日之功，甚至上一个音符刚出来你已经知道下一个音符要表达的是什么意思了。你可以随着乐曲到任何你想去的地方。什么时候放慢曲，什么时候放快曲，什么时候音量要高，什么时候音量要低，这是非常有讲究的。前后次序也很重要。这就要靠自己慢慢体会，玩得多了就有感觉了。最后一点就是关于心情的。你想想，如果你今儿心情很差，就不容易上头，那么就不容易释放出来。并且就算产生了幻觉，也是一些妖魔鬼怪。越玩越闷。所以最好不玩，否则就脱水了。”

“你看看，公子就是公子，我们天天玩儿，也就是傻玩儿。”叶刚说道。

“其实还有两点，我补充一下。”我停顿一下，喝了口水，又吸了一溜，“玩儿的时候呢，最好是女多男少，这样气氛好。就算不吃药看着美女也舒服呀。”大家哈哈笑成一团。

“最后就是少喝酒，最好不喝酒。要大量地喝水，最好是喝温水。再说了，跳舞的过程是不断出汗的过程，需要补充水分，要大量喝水，否则就脱水了。”

“精辟！今儿算是开眼了。”叶刚的一个朋友感慨地说。几个女孩儿听得目瞪口呆，用一种近乎崇拜的目光凝视着我。我已没有什么沾沾自喜的感觉，已经不知领受了多少这样的眼神。当然，每天早晨结束的时候，也没有单独回家，身边总有一个等待授业解惑的美女，今天看来也不会例外。

“听你这么一说，还真是这么回事。”叶刚说道，“开大音乐，飞起来吧。”我们的旅程开始了，大家都狂呼着站起来进入了另一个世界……

醒了，但不想起。靠在床背上。抽了一根烟，脑子一片空白。

“瑞哥，田哥刚来电话了。”神经说道，“我告诉他你在睡觉，他说要请你吃饭。”

“哦，几点了？”

“五点多了。”

外面寒风刺骨，行人被老天的肆意戏弄搞得一塌糊涂，乱七八糟。有人已经穿上冬天的衣服，有的却还只穿着两件单衣。一个个缩头蹴脑。才十一月初，昨天还艳阳高照，今天突降冰雹，气温落差十多度。“这他妈什么鬼天气。”我自言自语地咒骂着。

“预报说未来三天都有雨，不知多少人今天要感冒。”神经握着方向盘说。我缩在车座里，透过车窗，万物融于天的灰暗色调之中，榆钱般大小的雨点夹杂着冰粒子犹如飞蛾扑火，争先恐后地落了下来，砸得树叶簌簌作响。两旁树上的枝叶在无力挣扎中飘落而下……

路上的行人有的穿着雨衣，有的打着伞，有的用包遮住头在雨中快跑。一个把衣服托成伞状横穿马路的青年撞到一中年男子急驶的自行车上。飞速旋转的车轮，被这突如其来的横祸搞得茫然不知所措，在天鹅舞般的旋转中戛然而止，颓然倒地。男子努力用脚撑住即将倒地的身体，一只手仍然不肯放弃对车子的拯救，死死地抓着车扶手，最终没有成功。这场突降的雨雪也冻结了彼此的火气。男子一边扶起车子，一边转头冲男青年嘟囔着，一边又快速上车转瞬消失在风雨中。男青年耳朵听到嘟囔声的同时，眼神稍事停顿又快步向马路对面跑去。似乎行人也少了看热闹的兴趣。公交车站牌下正在等车的人们用一种习惯的方式转动了一下脖子，或抬了下眼皮，但马上又缩回衣领中，跺着脚，抄着手，眼睛转向公交车来的方向……

秋天的雨下一场冷一场。

到了“东来顺”，田哥他们已经到了。

整个大厅像个大菜场，许多来晚的人在焦急地等着座位，眼睛像雷达般在全场扫射，期待着有人买单离座。吃的人，热火朝天；等的人，焦躁不安，越罢显得饥饿难耐。如果从身边经过，能听到肚子里发出咕噜咕噜的鸣叫声，像暴风雨前的雷鸣。

服务员手中的托盘里摞满了盛放各种肉、菜及配料的碟子，如杂技演员施展着高难度动作，在人群及桌子间快速穿梭。人的嘈杂声，锅里红汤发出的咕嘟咕嘟的滚翻声，盘子的磨擦声，酒杯的碰撞声，人的说话声，还有那热气腾腾的烟雾，充斥着整个大厅。空气中弥漫着羊肉的膻味、酒味、菜味，还有女人身上发出的浓烈香水味，混合交织出一种热气腾腾的嘈杂的味道。倒使人忘记室外的寒冷，饥饿之感油然而生。

“小瑞，你也够能睡的，都几点了，还睡呢，最近怎么瘦成这个样子？别老玩儿那东西，对身体不好。”

“嗯，知道了。”我应着。

“小凤一会儿也来。”田哥说。

小凤是我一姐们儿，男孩儿性格，人很爽快，仗义。穿着总喜欢走性感路线。找了一个外国老头儿，不知是日本、新加坡或是泰国的。老头不常回来，她属于有钱有闲，喜欢当大姐的无事生非型。

菜刚上来，小凤来了，还带了个女孩儿。她和往常一样的性感造型，像一阵风似的从人群穿过。小凤的出现引起了一阵不小的骚动，许多正在等座的男子引颈相望，不知是羊肉的香还是小凤的肉香，引得喉结来回伸缩，艰难地吞着唾液。一个戴眼镜的男士快速擦拭掉屋内热气在镜片上形成的薄雾，意图看得再清点儿，似乎害怕遗漏掉任何可能的细节。正在吃饭的人也在别人目光的引导下停下筷子，急速地搜索到小凤的身上。因此招致身旁女人的不满和谩骂。小凤人还没到，胸先到。胸前的两个大肉锤像快要爆炸的气球，努力想要挣脱那件咖啡色风衣下黑色露胸紧身衣对它的捆绑，颤颤悠悠地呼之欲出。我每次见到她都有一种担心：会不会掉下来？可能那外国老头有恋乳情结，所以才离不开她那对肉球。

“田哥。哟，瑞哥，见到您老人家太难了，好久不见，把小妹都忘了吧？”她像哥伦布发现新大陆似的，夸张地冲我嚷嚷着。她的声音在任何地方都是这样具有张力，像帕瓦罗蒂唱《我的太阳》。如此嘈杂的环境在她的面前也黯然失色。

我嘴里哼哼着，眼睛却跃过她，看着她身后的女孩儿。女孩儿有二十一二岁。直而挺的鼻子上一双深深的大眼睛，浓而密的睫毛向上翘着。明净的眸子发出快乐的光。一条墨绿色围巾随意地在脖子上绕了两圈后在前面打了一个十字交叉。白皙的脸上，由于外面太冷的缘故，有一丝红晕。裸露的耳廓上打了许多耳洞穿着不同的耳钉。乌黑亮丽的长发，垂直地落在肩上，一条蓝色的牛仔裤紧裹着圆而翘的臀部和修长的双腿，时尚而随意的打扮配上凹凸有致的身材使人眼前一亮。我好像在哪里见过她。

“嘿，看见美女就不理我了。”小凤说道。

“说什么呢。”我笑着。

“我怎么以前没见过这女孩儿？”我小声问她。

“那当然了，我小妹可是国家公务员，又不在社会上混，你当然见不上。再说了，你是谁呀，瑞哥，平时美女多得看都看不过来，哪能注意到我们啊。”

“你可别在你小妹面前胡说八道，我是那种人吗？”

“还说呢，从我们进来你的眼睛就没离开过。”

“那是因为我从来就没见过像你妹妹这么美的女孩儿。”

“你就会拿嘴骗人，不知多少女孩儿要死在你手里。来，我给介绍一下，惠子，这是瑞哥。这是我小妹惠子。人家年龄小，你可不能欺负人家。”

“怎么可能呢，来来，坐这儿。”我顺势挪了个地方，让她们坐在我旁边，我紧挨着那个女孩儿。

我递给她支烟：“你抽烟吗？”

“不，谢谢。”她笑了笑，很甜。

“现在像你这样的孩子难找啊！”我装作极认真的样子在她耳边小声地说。

“小瑞，你可要把惠子照顾好，这满桌子除了你，我们可都认识惠子，她是个好女孩子。”

“田哥，你放心，我不吃也要让她吃好。”我不时地往她碗里夹着菜。她很少说话。但听我说话总是不停地笑。

“我有句话想告诉你，你脸上有个缺陷。”我突然放下筷子很严肃认真地看了她半天，小声说道。

“什么呀？”她有一丝惊讶。

我又仔细端详了一下：“你什么都好，嗯……就是眼睫毛太长了。”我故意停顿了一下才说完。她愣了一下，又忍不住地笑了起来。

“唉，我就纳闷了，你说这都是人，怎么长相差距就这么大呢？你说你长得是人吗，简直是一仙女，我到现在都不敢相信这是真的。”

“你骂我呢，还是夸我呢？”

“我既不骂你也不夸你。我这人只说事实，你说你这个样子每天在街上走，还让不让别人活了？”

“我怎么就不让别人活了？”

“你说你长成这样，别的女同志见了你，轻则嫉妒、生气、犯老病，重则羞愧至死。男的见了吧，轻则流鼻血，去医院，重则全剩回家和老婆打架离婚犯神经了。你这不是扰乱社会的正常秩序吗？再说了，到时候全天下的女人都仇视你，所有的男人都盯着你，你可怎么办呀？幸亏我是单身。唉，为了不至于天下大乱，我豁出去了，把你放在我家，我天天保护着你。要死也让我先去。为了世界和平，为了祖国的统一大业，我不下地狱谁下地狱？”

她不停地笑着：“照你这样说，我还得感谢你？”

“那是呀，谁让我今天遇着你呢，我信佛，这都是缘分啊。”我说道，“我怎么总觉得以前在哪儿见过你？”

“是吗，我可没见过你。”她带着神秘的笑。

“哦，我想起来了。”我说。

她用一种奇怪的眼神看着我：“哪里？”

“嘿嘿，一定是在梦里。”她笑而不答，但有一丝失望的表情。

“你在那儿说什么呢，把孩子笑成那样？”田哥说道。

“没事，瞎聊。”

饭后田哥说去酒吧坐会儿。

“我就不去了。”惠子说。

“那怎么成，一起去吧，咱俩还要继续聊关于世界和平的事儿。”我说。

“没事，去玩儿会儿吧，都是自己人。”小凤说。

小凤、惠子坐我的车一起去了酒吧。

“来美女，干一杯。”我举起面前的酒杯，冲惠子说道。

“我不喝酒。”惠子说。

“真是难得呀，又不抽烟，又不喝酒，还是国家公务人员，你说老天爷怎么这么厚待我，就让我遇见你了呢？”她笑。

“她有男朋友吗？”我小声地问着小凤。

“没有，人家可是好女孩儿，谈过一次失败的恋爱，到现在也没重找。不过我第一次见她跟初次见面的人在一起，说这么多而且还笑个不停，这倒是挺意外的。你是不是看上人家了？平时挺深沉的一个人，怎么今天就话不停了呢？”小凤的样子整个以有这样一个妹子骄傲得沾沾自喜。

“别说废话了，要不咱换个地方去蹦迪吧，”我对小凤说，“叫上惠子。”

“你叫嘛，如果她去我没意见。”小凤说道。

“美女我看你也没意思，咱们去蹦迪吧。”我对惠子说道。

“哦？好呀，那就换个地方吧。”她的回答出乎我的意料。

我们一起去了迪吧。

“FACE”吧每天都有那么多的红男绿女。灯光混乱迷离得让人冲动。舞池中每个人都在音乐中拼命地甩着头，夸张地扭动着身体的各个部件，宣泄着不同的压抑。不同的瓶子摆满每张台子，各种威士忌和啤酒释放着压抑很久的身体。一种混合的味道充斥着整个空间。

“瑞哥，你来了。”保安经理向我打着招呼。

“嗯，你们王总在吗？”

“我去叫他，您稍等。”

“哎哟，小瑞，你今天怎么想起来看老哥了？”“FACE”吧的王老板笑眯眯地从里面走出来，肥胖的身体像个皮球。

“今天陪朋友过来，你在大厅给我找个地儿。”

“怎么想起坐大厅了？这个时间段还真不好找，您先等一下，我这就让人去安排。”

不一会儿，找了个座。

“这是我们王总给您送的果盘和酒水。”刚落座，服务员就端上果盘和酒水。

“跟你们王总说，谢谢他。”

“您是做什么的呀，是税务局的吧？刚到就有人给送酒。”惠子问道。

“这你都看不出来？这叫人缘好。”

“哦？你怎么到哪儿都那么多人认识？”

“唉，没办法。混演艺圈的嘛，认识我的人多。我的墨镜呢，让我快戴上。”我故作姿态地调侃着。

“你这人还真能喘，来喝酒。”她端起酒杯。

“你不是不喝酒吗？”我奇怪地问道。

“是不喝酒啊，也没有说从不喝啊！”她忽闪着眼睛对着我，一脸无辜，倒搞得我不会了。我们喝了会儿酒，她的脸在酒精作用下有了两排绯红。

“我们跳舞去吧。”她站起来拉着我的手。我还没反应过来，就被她俩拽了起来拖入舞池。她的舞姿很漂亮，有种专业的感觉，身体随着音乐的节奏扭动着。屁股越罢地妖娆，让我浮想联翩。

我们俩对跳着，随着节拍默契地配合，像一对拍档。直至她香汗淋漓，我也气喘吁吁才回到座位上。当我靠近她时闻到了一股淡淡的体香，我深深地吸了一口，是我喜欢的味道，有种迷醉。我一直认为男女之间能否相吸是和对方身体的味道有关，体味的相吸直接决定二个人以后的发展。

“没看出来，你的舞跳得还不错嘛。”惠子说道。

“唉，现在不行了，五岁以前跳得好些。”我表情严肃。

“你太不要脸了。”她边笑着边把外套脱去。这时我才发现她的胸长得很丰满。白色的衬衣解开了最上面两个扣子，我故意用眼睛斜视着她敞开的裸露处。她下意识地用手捂住：“你往哪儿看呢？”

“真的？假的？”我一脸疑惑。

“你真是个流氓。”

“啧，我说你们女人呀，确实有问题。如果说你们没胸是飞机场吧，你们要生气；说你们胸好看吧，又骂我们是流氓。你说你们还让男人活不活？不过，说实话，刚见你时穿那么厚，我还真以为你是个平板。所以一看见，吓我一跳，以为眼睛花了，都不相信这是真的。”我郑重其事地说。

“你简直太讨厌了，不跟你说了，离我远点儿。”她一脸嗔怒的样子，越发显得可爱。

“唉，这世道真是，老实人总要受欺负。”这时小凤过来了。

“你去哪儿了？”惠子一脸不高兴地问她。

“刚才看见几个朋友，过去喝了两杯。怎么？他欺负你了？”

“我欺负她？天地良心！这老实人怎么就这么难做啊？”我一脸冤枉。

“哎，惠子，我一直听别人讲传说中的美女，今天才知道，原来说的是你！我到现在都不敢相信自己的眼睛。”我边说边用手揉着眼睛，“让我看看是不是在做梦？”我又用牙假装咬着自己。

她扑哧笑了，说道：“你说对了，不用怀疑，是真的。”

……

转眼快到十二点了，她要回家，我的电话也响个不停。

晚上送她们回家时，留了电话，号码很熟悉，后面全是6，但又想不起像谁的。

我不时地看着这张熟睡中的脸，有一种想亲吻她的冲动，临了这种美好的冲动都没有转化为行动。倒是产生了一种念头，这条漆黑的路要通向何方？最好是没有尽头，而世界上只剩下了我和她两个人……

第四章

几天后的一个午后，我去了惠子单位。太阳像霜打的茄子，有气无力地低着头。秋风也不再像夏日，那样善解人意，一阵紧似一阵地展现这沉默已久的个性，越罢让人无法忍受。街道两旁的树落叶缤纷，哀叹风的无情。疲惫的身影无力挣扎，随意散落在马路上，被无数只脚与无数的车轮碾踏，似乎人们已忘记了它们夏日的功绩，那炎热下的一袭清凉，在环卫工人扫帚那一声声沙沙地扫动中，化零为整，化为一屡青烟，徐徐地踏入天国之路。

她的单位是代表国家政权的最低一级行政职能部门——街道办事处。办公楼临坐于马路边的一座四层白楼，在这一片低矮老房的老街中倒很是抢眼，里面人来人往，川流不息，好像一年四季这里都有那么多解决不完的事，和来这里解决问题的人。她的办公室在一层靠左的第三间，推门进去，迎面两张浅黄色的办公桌紧邻着。一张深灰色的双人沙发摆放在靠右的墙边，浅灰色铁制文件柜贴在左边，一小盆绿色植物摆在她桌上。

今天的她跟那晚是完全不同的感觉，深蓝色西装外套配着雪白色衬衣，尖尖的衬衣大领翻在外面，脸上略施粉黛。她正在接待一个老太太，老人家在喋喋不休地向她抱怨着什么。她专注地听着，不时地点着头，向老太太解释着，并且飞快地在纸上记着什么。见我进门，她有一种意外的欣喜，转瞬又恢复了平静：“你怎么来了？有事吗？”

“没事，正好路过，进来看看你。”

“你先坐吧，我处理点事情。”随即，留给我一个回味悠长的笑，像蒙娜丽莎般的神秘，好像知道我是专程来的，我内心有了一丝被揭破的尴尬。这时外面有人叫她有事，把我和老太太留在房间里。

老太太以为我是工作人员，开始对着我抱怨起来。我觉得很有趣，就开始以工作人员的口吻做起老人家的工作来……当她回来时见我正经八百地坐在那里，而老太太高兴地对她说："你们这里如果每个人都像这个小伙子一样就好了。"并且高兴地走了。

她用惊奇的眼神不解地望着我："你对她说什么了，怎么就高兴地走了？"

我笑着说："我们是人民的公仆，为人民服务是我们的本职工作嘛。你让人家不高兴，说明你的工作没做好，不合格。还有待提高，同志！"

"你能不能正经点儿，每次见你都没正形。"

"有吗？"我表情漠然地问。

"说吧，来我这儿不是视察工作吧？"

"你说对了，本人今天专门早起就是来看你工作表现的。"

"早起？老大，现在几点了，还算早起？我们都快下班了。"

"对我来说，算是早了。"

"哦，那路过怎么又变成'专门'了呢？"

"你看你，看透不要说透，说透不是好朋友，咋就一点面子都不给人留？"我笑着。

"哈哈，那还真难为你了。从来没这么早起过吧。来体验我们朝九晚五的生活是吧？"

"是呀，看了你今天的表现，我一定要重新树立自己远大的人生目标。以惠子同志为榜样，把我们祖国的社会主义建设进行到底，为国家和人民奉献我的一生……"

"行了，行了，我真受不了你。你都从哪儿学来的这些？好好一句话，怎么从你嘴里说出来就变了味儿。你学什么专业的？"

"哦，这个我得隆重地介绍一下。本人是社大经济系，主修国际贸易。"

"是社会大学吧？"

"哎呀，这孩子真聪明，这都被你看出来了。"

"什么聪明，一看就是不务正业！"她语气中流露出先知说教的意味。

“什么话，我们学校可出了不少名人呢，比如我高叔。”

“高叔？”

“高尔基呀。”

“行了，行了，别净往自己脸上贴金了，谁都能和你扯上。”她笑着说道。

“好，不拉扯。今后只向你学习，向你靠拢，以你为榜样！下班有事吗，我请你吃饭。”

“为什么请我吃饭？”

“主要是想向你请教一些有关我们这样的草民在什么情况下才能找像你这样的国家干部反映情况？”

“你又来了。”她打断了我的话。

“好，不说了。我就算你答应了。”

“你在门口等我一下，我换件衣服。”很快，到了下班时间。

十分钟后，出现在我眼前的惠子又恢复了上次的风格。

我们一起去了高新国际俱乐部。俱乐部地处高新区一个很僻静的街上。如果没有那些落叶，马路倒是干净得一尘不染。门口有两棵大的银杏树，如果在春夏，枝繁叶茂，整个停车场都能感到它的柔情，只是在这个季节就显得有些突兀，倒是两个保安24小时总站得像笔直的树干，在门前指挥着进出的车辆。走入半弧形的电动门，四个身穿中式旗袍的姑娘，腰弯得像煮熟的龙虾，微笑迎送着每一位客人。

我们的包间定在二楼。房间小巧雅致。仿明清红木家具，有序地摆放着。门窗是镂空雕花的。银质餐具排列整齐的等待着每一个客人。景德镇瓷盘里开放着富贵的牡丹。一个面若桃花、身穿旗袍的姑娘站在我们身后。我给她点了一份血燕，我要了一份红烧大鲍翅，外带一盘吊炸鸡，一盘清炒豆苗，几个小菜。她好像对这些司空见惯，这倒出乎我的想象。我俩边吃边聊了起来。

“你是不是请女孩子吃饭都到这种地方？”

“没有啊。”

“那为什么带我来这里？看来你生活够奢侈的。”

“奢侈？是为了请你咬着牙才来这儿的，这一顿可是我半年的薪水呀！主要是为了证明对你的重视。”我装作很心痛的样子。

“你说得我都吃不下去了，这让我怎么对得起你呀。”

“唉，算了，不说了，为了你，我认了，谁让你如此多娇，引我等英雄竞折腰啊！”

她笑了。这时门开了，我回头一看原来是这里的老板——宝山哥。

“小瑞，刚进来我看着就像你。”

“宝山哥，你今天怎么在这里？”

“我请几个领导吃饭，就你们俩啊！”他一边说着，一边打量着惠子。

“嗯。”我应道。

“一会吃完把单子给我。”宝山哥对服务员说着。

“是，王总。”

“哥，你不管了。”

“没事，你俩慢吃，我先过去了。”

“好，哥你慢走。”我起身送他出门。

惠子用疑惑而好奇的眼光看着我说：“你怎么哪里都认识人啊。”

“这是我哥……”

宝山哥今年四十多岁了，他是我非常敬重的一位大哥，更是我少年时期的偶像。我们那个时候的偶像可和现在孩子们眼里那些人造英雄人物，靠高科技拍摄手段或是没事找点事用绯闻营造实力的所谓偶像是大相径庭的。我这么说不是我不尊重艺术，而是觉得艺术被这些所谓的偶像给强奸了，并且他们这些人好像和艺术也极不搭边，打着艺术的旗号，干着伤风败俗的勾当。

那时我们所崇拜的偶像现在看来觉得更真实，因为他们是实实在在活在我们周围的人，而不是聚光灯下的影子或者说是崇拜者的幻觉。尤其在“社会”这个大舞台上要想成为偶像必须要有真实的战绩，否则是难以成为偶像的。宝山哥之所以成为我当时的偶像（也是当时我们圈里很多人的偶像），是因为他做了许多别人想都不敢想的事，而这些事又以光的速度每天在“社会”上迅速传播，而我们只能充当那好奇的聆听者和那洋洋自得的传播者，这些在“江湖”上传来传去的事情最后已不可思议地被传成了神话。

多年以后我曾问过他关于某些神话的事，但他总是一笑而过，不置可否。有些事因为年代太久无法考证，不过有两件事倒是千真万确。之所以敢说是千真万确，第一，有大批的见证人，第二，主人公有次和我喝酒聊开此事，首次公开事件经过。所以说我马上要讲的事件的真实性是毋庸置疑的，为了便于大家了解，我就给这两件事各打一个标题：一、孤胆英雄，只身一人劫赌场；二、为枪痴狂，独自夜袭军火库。那我就从第一件事说起。

在八十年代初期，刚刚全面开放的祖国大地。到处呈现出一派欣欣向荣的景象。许多刚刚富起来的一批人开始寻找新的娱乐项目，一些精于此道的人就不失时机开了地下赌场。而那些刚刚挣了钱又没地方花的王老五们对此更是乐此不疲。这些志同道合的人每晚聚在一起共磋技艺。

这些无照经营的赌场都是非法开办的，经营此行业的人都是小心翼翼，为了维持场内秩序，防止一些输红了眼的不法之徒的捣乱，还不得不花重金聘请一些带刀保安每天在场内留驻巡视。在此种情况下，能开得起这种娱乐公司的也绝非等闲之辈。而当时我们这个城市最大的地下博彩公司就是在江湖中名声赫赫的大哥联手开办的。场子里每天都是人声鼎沸，当然公司也是日进千金，之所以说进千金而不说日进万金，因为当时还没有五十、一百的大钞，普通群众基本工资还停留在每月五六十元左右。日进千金对当时的普通人来说简直是不敢想象的，是天方夜谭，但这些江湖大哥们虽然每天挣这么多钱，比起因紧张而死亡的那些脑细胞来说，也倒不会让人们产生羡慕的情怀了。得到和付出总是会成正比。

这天和平时一样，场子上依旧灯火辉煌，每个赌客都极具职业水准地聚精会神地沉浸在自己的牌中，保安们也恪尽职守地在场子内四处巡视，唯恐漏过一个可疑之人，人群中偶尔传来一阵叫骂和拍打桌子的声音，很快有某些已经输得精光又无赌品的人就被请到大厅后面的房间休息，一切又恢复了平静，老板们看着这和谐的气氛露出了满意的微笑，不时地和场中的某个熟人点点头。

突然在这种和谐的气氛中，传来一声大喊：“全部蹲下！”当所有人的目光随着这句莫名其妙的大喊望去时，大家都被眼前的一幕惊呆了，有的人竟然像嘴里支了一根钢棍，几经努力试图合上那张开的嘴，却无法奏效。

只见一个身高一米八左右，年龄二十来岁，穿一身绿色军装(在当时还属于全国上下一片绿)的人，右手高举一颗手榴弹，左手食指套在拉环里，面部并没有像电影或电视上所出现的那样戴着面罩或是丝袜之类的面具，而是毫无遮掩，任由当时在场的所有人记住这张毫无畏惧的脸。这个人就是宝山哥。

这时有几个巡场的“警卫”蠢蠢欲动，手持大刀，准备在老板面前施展武艺，只见宝山哥突然把手榴弹用右手食指倒拎着拉环，在空中来回晃悠，巨大的拉力随时都可能引起爆炸，一只手指着其中一个老板，丝毫不理会拿刀的打手，冷冷地说道：“把所有钱给我包起来，最好快一点，我也不知道我手上这东西会什么时候掉下去。”那几个大哥面面相觑，之后无奈又快速地把钱包好递到宝山哥手里，而他很客气地对大家说了声谢谢，转身离去，留下一群呆若木鸡的脸和一个让所有人惊叹的背影。据后来目击者称这人很轻松的样子，让他感觉不像是抢劫，倒像是到自己家取钱一样。而他高举手榴弹的形象，总是让我浮想联翩，在江湖中传为佳话。

这次的全部成果是一万二千八百元，这在当时就属于一夜之间跨入万元户的行列了，也就是现在所说的大款行列，但这钱的去处却出乎所有人的意料，他一出门就把钱交给在外面等候的兄弟小林。

“明天把这些钱拿回去，把家里人全接过来吧。”原来一场大火把小林家烧了个精光，全家人流离失所，宝山哥的这次义举让小林家渡过了危难。后来我问他你就没有想过万一爆炸了怎么办？他告诉我当时也是年龄小，就没想手榴弹爆炸以后会是什么样子，只想着给小林家搞些钱，要不然大冬天的怎么过？

随后的日子他是在各路的追杀中度过的。但他依然保持我行我素的风格，独自分别去找了那几位大哥谈心，最后这事也就不了了之了，对于他当时都谈什么了，每当我问起这个让我好奇的问题时，他总是笑着说：“都是人嘛，是人总会有同情心的，谁还能见死不救呢？”我经常想，他所说的“见死不救”到底是指小林家的灾情还是当时那些老大们各自的性命，我就不得而知了。

但他仁义的名声从那次就被小林在外宣扬得淋漓尽致，达到了众人皆知的效果了。仁义大哥的称谓绝不是浪得虚名，我总觉得，如果放到战争年代他一定能够成为驰骋沙场的将军，因为他总对我说“男子汉大丈夫宁可战死沙场，也不能贪生怕死”。他还说他最喜欢的生活就是那种“葡萄美酒夜光杯，醉卧沙场马上催”的豪迈生活。

宝山哥自小就特别爱枪，对枪的热爱已经达到了痴迷的程度，但在那个年代弄把枪比登天还难。在一个偶然的机会他发现省体委的射击大院有一个武器库，经过几次缜密的踩点工作，这个武器库外除了一把锈迹斑斑的大锁和一个年过六十的看门人以外竟无其他防范。哦，对了，还有一条叫不上什么品种的狗。可能是长期社会治安的稳定，人们的防范意识就显得格外淡薄。在一个夜静人稀的夜晚，宝山哥驾驶着一辆租来的黑色的日本皇冠牌小汽车(当时我们这个城市里只有一百五十辆出租车，又分为三个不同的出租车公司，全都是国营企业，各个公司又都买了不同品牌的日产车，有马自达、尼桑和皇冠牌，这些车平时都停放在各大酒店的门前，只针对外宾和有钱阶层，一般人是望尘莫及的，就连开车的司机每天脸上都荡漾着高人一等的笑容，并且每天也会收到许多羡慕的、嫉妒的还有含情脉脉的眼神，而这也是人们崇尚物质文明的最初写照)。

到了射击队的院门外，宝山哥把车停靠在墙角边的树荫下。当时国家还处在发展的起步阶段，除了主要街道，小街小巷一般情况下总是处于黑暗之中，而这黑色给今晚的这个不速之客提供了应有的保护。他顺着树爬上去跳到墙上，这也得益于树墙不分家的功劳，又迅速顺着屋顶爬到武器库的门前，一切都如他白天踩点看到的，只有那锈斑迹迹的大锁，看门的老头已经进入梦乡，连那只杂种狗也不知跑到何处了。

他很快拿下了那不中看也不中用的锁，进入这间让他魂牵梦绕的地方，就像阿里巴巴念了芝麻开门的密码。满房子的枪支弹药看得他眼晕目眩，他呆呆地站在屋子中央，闭上眼睛深深呼吸着，呼吸着空气中那长久以来渴望的味道，整整半个小时他没有动任何东西，只是借助着手电筒那微弱的光欣赏着这里的一切，他已经忘记了害怕，或者说这地方已属于他了。仿佛一切都是天意，往日的想象在今天终于变为了现实。这时四周安静得犹如另一个世界的长廊。除了自己的心跳他听不到任何声音。一只萤火虫的出现打断了他沉睡般的冥想，他放下背上的旅行袋，开始装他看上的每一件武器，整整一大包，长的，短的，弹夹。最后旅行包重得实在难以承受时他才罢手。临出门时他又恋恋不舍地回头看了看这间房子才迈着沉重的脚步离去，顺利地按原路返回到车里，脸上露出情不自禁的笑容。

就在发动车子准备离开时，被一个夜游的老头看见这夜半三更从人行道的墙根下开出一辆汽车的奇怪一幕，这也是少见多怪的有力证据。谁让我们那个时候穷呢，谁家有个三飞自行车已很不易了，更别提小车了，而且是不多见的进口小车，这也难免让别人多看两眼。在平安到家后他把这些武器拿出来一件件地把玩、欣赏，兴奋得全无睡意。直到第二天中午，在他刚把这些东西收拾好，他的一个兄弟来了并把车开了出去。但他却鬼使神差地将车开到了射击队的门前，还莫名其妙的和别人发生了争执打起来，阴差阳错的让那个夜游的老头又看到了这辆车子。

而这时我们公安人员已接到报案，正全力以赴侦破这起可能会引起严重后果的恶性案件。也就是这辆车第二次在这条路上出现以后，公安人员刚好就走访到了那位不爱睡觉但记忆力又超强的老汉，老汉很详细地描述了连续两天所看到的一切，老汉的描述加上我公安人员的机智分析使案情有了重大突破。由车找人，宝山哥的那个兄弟就迅速地被抓获了。他也冤得确实可以，不是不说，的确是不知说什么，那晚刚好一人在家睡觉，也无人知道他的行踪，再加上又是有案底的人，所以后果可以想象的。虽然他交代了车子借给了山哥，但是最终还是被甩到了号子里无人问津。

而公安人员也开始对宝山哥的抓捕，过程中也是一波三折。说来也奇怪，宝山哥在这期间连续搬了三次家，每次都是人刚搬走，警察就到了，以至于让警察都以为其内部有人给他通风报信。其实这完全是巧合，只是有直觉告诉他该搬家了。本来宝山哥还以为没有他兄弟什么事，关关他也就放了，谁知这一关就是半年，他兄弟家的老人更是因为此事而相继病倒，也想不明白这孩子为什么要偷那么多枪。就在这个时候山哥做了一件让所有人都大跌眼镜的事，那天他从那个兄弟家回去后把自己闷在家里一整天没有出去，第二天穿戴整齐拎着那放满枪支弹药的包直接去了公安局。后来他告诉我那夜他没有睡觉，心情异常的激动，把所有的枪在手里过了一遍，他流泪了，那种感觉用语言是无法描述的。

他推开刑警大队的大门把那个包放到桌子上说："你们要找的人和枪都在这里，与别人无关，是我干的。"当那队长拉开包看到那些枪时，又看到面前这个脸上稚气未脱的毛头小子这大义凛然的模样时，竟然半天说不上话来，他们费了半年多时间要抓的人竟然就这样出现在自己的眼前，可能都不敢相信这一切是真的。最后这队长看着这一堆枪一边摇头一边说："你这娃没事干了，偷这么多枪干啥？"他又怎能理解一个人对一件事痴迷时所做的疯狂举动呢？结果可想而知宝山哥为他所犯的错误付出了青春的代价：因盗窃枪支弹药罪、伤害罪等被判入狱十五年。他告诉我说他当时没有因那十五年而后悔，而是后悔没有给自己留下两把枪，如果那样就值了。当这个案件告破后，他的兄弟也平安回家了。

我跟宝山哥的相识既是偶然也是必然的。那时我才二十多一点，而他却已是道上传说的人物，对我更是如此。当时他刚放出来，而碰巧我师傅和他是朋友，我师傅在当时也是很有名的人物，只是现在已销声匿迹了。我就不在这里多说了，还是接着说宝山哥。第一次见他是在大众园浴池。

那个年代我们没有太多的娱乐活动，也可以说全民没有太多的娱乐活动，过多的精力无处宣泄，浴池就成了我们每天必不可少的地方，当然这还要在有经济基础的前提下。当时能够每天洗澡的人的确不多，所以能够每天去澡堂子就是一件很“扎势”的事情。虽然一张票只有五元，但每次去除了例行公事的在水里涮一下之后，就要躺在床上接受扬州按摩师对全身的肌肉放松、抠耳朵、搓背，还要夸张地把衣服拿去熨一下显示自己阔少造型。这也是因为当时没有什么茶馆、咖啡馆、足浴等休闲场所。

现在说的也就是九十年代初的事情，所以在这里会经常见到我们这个行业里被传说的对象。我与宝山哥的初次见面也就毫不奇怪在这里上演了。也许他早就忘了，而我却记得非常清楚，现在想想都像昨天发生的一样清晰。

那是一个下午，和几个朋友正在海聊最近江湖中发生的奇闻轶事。突然从外面进来几个人，全都穿着带貂毛领的皮衣，下面是黑色的裤子，裤线挺立得像锋利的刀刃，任何碰到的东西都会像豆腐一样被一分为二，老人头皮鞋闪着耀眼的光，人手一个大哥大，外带黑色的皮套。一个个脸部表情冷峻，眼神中透出令人心寒的光，这一行几个人的打扮是当时标准的大哥造型。

其中一人格外引起我的注意，一张棱角分明的刀削脸上，一双眼睛炯炯有神，浓而密的眉毛像刀一样的有力，鼻子高昂挺拔，不是很厚的嘴唇上留着极具个性的八字胡，干净整齐的板寸，由里到外的散发出男人的阳刚之美。尤其让我印象深刻的是他的腰背，挺立得像大山。恰好我师傅就在这一行人当中，当我师傅看到并叫我过去时，我才知道这个人就是经常听人说起却从未谋面的传说中的人物宝山哥。当我师傅向他介绍我时，他也只是很平常地点了一下头，这多少让我有些遗憾。然而从第一次见到他到今天我就没见过比他腰挺得更直的人了。而我与他的正式交往则是在一年后我爸住院期间开始的。

当时我爸不幸患上癌症——这种至今未攻克的医学难题，在当年更是绝症。我眼睁睁看着父亲由于做化疗头发脱落得所剩无几，为了治病家里已借了很多钱，而每天还是需要200块的治疗费用来维持脆弱的生命。现在看来200块不是很多，可在当时每天的这笔费用，就像一座大山压得我们全家人都快要窒息，父亲极其不愿再继续治疗，我与母亲轮流守护病床上的父亲，白天我更是要寻找这维系父亲生命的200块。当时到处都在开游戏厅，也就是赌博机，我每天拖着疲惫的身体，混迹在不同的游戏厅找钱，方法五花八门，总之赢了就马上回家，输了就一定要找回来，但基本上是不输的。

一天下午在大差市的一个厅里，可能是用钱心切，就坐在机前开始打，越是怕什么什么就来，不长时间身上的钱输得精光。在我的脑海里压根就没有输钱这个概念。那天也怪，有几次打爆机的机会都被我错过了，当身上的最后一张现钱被化为乌有时，我站起来瞪着一双布满血丝的眼睛，走到老板面前开始找事。当然能开游戏厅的老板都不是吃素的，人家也根本没有要把钱还给我的意思，更不要说多给了。我一口咬定他的机子有假，而那老板似乎对这种行为已司空见惯，对我要求赔偿的合理要求报以不理不睬的蔑视态度，在多次被拒千里之外后，我也就不得不向“有关部门”反映这一恶劣行为了。

很快我师傅及一行手持大哥大的大哥们就到了，其中就有宝山哥。他们来了先是很礼貌地给老板讲了一些做人的道理，经商要老实，不能欺骗消费者，而我在他们到来之后也充分地显示出我的义愤填膺，痛斥这个游戏厅老板的奸商行为。开始这个老板对于这种帮助行为，继续持以对抗态度，并还打电话叫“业内”人士来涨他的士气。当一群面带杀气、怀揣利刃的人到来准备对我们实施流氓手段时，其中几个人看到了宝山哥，脸上的杀气一瞬间换成了笑容。嘴里那个哥叫得像我小时候放的小鞭炮就没停，随即就消失得无影无踪。

而我对老板这种还叫黑社会准备施暴的行为忍无可忍，上去照着他就是两拳，就在这老板双手抱脸做痛苦状装死狗时，我再一次对他进行说服教育。这时的老板已全无开始时的蛮横无理，像个小学生似的虚心接受着山哥对他的批评教育；一边点着头一边嘴里说着，早就听说过你山哥，但是不认识这是你兄弟，你放心我一定给你兄弟一个满意的结果。态度转变得让我为之动容。结果不但全额退回我输的钱，并且还满足了我的正常要求——精神损失给予补偿，临走又送了我二条三五才让我这颗愤怒的心得到了安慰。出门时师傅问我爸的病情怎么样了，我说这不今天的药费差点没挣上，还差点被这个奸商连本钱都骗走了，还好你们来了，要不然我今天可能要杀人了，然后师傅向宝山哥说了我爸的情况，宝山哥听完后看着我说："小瑞，今后有事来找我。"我怀着感激的心情谢过他们，拿着今天挣到的钱伴着渐渐被黑色笼罩的夜回家去了。

多少年过去了，至今我都无法忘记那个时候，也是因为那么一次宝山哥开始注意我了，多年以后我俩聊起这件事，他告诉我，他当时看着我好像看到了他年轻的时候，因为他的父亲在他很小的时候就去世了，也是从那时我们开始了十几年的友情，这十几年间发生了很多故事，这些故事又增进我与他之间的感情，多得我都不知从何说起，在这里就不一一叙述了。总之我对他的情感随着这些故事的时间考验从最单纯的崇拜变为了现实的兄弟，我时常有些无法解决的问题只要去他那里聊聊，他总会给我解决问题的答案。现在的他已经是几家大公司的老板了，但不管怎样，他依旧还是我敬重的大哥。

"哦，对了，我一直想问你，你是不是学过跳舞？那天去跳舞，我发现你非常的有专业素质。"我用专业的表情说着。

"为什么这么问？"她眼神中有着明快的跳跃。

"不过还算你有点眼力，我妈是跳舞的，我从小就学跳舞，练了八年呢。"

"哦？怪不得。那你爸也是搞文艺的吧？"

"你是搞什么职业的，警察吗，还是中情局的？"她歪着头，笑着看着我。

"没有，只是随便问问，不想说就算了。"

"哈哈，跟你开玩笑，你还当真的了，好了，别生气，姐姐告诉你。"

我听了她说姐姐，再看看她脸上那得意而调皮的笑，也忍不住笑了。

"好了，姐姐，那就快点告诉我有关于你的一切，越详细越好。"

"你想得美，那要看姐姐高不高兴。"

"哼，你个小丫头片子，还真就翻天了。快点从实招来，坦白从宽，抗拒从严，如若不老实，小心我一会儿给你上老虎凳子、辣椒水。"

“好好，我怕了你了。”

“这还差不多，快说！”

她正襟危坐，清了清嗓子，一本正经地说道：“本人今年22，身高164，净高。大学本科毕业，性别，女。家中直系亲人，一个老爸，一个老妈。老妈职业已介绍过，这里不再重复，老爸以画画为生，俗称画家。本人无兄弟姐妹，属于提倡‘只生一个好’的家庭。哦，对了，遗漏一条，至今未婚。家庭情况属于幸福型。警察叔叔，还有什么要问的吗？”她一脸的郑重其事。

“嗯，基本情况，基本清楚，但你不要在这里避重就轻。还有一些我们已经掌握但你没有讲清楚。”我也是一脸的郑重其事。

“还有什么呀，能不能提个醒？”她一脸的无辜。

“这个我不能说，主要给你一个争取立功，得到宽大的机会。但不要抱什么幻想，老实地一一道来。”

“我真不知道还有什么没说的呀？”她更加的无辜。

“哦，想起来了，我从小跟老爸学画画，还参加过中日少儿绘画展，别的就没什么了。你要再问我小时候是否尿过床，几次，我就记不清了，可能和你小时也差不多吧。”她说着，忍不住自己先笑了出来。

“好，我就提醒你一下，你到底打着恋爱的幌子，骗过几个纯真少男，比如初恋，二恋，三恋什么的？”

“去你的，你才二恋三恋的，谁都像你一样！”

“不像我就好，那就说说你那纯洁而浪漫、单纯而可笑的初恋，让警察叔叔听听。”

“对不起，警察叔叔，这不是你的管辖范围。也无可奉告。我的，说完了。该轮到你交待问题了。”她一下把问题扯到我的身上。

“我没什么好说的，你都看见了。”

“不行，我都说了，你也必须讲，否则不跟你玩儿了。”

“好好，我说我说，千万别不跟我玩儿。别人谁不跟我玩儿都可以，你要不跟我玩儿我会哭的。”

“那就快说！”她用筷子呈手枪状指着我。

“本人生在新中国，长在红旗下，受党教育多年，直至今日未婚也未恋。”

“说具体点，家庭情况，搞什么职业，年龄，不要再让我给你讲政策。”

“本人今年30岁，身高1.78米差1厘米，体重140，少两斤。上有一兄，已婚。本人常因长得年轻常遭受姑娘们的歧视和骚扰，以至于希望脸上能再多些沧桑的线条。”

“别臭美了，再说说父母的情况。”

“母亲，善良慈祥，身体健康。父亲，父亲，早些年驾鹤西方极乐世界出差，至今未归。”

“嗯？”她愣了一下，面容转瞬变得严肃，“对不起，我不知道。”

“没事，事实嘛，每个人都会经过的。”我又东拉西扯的把这气氛缓和了。

“你这么大了为什么不结婚，是女朋友太多了还是怕负责任？”

“我是那种人吗？我不结婚是因为我把婚姻看得太神圣太负责任了。你想想现在那么多人，今天结婚，明天离婚的。不是过家家呢，就是骗礼金，这才是不负责任的。有些人就算不离，一天到晚也是打打闹闹，好不容易有个孩子，不是男的不回家，就是女的有外遇。与其这样对自己不负责任，对双方的家人不负责任，更对自己的孩子不负责任，还不如不结婚。孩子幼小的心灵就这样遭到重创，你说他长大了是不是也会变得与众不同呢，内心留下挥之不去的阴影？所以，我要么不结，要结就和我的那个她一生一世，厮守终身，不离不弃，执子之手与子偕老。一家三口，不，一家四口，生两个孩子，幸福快乐，直到永远。”

“你真的这么想？”她的眼神中有种美丽的遐想。

“我一直都这么想，现在就等我那两个孩子的妈出现呢。”

时间过得飞快，我的三部电话响个不停。

“你搞什么工作的，是特务吧，这么忙？每次见你电话都响个不停，要有事就先去吧。”

“哈哈，这都被你猜到。那好，我先送你回家吧。”

“小姐，买单。”

“先生，我们王总已经签过单了。”我白吃了山哥一顿，其实我来吃饭挺怕见到他的，只要让他看见，这顿饭就算白吃了。在送惠子回去的路上，发现自己对她有种莫名的感觉，一种想要爱她的冲动。

从那次饭后，我与惠子的联系就密切起来。我们时常在电话里聊天，偶尔也会出来一起吃饭唱歌。有几次结束后，我盛情邀请她和我进行下面的项目，都被她的怒目横视或不太礼貌的如“流氓”之类的语言，横加拒绝。我对这种三番两次邀请不领情的女孩，一贯没有什么耐心，我搞不懂，也从来不愿去搞懂女人们内心那些奇奇怪怪的想法。与其把功夫用在一个人身上，不如多去森林转转，什么树不是树。何况那些与我情意两相知的可爱女人们不用我去费那么些周折。我与她的关系也维持在若即若离、悬而未决的高度上。只是每次的通话都会让我开心，谈不上特别的，但一定是开心的。

一个周日的早晨，一阵电话铃声把我吵醒。我基本上属于不知今天几号、星期几，有时还经常问别人，现在是哪一年，是一个在时间上毫无概念的人。但惠子这大清早惊扰我美梦的电话，让我知道了今天是星期天。

“你还在睡觉呢，都几点了，快起来，太阳都照到屁股上了。”惠子说道。

“哦，几点了？”

“九点了。”

“你想要我的命，我早上五点才睡。”我含糊不清地说着。

“别说那么多了，快起来，我在钟楼等你。”

“你不上班，跑那儿干吗去了？”

“今天是星期天。”

坐在床上燃了根烟，让昏沉的大脑清醒了起来。这么早有什么事，好不容易有个星期天，她也不好好在家休息。

十二月份的太阳热情有余却缺乏真诚的炽热，透过车窗洒在身上，也没有想象中的暖意。天空格外的清朗，被前几天的雨水冲洗得毫无颜色。这个城市湛蓝的天空，已随着我那遥远童年的逝去而一去不回……

在我童年的记忆中，天是这样的，炎热的夏季夜空繁星密布，晚饭后各家各户的人们陆续出来，大人们手里拿着乘凉用的木质躺椅，板凳，孩子们怀里抱着竹凉席、草席。在宽敞的露天下席地或坐或卧，老人们慢慢地晃动手中的扇子，我们吃着手中的那瓣西瓜，开始是狼吞虎咽，当红色的西瓜瓤消失殆尽时，又恋恋不舍地再用脸爬上去把仅存的一丝红色消灭干净，西瓜的汁水和黑色的瓜子沾得满脸都是……吃饱了，喝足了，我们坐在席子上抬头看着天上那些眨着眼睛的精灵，问题一个接一个地扔向坐在旁边的大人们，他们对我们那些单纯、幼稚的问题总是面带笑容，不厌其烦地讲解着，就这样我们认识了启明星、北斗七星，银河系……还有那些个美丽的传说——嫦娥奔月，牛郎织女，后羿射日，桂树和月兔。有时会看到一颗流星在夜空中快速划过，不知落到哪里时，又会引来一阵叽叽喳喳的议论和无限的遐想……

秋天和风阵阵，风高云淡，太阳高挂露出喜悦的笑，空中飘着各种水果的香味，我们不是结伙成群的在公园里玩耍，就是在和城市犬牙交错的村中田间奔跑，追逐那天空中各种形态的流云，风筝在蓝天白云间翩翩起舞，穿梭飞行，我们也在这种快乐中度过整个午后……

当春回大地、百花齐放时到处是一片姹紫嫣红的景象，四面八方的人们携家带口涌入公园去参加那大型的游园活动，人头攒动，摩肩接踵，孩子们的手中拿着各色的气球和零食，有的孩子骑在父亲的头上大声地笑着，大家在同一片湛蓝的天空下欢乐着，这时有人不小心放掉了手中的气球，所有人都会抬起头看着它慢慢升高，飘走，直到再也看不见了，时时从头顶飘过的白云也被大地上人们的快乐所感染，也欢呼雀跃起来。小鸟在树梢间歌唱，一阵轻风拂过，各种抽枝发芽的植物一起“嘲笑”人们冬天过后的“轻浮”，到处都流动着一股欢乐的气氛，万物在春天里显出勃勃生机……

在寒冷的冬季，天空中随时飘起的鹅毛大雪让我们这些北方的孩子知道了四季的差别，几天的飞雪过后，是一片银白色的世界。路旁的树枝上、屋檐下挂满了晶莹剔透和各具形态的冰棱、冰柱、冰花，为这万物萧条的季节平添了许多美的神往，我们在这雪的国度里呼吸着清新的空气，开着自制的滑雪车打雪仗。大人们也被这种气氛感染，也加入到这场战斗中来。白色的银弹在空中交错，呼啸，漫天飞舞。不时传来某人被击中的欢笑声。寒冷的天气不再寒冷，大雪过后往往是艳阳高照，寂静的午后大爷们坐在阳光下打瞌睡，大娘有一句没一句地说着家长里短，阿姨们纳着鞋底缝着衣服，小伙子三五成群地打着扑克下着象棋，小猫小狗们都不愿再四处流浪，懒洋洋地晒着太阳，就连旁边小伙子们不时传来的吵闹声都不能令它们抬一下眼皮……

而今的这个城市，四季越来越不明显，似乎只剩下冬夏而没有了春秋。湛蓝这个词与现今这个城市的天空毫无瓜葛，大部分时间是灰蒙蒙的，好像全世界的灰尘都在这里聚集，就算雨过天晴，也看不到那令人心旷神怡的蓝，更不用说小时候那常常见到的七色彩虹，总是白哇哇的毫无颜色。就是如此恶劣的地方，几千年前却出了N多个龙子龙孙，那时候这个地方的污染一定不是这样的。否则那些龙种们早就搬到那山清水秀、人杰地灵的江南去了。据《史记》记载，那时的中国与现在是完全不同的。那时我们这里才是真正的人杰地灵，而现今美丽的南方只是一些没有文字的蛮夷之地。充其量也就是在身上画画鸟、描描兽，不过头发倒可能更接近现代人的发型，男人不用留那种代表着父母精血的长发。当然，也不会知道身体发肤受之父母这些圣人的教诲……真是世事变化如白云苍狗。老祖宗怎么也不会想到，如此繁华的一个现代大都市，在几千年后竟然还靠他们当初埋在地底下的那些个玩艺重新扬名立万，让世界认识这个地方，并且环境就像这些埋在地下几千年玩艺身上的厚厚尘土一样的糟糕。我有时候真的挺佩服生活在这个城市中的人们，包括我在内。竟然与这种恶劣环境抗争N多年，而决不会弃之不顾，产生离家出走的念头。灰色已成了我们生活中一个重要的组成部分。国家每年发放大量款项用于大开发，怎么就没人先把这环境给治理一下？

当我的思想还在天马行空中跳跃飞舞之时，我看见在十二月寒风刺骨的阳光下，左顾右盼的她，一条黑蓝色牛仔裤，一双翻毛短腰皮靴，黑色高领毛衣外套着一件浅绿色带帽防寒服，两手捂在脸颊上，背着一个很夸张的大包，看起来很重。

看到我，她快速上车，一边用两手磨擦着，一边嚷着：“你怎么才来，冻死我了。”

“什么事这么急？我还没睡醒呢。这包里放的什么呀，这么大？是不是把百货公司装里面了？”

她笑笑。

“你知道黑龙口吗？”

“知道。”

“那就走吧。”

“这么早去那羊不拉屎的地方干吗？再说，我路又不熟。”

“没事，去了就知道了，我认识路。”

黑龙口是陕南城旁的一个地名，我只去过一次，还忘了是为什么去的。

星期天路上的车不是很多，刚出城，我那阑珊的睡意就开始悄然而至。CD中Eagles的Hotel California也无法把它驱赶。一根接一根的香烟伴随着从车窗摇下的一丝缝隙中鱼贯而入的刺骨凉风引起车内的一阵咳嗽与喷嚏，外带吸吸溜溜的鼻涕的抽搐声。如此大的动静都无法让睡意远离我，我的眼皮在使劲而费力地眨着。“唉，出来得太急了，真应该把神经叫上开车。”我内心正在思忖着。

“你要困了让我来开，你睡会儿吧。”

“哦，你会开车？”

“那当然，国家正规驾校，经过正规的学习和正规的路考，发下来的正规驾照。驾龄已有三年了。”说着，她从包里拿出驾照来让我看。

“你什么时候学的，就三年了？”我有着一丝不信任。

“还在大学时，暑假回家来学的。不用怀疑我的技术，平时在家我爸的车都是我开的，你放心睡吧！”

本来确实有些不放心，但头昏眼花已到极点，也就换了座位让她去开了。我也在Eagles的歌声中，在车上飘荡的她身上散发的那淡淡的香味中，在车轮转动和发动机轰鸣声中，陷入沉沉梦乡。

我做了一个梦，一个我与惠子的梦。

在一片一望无垠的绿地上，我与她两个人，是春天，但好像又很热，她穿的裙子，她一只手和我的一只手拉着，另一只手张开放在额头前，遮挡着太阳刺眼的光。我好像并没有惧怕太阳光的毒辣，抬头和它的光芒对射。突然，绿地变为了金光灿灿的麦田，沉甸甸的麦粒挂在麦穗上。一阵清风拂过，金黄的麦穗形成一片片金色的麦浪。我俩被泥土与麦子的清香围裹，像是麦田里的守望者。

突然在这开阔无垠的麦田中生出一棵巨大无比的橡树。巨大的树在这毫无遮掩中形成了一片巨大的阴影。我还在纳闷，这里怎么会生长出橡树？她已拉着我的手，奔向那巨大的阴影。枝叶茂繁的树顶像一朵蘑菇，不，更像一把巨伞，把阳光全部挡在外面。太阳努力想穿透它浓密的枝叶，结果只有依稀的光留下依稀的影子，在厚重的土地上。她在树下，跑着、跳着、喊着、叫着。我站在那里望着她笑，她在树下向我招手，喊我，一声接一声……

“还不醒，到了！”我被她一阵连续的摇晃惊醒。

“做什么好梦呢，把你高兴的，笑个不停。”

我睁开蒙眬的睡眼，看着眼前的她，想着刚刚梦中的景象，倒有一种她把我叫醒的懊恼，面无表情。

“想什么呢，到了，睡了四个小时。”

四个小时，这个梦也够长的，但我却觉得很短。

下车后，四周一片萧瑟荒凉，枯树荒田，让我一时没把这里和梦中的景象搞明白，区分开来。

“把车放这里，上面没有公路，只能靠脚了。”我一张迷惑的脸看着她那一张故弄玄虚的笑脸。

“我说你在搞什么，一大早把我拉到这儿来锻炼身体来了？”

“来都来了，少说点废话，省点力气，还要走很长的路呢。到了你就知道了。”

虽然艳阳高照，但山下的风还是一阵紧似一阵。我冻得把羊绒大衣紧紧地裹在身上，她已远远地跑在前面。

“快呀，大男人家还没有我这小女子走得快。”

平时我已很少有这种自我虐待的机会，她在前面一路轻盈，我在后面气喘吁吁。经过四十多分钟的羊肠小道，七转八拐之后，终于看到了一片小村庄出现在面前。总算有了生机。

整个村庄被光秃秃的树木包围着。低矮的土坯房一家挨着一家，阳光透过干枯的树枝照在黄色的围墙上投下一片倒影。三三两两的老人在门前晒着太阳，聊着家常。女人们坐在自家门前或缝着衣服，或纳着鞋底、鞋垫。老汉们弓着腰坐在门口的石墩上，咂巴咂巴地吸着烟袋，默不作声。一只土狗懒洋洋地卧在旁边，双眼微闭，尾巴时不时地摇一下。当听到陌生的脚步，它快速地睁开眼睛，紧张地立起前腿，嘴巴发出汪汪的叫声，眼睛警惕地注视着陌生人。在旁边主人的轻喝下，又恢复了常态，卧在那里一动不动，享受起正午的阳光。

“惠子姑娘来了，来，喝杯水吧。”

“惠子姑娘还没吃饭吧，先到家里吃点饭吧。”

“不了，大妈，大爷，我先去学校了。”

我很诧异，村中的每一个人见到她时的那异乎寻常的热情，好像她是这个村的村长。在一路招呼声中，我们穿过村子。来到村后，有一个土墙围成的大院子。在大门的两侧写着“好好学习，天天向上”八个毛体大字。进了院子，正中有一个小水泥石墩，墩子上有一个旗杆，杆上拉着一面国旗。国旗在正午阳光的照射下在一阵紧似一阵的风中扑扑作响，形成波浪纹，舒展着身体。周围有一排土制的房子。从传达室走出一位60岁上下的老人，黑而瘦，背微驼，下巴的胡子稀疏而焦黄。一口黑牙，像烟囱里的黑砖，看见惠子很是兴奋：“惠子老师，你来了，孩子们马上到了。”

把我们叫进传达室，老人又是沏茶，又是倒水，忙得不亦乐乎：“没吃饭吧？我给你俩下点面。”

“不用了，我带有吃的。”惠子从大包里拿出了面包和矿泉水，这时我也感觉到有点饿了。我们俩一边吃着一边听着这个老人唠叨着。我越罢的糊涂，“她怎么就成了老师呢？”

“惠子老师，你都不知道，孩子们有多喜欢你？你走了，他们天天念叨，算着日子‘你什么时候来？’你送他们的本子、笔什么的都不舍得用，说怕用完了，没有了，你下次来看到会不高兴。”老人喋喋不休地说着，生怕漏掉任何一个细节。“这位也是老师吧？”老人这才想起我。“哦，他是我的同事，今天也是专门来看孩子们的。”惠子回答着，并送给我一个会意的眼神。

“哎呀，你们都是好人啊！多些像你们这样的人，我们这儿的娃娃都能上学了。”我哼哼着，无言以对，脸上从未有过的一阵燥热。在他们聊天中我才慢慢理出了头绪，原来这是方圆几十里唯一的一所小学。有的孩子为了上学，每天走十几里山路。早晨天不亮，数着星星来上学，晚上又陪着月亮回家。大部分家庭都很穷。一个家庭一年才挣几百块钱。孩子们买不起本子和笔，穿的衣服也没几件像样的。而惠子一年前不知道通过什么渠道知道了这里的情况，每个月都来两次，做志愿者教孩子们画画，并给孩子们带来很多本子和笔。这个村子不大，也就几十户人家。所以几乎每家人都认识她。这时我才明白了，她为什么拿那么大个包。

闲聊中，孩子们陆陆续续来了二十多个。可能这里缺水，每个孩子的脸都不是很干净，蓬头垢面的。有的孩子衣服前襟上沾满了不知是饭痂子还是其他别的什么。衣服都是夸张的肥大，脖子上的红领巾显得格外艳丽。一个男孩儿的鼻涕不时地流下来，又都被他及时地吸了回去。他们把惠子团团围在中间，像树上的小鸟叽叽喳喳地吵闹着，七手八掌地拉着可能触及到的惠子的衣服。每张脸都像太阳下绽放的向日葵。而惠子不时地用手摸摸这个头，动动那个的脸，问问这个学习怎么样，那个生病好了没。随着个别孩子眼神对我的打量，所有的孩子把对惠子的热情转化为对我这个陌生人的好奇，看得令我局促不安起来。似乎这些好奇而羞涩的神情让我也羞涩起来了，甚至有些手足无措。

“惠子姐姐，他是不是你对象？”一个孩子幼稚而妄为的问题，搞得惠子的眼神下意识地投向我，而当我听到这句话时，也正下意识地投向她。两个下意识在下意识中交会、对触。彩霞突现她的脸上，留下两朵红云，她随即低下头去。我的眼神也从那链接处断裂。

“他是我的好朋友，专门来看你们的。”

“惠子姐姐，这个大哥哥是我们的新老师吗？”

“是啊。”

“那他教我们什么呀？”

“你们自己去问哥哥。”她的回答让我反倒不再无措。

“大哥哥，请问你是教什么的？”

“我嘛，是专门给你们讲故事的，你们爱不爱听故事？”

“爱！”孩子们异口同声地喊道。

“好，一会儿就给你们讲故事，讲历史故事，好不好？”

“好！”又是一致的异口同声。

我的回答令惠子有了几分惊奇。

“走吧，我们现在去上课。”随后大家向教室走去。

教室是一排土质的房子，低矮昏暗。墙上开着两个小方格，算是窗子。低矮的课桌闪着乌黑亮丽的油垢，加上一条窄长的木凳，泥墙上抹一层薄薄的水泥刷上黑色底面，便成黑板。坐在教室里的孩子们，从那一个个破旧的书包里拿出一个个保护得很好的本子和笔，开始和惠子学画画。

惠子在讲台上认真地勾画着每一个线条，孩子们同样认真地模仿着。在这昏暗中，惠子的脸显得更加美丽，光彩照人。我坐在正面，专注地注视着她的一举一动，一颦一笑。黑板上的一朵花、一轮月、一栋房子都带给孩子们无穷的希望。一种久远的感觉从我内心深处急速涌来。

我回想起自己上小学时的一幕，可能是三年级。我的座位临着窗子，上课时我总会看着窗外的天空发呆：“为什么天是蓝的，云是白的？”偶尔天上经过一架飞机，后面拖着长长的尾线，由远至近又走远，只留下一条长长的白色丝带，我知道那是喷气式飞机。我幻想有一天我会成为一名空军飞行员，也能驾驶这种飞机。但又会想：“飞机飞得这么高会不会碰见孙悟空，它跟老孙谁会飞得更快？会不会碰见嫦娥姑娘？会不会碰见玉皇大帝？会不会吃上蟠桃？会不会长生不老？”这时窗前飞过的一只小鸟也会改变我的思路，“要是我有对翅膀就好了，这样我就可以去任何想去的地方。”而我的这种游荡总会被老师突如其来的粉笔头或教杆拉回现实中来。

我那时的教室是宽敞明亮的四层高楼，每间教室都有四张明亮的大窗户，而靠窗的座位又为我这不幸的胡思乱想打下了坚实的基础，直到现在也经常延续这种爱好。在现在这种环境中，我不知道这些孩子都在想什么，想的和我当年是否一样？我无法猜测。

随着孩子们美术课的结束，我的回忆也告一段落。短暂的休息过后，也自然而然地开始了我历史课的教授。

“现在由你们的大哥哥给大家讲历史故事，大家欢迎！”

伴着一阵热烈的掌声，我挺身走上讲台。这是我第一次面对那一双双淳朴殷切的期待。刚刚消失的无措再次出现。我站在讲桌旁清了清嗓子，缓和了一下这期待中的宁静，然后转身在黑板上写下四个大字“映月读书”。

“同学们，你们知道这四个字是什么意思吗？”

“不——知——道！”

“这是一句成语，它有一个典故，现在我讲给大家：在我们中国古代的南北朝时期，南朝齐有个名叫江泌的少年，他非常的爱学习，可是家里很穷，不但没钱供他读书，还要他去做工养家糊口。白天他去别人家斫削木鞋底，赚钱维持全家生活。晚上回来虽然很累，还是坚持读书学习。但家里没有多余的钱买灯油点灯，他就想了一个办法，利用天上的月亮读书。由于他长期勤学苦读，他的学业进步很快，后来就成了国家栋梁。栋梁你们知道是什么意思吗？就是一个对国家和人民有用的人。

“这个成语就是由这里来的，用来形容家境贫寒而勤学苦读。你们说他的条件艰不艰苦？”

“艰——苦——”

“是不是比你们还要艰苦？”

“是——！”

“所以说，你们一定要认真读书学习，以后长大了也会像他一样成为一个有用的人！”

“大哥哥，你再给我们讲一个吧！”

“对——再讲一个吧！”

“讲一个打仗的！”七嘴八舌一片。

“好吧，那我就再给大家讲一个。”我又在黑板上写下了四个大字“有志竟成”。

“这同样是一句成语，而这个成语呢就是告诉大家，一个人只要有坚定的意志就会把事情做成功。”

“是打仗的吗？”

“是打仗的！那是在东汉初年，光武帝刘秀派耿弇去攻打山东的张步，虽然张步兵强马壮，但还是被勇敢又多谋的耿将军连续攻下几座城池。张步一看大势不好，就亲自带领大队人马直扑耿将军的大营。而耿将军带领一支精兵出其不意地杀入了张步的军营。在双方激烈的战斗中，耿将军的大腿被一支冷箭射中，耿将军拔刀将箭砍断，继续坚持战斗，直到把对方彻底打败。光武帝刘秀夸他是‘有志者事竟成’。这个故事好不好？”

“好——”

“你们应不应该向耿将军学习？”

“应该！”

“好！就要有这种精神，你们一定会成功的！学习也一样，只要坚持就会学好。”

我讲得滔滔不绝，孩子们听得津津有味，不时地提问着……在孩子们崇拜的眼神中多了惠子快乐而又无法相信的眼神。她这种无法相信增添了我的洋洋自得，同时我感到从未有过的开心、舒服。

几个小时如白驹过隙，我还没来得及体味，就到了离别的时间了。

临别时，惠子从大包里拿出纸和笔，每个孩子都领到一份，并且她还说有一半是我送的。我的内心划过一丝羞愧。分别的场面，难舍难分。孩子们结伴一直把我们送出村口，看着我俩消失在蜿蜒的山路上。

我有一丝悸动，坐在车上我一言未发，我实在无法把今天的事和她画上等号。这些我只在报纸上、电视上见过，但我的生活中从未见过哪个人做这种事。如果今天不是我亲眼看到，我绝不相信她会做这种事。

“怎么不说话？”她首先打破僵局。

“没有，只是在想刚刚的画面。”

“这些孩子都特可怜，你看他们学习的劲头。我每次来都特感动。”

“你是怎么找到这儿的？”

“哦，我以前每个月都向失学儿童基金会捐款。后来我一朋友告诉我，这里特穷，孩子们都没钱上学。她经常来，我就跟着她成了一个志愿者。以前是我俩来，后来她们全家搬到外地了，我就一个人来了。”

“那你平时怎么来啊？”

“坐长途车，有时遇上天不好或没车了，我就在村里住一晚。这村里几乎每家都住过，所以都认识。怎么样，今天来接受一下贫下中农再教育，对自己是否有所触动？是否觉得自己平时活得特奢侈？下次还来吗？唉，算了，我想你也不爱来。”她问完我就有些后悔了。

“下次来，叫上我。”我坚定的语气回答着她略显后悔的问语。

西下的阳光把它最后一抹柔情洒在这蜿蜒的山路上。这时我才发现道路是如此危险，似乎一直在盘旋中前进。转头看去，悬崖近在咫尺，像一张开的巨大的嘴，随时准备吞噬那些翻滚的人与车。多处路段的拐弯处立着“事故多发区，减速慢行”的牌子，我的心一阵阵发紧。想想早上来时，竟然睡得像死猪一样，全然不知外面随处可见的险情，还让惠子把车开上来，真有些佩服自己的胆大。

“怎么，后悔早晨让我开车了？害怕了吧？”她看出我在想什么。

“不是害怕，是真后怕！你说我胆子大吧倒情有可原，我不知道路况。你说你竟然比我胆子还大，一点都不含糊，一脚油就给开上来了。”

“那我也没你胆子大呀，你都没见我开过车，就敢把方向盘交给我，我怎么能辜负你这片信任呢？”她顽皮地笑着，脸上流露出一丝疲惫。

在我为这种不负责任的行为自责时，她又给了我一番春天般的温暖。赞扬让我忘了自己的过失，飘飘然起来。

“不过，我今天还真没看出来，你不是个没文化的人。”她这句绕口令让我着实想了半天。

“小伙子不错嘛，又是引经又是据典的。还颇有名师风范，让我都不敢相信这些是出自你的嘴里，真是人不可貌相啊！”

“那你就不用貌相了，我这是真人不露相，你是露相非真人。我们从小就读‘人之初，性本善’，到现在不敢说才高八斗吧那也是学富五车了。我要是生在古代，那就不是我讲别人的故事了，那今天就是说我的故事，我就是故事中的人物啦！”……我这一连串的自我陶醉，并没有得到预期的热烈回应。转头看去，才发现她已经靠在座椅上睡着了。

天已渐渐全黑。路上很少看到同行或对视的车灯。阿杜沙哑的歌喉讲述着有关爱情的悲欢离合，我尽量把车开得平稳，总担心一颗石子会惊扰了她的美梦。我不时地看着这张熟睡中的脸，有一种想亲吻她的冲动，临了这种美好的冲动都没有转化为行动。倒是产生了一种念头，这条漆黑的路要通向何方？最好是没有尽头，而世界上只剩下了我和她两个人……

每一个开始都自我感觉不含糊的人，到最后都像一只癞皮狗，听到那熟悉的惨叫，悲哀的求饶，在死亡的阴影里，挣扎、颤抖。我不知道自己如果在这种情况下，是否也跟这帮杂碎一样，但我一直渴望有这么一次机会来验证一下自己。

第五章

“哥们儿，你知道吗，红军又抽上了？”小斌说着。

小斌是我从小玩儿到大的哥们儿，做图书批发生意，也算半个文化人，可能是金庸的书看多了，总向往江湖生活。没事也爱把自己搞得像个江湖中人，造型上还确有几分酷似。一米八五的身高，一张还算冷峻的刀削脸。一双单眼皮小眼睛，散着炯炯有神的光。配上微黑的皮肤再加上赫然裸露在外的文身，还有那多年如一日的板寸发型，确也让他吓倒了一批天生胆小的女人和孩子。

红军是我在“里面”认识的一个朋友，因为过失伤害致人死亡，被判了无期。在里面时关系不错，外形上就不如小斌那样的有型有款，坐了十几年才出来。关的时间长了，脑子有点错位。刚出来时，来找我。我给他买衣服，带着他理发洗澡，又给了些钱，这小子感激得不知道想要做什么，好像非要替我杀人放火才觉得能报答我。这小子别的不行，但会文身，手艺不错。刚开始人还行，我就让他在我开的赌场里做事，有时再给他介绍几个刺青爱好者，也能挣些钱。小斌手臂上的那条大龙就是我介绍他做的。文完后，小斌很高兴，就给了他六千块。后来我发现这小子越来越不像话，不是突然失踪就是电话不开机。我一气之下，把他开除了。

“哦？你怎么知道的？”我对小斌的话有些奇怪。

“这㞞人前阵去我们门市了，我正忙着发货，他把我拉到一边非要让我借他一千块钱，我想着他是你的朋友，又给我文过身，就给他了。他说过两天还，就再没来。我想算了，也不多，就没跟你说。谁知昨天来了又让我给他一千块钱。我说没现钱，他就不高兴了，开始骂骂咧咧，说什么看我是不是不想做生意了。我一看他那个样子，瘦得皮包骨头，而且同行的一男一女脏了吧唧的，鼻涕吸溜来吸溜去的，我就对他说，如果你抽大烟没钱，实在困难，我给你五百，今后别再来了。如果你要不是，就别问我借了，因为上次的你还没还呢，我也不要了。他听我说完后就承认了。我给他了五百块就让他走了，临走，他又说过两天还什么的，还不让我对你讲。我都烦死了，你说他这老来找我，让隔壁邻居看到，怎么想？以为我是干什么的。你给他说一下，以后别让来了。”

“他有电话没？”

“有，还是以前那个。”

“哦，还没卖？那我给他打电话。”

“红军，忙啥呢？”

“哎哟，领导，你咋还想起给我打电话了？有啥事？”

“好长时间没见了，也不知道你忙啥呢，晚上过来一起喝酒。中国城。”

“好。”

晚上正在喝酒，红军进了包间。当看到小斌时，眼里闪过一丝惶恐，随即又被故作的镇定代替。

“领导。”他叫着我。

“来，红军，坐这儿。”我让他坐在我旁边喝酒。

寒暄过两句，我们就开始喝酒。抽粉的人一般都不喝酒。我看他的脸是比前清瘦了许多，气色也不正。他好像知道我是什么意思，端起酒杯就一干而尽，但喝了几杯后就不行了，开始狂吐，竟然还差点喷到我身上。看他在卫生间吐得差不多了，我把他叫到隔壁的空包间：“红军，你给我说老实话，你是不是抽大烟了？”

“没有。”

他知道我最憎恨的就是吸白粉的烟鬼，其次就是赌鬼。

“我今天叫你来还当你是朋友，你给我好好说。”我坐在他对面眼神冷漠地抽着烟。

他把头低下不敢看我。

“我说话你听到没？”他沉默。

“我再问你最后一遍，你要不说我可就走了，我那边还有朋友，没时间和你耗着。”

“嗯。”他哼唧着。

“你他妈的，明知道我最讨厌别人抽大烟了，尤其是跟我在一块的人。怪不得那一阵子一弄你就玩儿失踪，打电话不开机，我看你是挣点钱烧的。现在没钱了吧？开始到处乱借了。你狗日的说是借其实就是抢，一次两次是个意思，人家看我面子给你，你不要把别人都当软柿子，想咋捏就咋捏。我现在把小斌叫过来，你给人家认个错，以后别到人家那里去了，都是自己人，没啥不好意思的，你听见没！”我怒气冲冲地骂着。

“嗯。”

“别像个死人。大男人，谁不犯个错。改了就什么也不说了。”

我把小斌叫过来，他有点紧张，装作茫然无知地问我什么事。

“我给红军说了，他也知道自己错了，给你认个错，这事就算了。”我没有理会他的刻意掩饰。

“小斌，对不起。以后不到你那儿去了，我改天把钱还你。”红军嘴里嘟囔着。

“你还，你拿啥还呢，你以后没事少到人家那儿去就完了。小斌，这钱我给你，都是自己人，你也别往心里去。”

“哎，算了算了。瑞，咱俩这么好的关系，我咋能要你的钱，跟红军也是朋友，这钱我不要了。不过我多嘴说一句，红军，以后这东西还是不要碰。我们那条街发书的人，有多少人都是挣了点钱让这玩艺儿给毁得是家破人亡。”

“你听见没，是朋友才这样说你呢，不是朋友谁管你！这一次我不说啥了，回去马上戒。戒了，咱还是好兄弟，你可以回来跟着我。要是不戒，继续这样发展下去，那我把话放到这儿，咱不是兄弟，你也别怪我到时无情无义。你听见没？”我严厉地说道。

“听见了。”声音像蚊子飞过时发出的嗡嗡叫。

“人活一口气，佛烧一炷香，男人大丈夫要说到做到。不要说到做不到，到时候丢人败姓，不知道做啥。行了，走，过去喝酒！这事就算过去了。”我拍着他的肩膀。话音刚落，红军突然哭了起来，双手捂着眼，一把一把地抹着眼泪。

“你怎么了？”他突然痛哭流涕，一下子把我弄糊涂了。

“没事，我先走了。”他站起来，用手在脸上抹了两下，擦干眼泪，抬腿走了出去。我揣着一颗茫然的心，看着他离去。

每星期跟惠子见面次数不多，但都有不同感受。她好像来自另一个星球，我像好奇的孩子，每次都会有新的发现。

几天不见她还有一种空荡荡的情绪缭绕着。在过去的每一个星期天我们都会见面，彼此总有那么多的话要聊。我的语言也变得更加幽默，她的笑声也更加的频繁。时间的脚步也更加的匆忙、急促。而每次独处时，我都有一种占有她的冲动，但又从没有严格意义上的独处。我们的见面总是在公共场所，甚至有一次在电梯里，就剩我们俩时，我疯狂地吻了她，并且想过就在这里把她给办了。但电梯没有在我想象中停止，时间没有在我想象中静止，所有的生物也没有在我想象中消失。最终，到电梯抵达下一层停靠前，我完成了意念上的强暴和行动上的狂吻。又冠冕堂皇看着电梯门的开闭，看着从门外涌入的人流，然后守着这个全世界只有我俩才知道的小秘密。她也下意识地用手指抹了一下嘴唇，担心是否在与我的狂吻中缺失了什么。

这个星期天也不例外。只有在这一天，睡虫才会被我主动赶走，早早地起床（当然，也是11点前）。

我驱车到她家时，正好赶上吃午饭。

她家不是很大，但很清雅。一架钢琴很显眼地摆在客厅的靠墙处。墙上挂着她爸爸画的画，寥寥几笔勾画出各种类型丰乳肥臀的女人，线条是那么抽象，没有色欲感，倒非常有趣。另一整面墙被木板隔成无数个方块，放的全是书。她的房间里放着一台电脑，依旧放着一个小书架，上面摆放着许多小女人看的爱情小说。靠床的墙上，排放着许多她的照片及画。有生活照、舞台照，还有跳舞练功时拍的，所有的照片像一张清晰的线路图，记录了她成长的全部过程。

其中的一张引起了我的好奇，是她参加“中日少儿绘画展”获得一等奖的证书，被拍成照片放在镜框里。她的房间里有一种淡淡的清香，我每次闻到这种味道，就会有一种原始的冲动，并且久久不能抚平。

记得在我第一次吻她的那个夜晚，我送她到家门口，在下车的那一刻，我搂住她，吻了她。也就在那一刻，我感到，我那里异乎寻常的激动，像要挣破坚韧的牛仔裤对它的束缚。她身上的味道，那种让我不能自持的味道。最终她像一只小鹿，逃离了老虎的陷阱，快乐地蹦跳着，消失在回家的夜色中。而我，抱着一颗迷失的心，陶醉在刚才的香吻中。闻着遗留在车上的香味，看着垂头丧气的兄弟，怅然若失地开车离开了她家，去给我兄弟寻找一个温暖的出口。

“别看了，快来吃饭。”她欢快地叫着我。

一件红色的紧身毛衣下，一条纯棉睡裤，拖着一双上面带娃娃头的棉拖鞋，随意地透着妩媚。

“快坐下来吃饭。”她妈妈叫着。

这是我第二次来她们家。第一次来她们家时，她父母用审视的眼光和讯问的口吻，把我的来龙去脉问了个一清二楚，就差问我祖爷爷是做什么的了。她爸爸不爱讲话，总是低头沉思着什么，但看我时就像看他画下的丰乳肥臀，构思着我衣服下的每一个线条，好像要把一个真实的我跃在画卷上才善罢甘休。而她妈妈则像对待乐谱上的每一个音符，要搞得彻底熟悉才会停下她那跳跃的舞步。幸好我有一张骗人脸，再加上惠子在旁边的阻挡，总算没让他们看出个子丑寅卯。一家人坐在一起吃饭，很少说话，一切显得舒适、祥和。只有惠子和她妈妈偶尔说上几句，我倒挺喜欢这种感觉的。

饭后，我俩去了公园。这是我陪她第二次来公园了。这也是我十年来的第二次公园行。我实在不知道这破公园有什么能引起她的兴趣，如此乐此不疲。尤其在这天寒地冻的十二月，我就更不明白原因了。湖面已结了薄薄的冰层，大部分树已成了秃杆，鸟儿也已迁往温暖的南方过冬去了。松鼠孤独地在树上跳来跳去寻找松果的踪迹。只有一些松树和冬青才给了它一点颜色。

我问她为什么喜欢来这儿，她说喜欢这种萧瑟的感觉。我俩漫无目的在公园闲逛。因为有她，我才没觉得孤寂无聊，也因为有她我才没有看风景的欲望。当然，如果没有她在身旁，我更不会无聊到来这里看风景。我俩就这样静静地走着，迎接着风的问候。

我不喜欢冬天，并不是我真不喜欢冬天，而是一到冬天我身上那些旧伤就好像复活了。天气一冷，全身就会疼痛，好似千万条虫子在我的骨头里噬咬，难以忍受。所以我在冬天，很少去呼吸外面的空气。不过也没什么可遗憾的，到处都是灰蒙蒙的。灰尘并没有因冬天的寒冷而有所收敛。汽车排放的尾气也愈演愈烈，工厂的烟囱每天都吞吐着体内的废气，空调的主机也在拼命地喘着气。我的心情在这种嘈杂的灰色中也会变得灰暗起来。总之，我不喜欢冬天。

“为什么不说话？”她问道。

“在等你讲。”

“我小时最喜欢来公园，每个星期天都要吵着让爸妈带我来这里。那是我一周中最快乐的时刻。”

“一年四季都来你烦不烦？”

“不烦，尤其是冬天。”

“为什么？”

“因为人少呀。我总能在这里想很多事情。我喜欢冬天的寒冷，这样我会觉得特别孤单，总会有想哭的感觉。”

“为什么会这样想？”我问道。

“不知道，可能从小就这样吧。从小爸妈就对我很好，我一直感到很幸福，也许从没愁过。但小时的整个印象就是跳舞、画画，看到别的小朋友在外面玩儿，就特别难受、孤单。慢慢地习惯了，也就不愿意去玩儿了。所以每当我回想起那些日子，就想来公园。你呢？”

“我？我没你那么幸运，可以学画画、跳舞。我那时候想得最多的是什么时候过年。这样我就能穿上新衣服，吃上好吃的。可能每天想得最多的，就是家里什么时候才能吃顿肉。回忆往事总是痛苦的，我无法想象过去的日子是怎么过去的，我也不想去想现在的日子是怎么来的。总之，每一天都会过去。”

“哦，看不出，你还是个吃过苦的人。我以为你从来没愁过呢。”对于我的深刻她有一丝怀疑。

“谢谢孩子，我从不愿给你讲，是怕你听了受不了，大哭。把我抱在怀里说要爱我一辈子，这我可受不了。到时候你母性的光辉一闪现，我这辈子就算完了。”

“你呸，还不一定谁粘着谁呢。”她边笑着边用手握成拳头在我身上打着。我躲闪着跑着，她在后面追着，笑着。我突然停下来，她一下扑到我怀里，我紧紧地抱住她。在冬天的寒冷中，在四周一片岑寂中，在枯树的环绕中，在相互寻找答案的目光中，两张冰冷的双唇，在冰冷的空气中紧紧地粘在一起。长长的拥抱，长长的吻。冰冷的双唇开始升温……

我们俩手拉着手继续游荡，我不喜欢这种感觉。总觉得有点傻，不太像男人，但她执着的表情，让我不忍拒绝那如棉的手。我暗自庆幸这是在寒冬的公园，而不是在我熟悉的场合。

“那你为什么不爱来公园，或者说是不是从来就没有喜欢过？或者原来喜欢现在不喜欢了，总之一定是有原因的！”她突然好像又想起了什么，把那已断了多时的话题不知怎么又续上了。

“真想知道吗？”

“是呀。”

“其实小时候我和你一样，也喜欢来这里，但这种美好的记忆只停留在八岁以前。那时几乎所有的家庭都很苦，如果能老来公园就是一件非常奢侈的事情。虽然当时的门票只要4分钱，连根冰棒都买不上，但就这4分钱，我们也是掏不起的。

“那个时候的孩子没有现在的孩子金贵。我的记忆中，五六岁时，我已开始跟一大帮比我略大一些的孩子一起探寻一些陌生的街道，或去发现哪里有能结出果子又不至于被杀虫剂毒死的果树或桑树之类的树木，或是捕捉一切可以改变味蕾的昆虫及飞禽，天上飞的麻雀秋蝉，河里游的小鱼小虾，都会被我们想尽办法成为肚中之物，什么榆树叶、槐树花都是我们改变伙食的美味。当然，我们也有丰富的娱乐爱好，就是去公园。

“巨额的门票无法切断我们对这里美好景色的向往，虽然只有4分钱。我们找到许多个能够进入这个地方又不用花钱的方法。最不费力气的，也是技术含量最低的，是混票。就是从大门口，大模大样地进去，有时是看门的没留神或打瞌睡了，就很容易得手。如果被抓住了，就哭诉家人在里面，自己刚出去买东西，或一些更加幼稚的借口。但这种情况大多数是被提着耳朵给揪出去。后来我们开始采用翻墙这种古老而原始的方法，基本上屡屡得手。当然也有命运不济之时。刚从墙上下来，就被逮了个现行，得到两个嘴巴子的奖赏后，又被揪着耳朵提到大门口，这次就不会只单纯地把你揪出去了，还要外带一个螳螂腿之类的额外奖励。有时就算没被抓到现行，刚在墙头上摆好造型，突然一声狂吼，吓得心惊胆颤，情急之下，也忘了考虑动作是否优美，又不愿放弃这好不容易才爬上的墙头和能够进入公园的这次机会，都会义无反顾地咬着牙，闭着眼，脑子里眼前可能都是黄继光堵枪眼、董存瑞炸碉堡、狼牙山五壮士英勇跳崖的光辉形象。当然那时候还不知道在我们的前面有这么多的先烈。总之，是为了进入我们眼睛里，也许是当时世界上最美的地方，纵身一跳。而这慌不择路的纵身一跳，大部分会伴随着惊魂未定之时的一声撕心裂肺的惨叫。不是脚筋扭了，就是软组织挫伤，要不就是一个造型极其夸张的狗吃屎，外带两颗四环素门牙的脱落告终。

“有一天，突然被我们发现，公园门口的公共厕所后面的掏粪池可以直接通往我们魂牵梦萦的这个美丽的地方，而不用担心被英勇而机智的公园保卫人员发现。当我们发现这个秘密进入公园的通道时，一个个都异常兴奋激动。

“在第一次付诸行动时，才发觉这一过程是多么的危险和不易。刚刚进入时那股扑鼻而来令人窒息的气味在炎热的夏季形成巨大气浪，刺激得眼泪直流。这是来自空气的阻力，还有地面上的暗堡。巨大的粪池上横放着一块木板，这是便于环卫工人在上面工作。那些有适度间距的木板，对我们这些最大只有十岁的孩子来说就有些高不可攀，宽不可度。就是在这种恶劣的情况下我们依然用手捂着鼻子，屏住呼吸，小心翼翼地在这些木板上跳转腾挪，同时还要避开脚下那一团团白色的涌动，及如轰炸机般的绿头大将军的攻击。发扬大无畏革命精神，历经艰险，抵达幸福的彼岸。

“进入公园之后，我们谁也不会再在意那由于长时间屏住呼吸而涨得通红的小脸。或因功力不够最后一刻吸入鼻腔，进入肺中，差点导致把昨天胃里吃的都吐出来。那一刻，我们的成就感不亚于红军二万五千里长征的结束，只差快乐地抱头痛哭。只是孩子们快乐的天性替代了高兴的悲伤。我们谁也没有来得及去想过去刚刚发生的一切，就一窝蜂地向纵深跑去。或进入了公园的果园，看有没有这个季节的遗留物，不管生熟，都会被我们辣手摧花。如果是桃子，就连吃剩的果核，都会被我们拿回家晾晒之后，成为相互手中输赢的筹码。

“或是顺着湖边，欢蹦跳跃，嬉戏打闹。用我们能够发现的小石子、小石片在湖面上打着水漂。看谁打得远，激起的波纹多。看着水面在石子的亲吻下形成的一圈又一圈的圆，一个连着一个，又一个接一个地消失。

“有时我们玩儿累了，或这个游戏玩儿厌了，也会用手中的小石子去攻击在湖面上划船的那一对对青年男女。我们看着那一个个年轻姑娘在湖面上吓得花容失色，两手死死地扒着船梆，而男的则无奈地只能一味对我们的暴行回以一连串的谩骂，随即又得到我们更为猛烈的回应。在这一阵猛烈进攻之后，是姑娘们惊吓得哭泣或是对身边小伙子无能的责难。我们就会开怀大笑。有时也会碰上那些强硬而倔强的好汉，竟然无视我们暴风骤雨般密集的枪林弹雨，在湖面上调准方向，掉转船头，眼里透露出对我们的愤怒，一阵狂划。喷火的眼神，随着威胁的语言，向我们所处的岸边奔来，我们也会在做最后更为密集的抵抗之后作鸟兽散，拼命地夺路而逃，直至奔出公园大门，走在回家的小巷里，看到那一张张熟悉的脸，那颗狂奔的心才能安静下来。

“接下来的时间，是对刚刚那一幕的重温。一个个活灵活现地模仿着船上人们的表情，或指责着某个人不够勇敢，第一个跑的。或某个人胆子太小，跑的时候连滚带爬摔跤的狼狈样，接着又是一阵前仰后翻的肚子疼，之后各回各家。

“这种快乐一直持续到我八岁那一年，而那一条通往公园的秘密之路，在我们眼里已不再那么困难重重。也许正是这种轻车熟路所产生的轻敌思想，导致了我幸福童年有了挥之不去的阴影。而我对这个公园的美好记忆，永远地中断在八岁之前。

“那是一个和以往无异的夏季的中午，我们一行七八个人，仍像以往一样地快乐跳跃，目的地依然是那个美好的地方，这个公园。我们依然沿用那熟悉得不能再熟悉的方法和路线进入这里，就在我们大部分人一个接着一个完成这旧有的公式时，只听到‘哎哟’一声，我的邻居，我的同学，我儿时挚友——王和，永远地消失在我们视线里。那个粪池由于天太热，再加上掏粪工人没有来及时清理，导致了我们只能眼睁睁看着他陷在里面，慢慢消失。而我们所有的人只能呆呆地看着，或者大哭，却无能为力，当我们喊来公园的工作人员，用尽一切方法把他打捞上来时，他已被池中这万家粪便抹得看不到表情。但他落入粪池，被淹没前的表情，他伸向我们的手，他看着我们的眼神，以及想说，而被一口粪便卡住没有说出的话，都使我再也不想来这个地方。我对公园的一切记忆都留在了这一天。

“此后的很长时间我都会想起王和。

“曾经因为他长得很像老鼠，五官像，个子也不高，我们都叫他‘老鼠’，他的最大特点就是不怕老鼠。

“那时候几乎每个家庭都很穷，但老鼠却很猖獗，有时候到了胆大妄为不知死为何物的地步，经常有些孩子在半夜里被老鼠咬了耳朵、鼻子和脸，有时大人们也不能幸免于难。碰巧遇到睡觉爱张嘴的，老鼠可能爬到他的嘴里。我那时睡觉从不敢把头露在被子外面，每晚都会缩起身体，用被子把自己紧紧蒙住。时常能感到老鼠在我仅有的一层防护被上，穿梭游荡，安之若素，甚至能听到它隔着被子在我耳边磨牙的声音。

“有一次放学回家，一只硕大的老鼠爬在我们家厨房案板上的水壶盖上，全然没被我的突然闯入所吓跑，倒是我被吓了一跳，我用嘴发出‘嘘嘘’的驱赶声，还用拳头的挥舞配合着这音响效果，但它竟毫不理睬，当我是空气。我的自尊心及尊严受到了严重的伤害，一怒之下想起了捅蜂窝煤眼的铁条子，在我准备拿这铁条子收拾它时却发现，这铁条子像没事人似的，躺在案板下面的煤堆上，离这只硕鼠近在咫尺。它好像知道我的想法，我似乎看到它对我手足无措露出的一丝冷笑，对我这蔑视到了极点，竟然在壶盖上闭上眼睛打起盹来。对于这种轻视我到极点的蔑视我忍无可忍，决然放弃了常规对付它的想法及方法，调头出门而去，一路小跑地去找它的天敌及克星王和去了。到了他们家，他一听我说完，二话不说，放下手中的碗，竟然什么灭鼠工具都没拿，就随我到了我们家。进了家门，那只不知死活的老鼠，依然无视我俩的存在，轻视的表情已到了极致。真是‘士可杀，不可辱’。在我正想对王和说一些豪言壮语，什么‘风萧萧兮易水寒，壮士一去兮不复返’之类的打气壮威的言辞时，只见他神情随意，犹如闲庭信步，虚晃一枪装作若无其事地走到那只硕鼠面前，突然伸出那只比鹰爪还快的小手，一把抓住那只目空一切的老鼠。当这只老鼠意识到自己所犯的这种目空一切的错误时，它已为自己的这次轻敌付出了代价。王和那双如鹰的小手，死死地卡住老鼠的脖子，它的四只小爪在空中乱蹬乱抓，最后慢慢地闭上了那双藐视群雄的眼睛。它至死都不能相信的事实——经过如此多的风雨，竟然死在了一个和自己长得如此相似的人的小手里。

“王和也没有为他这众多捕鼠经历中的一次流露出什么得意之色，只是在手提死鼠，离开我家时说了一句让我一生难忘的话——‘一会儿来吃烤老鼠肉，可香了。’我至今也没有吃过老鼠肉，但从他去了以后，也就再没人给我表演抓活老鼠了。”

在我追忆这段尘封多年的痛苦往事之后，惠子也若有所思地沉默起来，良久，我们谁也没有说话。

“对不起，我不该叫你陪我来这里。”

“也倒没什么，已经过去很久了，可能也不是因为这件事不想来吧，可能已习惯忘记这个地方的存在了，所以也倒没关系。”我故作轻松的语气，不想让她觉得什么。

我俩年龄相差十岁，他们这个年龄段的人，是无法想象那个年龄段的人当时的生活状态。而这十年，正是国家发生重大变革的十年。也许她对我讲述的事，不能理解，也无法理解。但我仍能感到她在尽量地去理解我所说的事情。

“你们的童年真是那样的吗？也许我们这个年龄的人缺的正是这些。”她表情深刻得让我为之动容。

“别说这些了，这些老黄历连我都快忘记了，今天也只是碰巧想起来了，你不要搞得比我还深刻。”

“没有啦。”她有些不好意思地笑起来。

突然她好像发现了什么，拉着我快速地向路旁的墙角下跑去。我还没搞清状况，她已经蹲在了墙角，从包里拿出相机，仔细地拍了起来。专注的表情让我感动得有些茫然。那是一朵花，一朵叫不上名的野花，不知是这个季节的产物还是上个季节的遗留物。那么小，却如此娇艳，在隆冬之季，在万物萧瑟之时，在一切都是灰色的空间里，有了让人意想不到的色彩。在这个被人遗忘的角落里，绽放它的光芒。她拍得很投入，竟然坐在地上连续地按起快门。

她拍完照片俯下身子深深地吸了口气：“啊，好香啊，你看它多漂亮。”她叫着。

我惊叹她对细小事物的察觉，那样一朵寻常的小花，竟然引起她的关注。

“拍得好不好看？”她边起身拍着身上的灰尘，边把相机递给我。一朵怒放的花，丝毫没有冬的气息，我感到心被什么揪了一下。不知是什么东西，是花？还是她？

红军这几天总给我打电话，说话支支吾吾，问他有什么事，非要见面说，搞得很神秘。能有什么事，我压根就没搭理。

今天来了几个外地朋友。我们晚上在英皇摇头。去得太晚，老板硬是给挤出两个包间，却不带卫生间，很不方便。上个卫生间还要经过大厅，大厅里人头攒动。舞池里的人头摇得像拨浪鼓，好像每个人都吃了摇头丸似的。我就不明白了，没吃药的那脑袋，摇得比我们这些吃了药的人还

HI。去完卫生间，刚回到包间通道，有人在后面叫我。回头一看，竟然是红军。

“你和谁来的？”我问他。

“一个人。”

“一个人跑这儿干啥？”

“我想着在这儿能碰见你。”

“哦？走，到包间说。”我以为他有什么重要的事。进了包间，所有人都在摇着，我带他走到里间。这个包房分两间，外间跳舞，里间打牌，就是没设计卫生间。

进到里间我才看清楚这小子，今天搞得像真的一样。胳膊里夹着一个黑色手包，就是有点太大了。手机还别在腰上，搞得像个村企。一米八几的身高，又黑又瘦，整个看起来就好似一根竹竿立在那儿。我俩坐在麻将桌旁，我燃了根烟问道：“你天天打电话给我，什么事？今天还专门来找我，谁告诉你我在这儿？”

“没人告诉我，我想着你每天都在这些地方玩儿，所以来碰碰运气，刚好就碰上了。”

“你还挺会碰。说，啥事？我外面还有客人，长话短说。”我说完话，这小子突然把黑包放在桌子上，拉开拉链。还没搞清什么意思，只见他从黑色里拿出来两把尺长的尖刀，顶在我的胸口上。

“我告诉你，我找你已不是一天两天了，你在别人面前五啊六啊的，少给我来这一套。我这十几年也不是白蹲的。”他突然的变脸和突兀的话语让我摸不着头脑。

他两眼发直，前言不搭后语，估计是吃了什么药了。要放平时，打死他也不敢跟我这样讲话。“哎，红军，你是不是吃错药了，还是咋回事？把刀拿下去，小心伤了人，后果就严重了。”

“哼，我能来找你，就没想过后果。我和你是伙计，你竟然当着外人面说我，还那么难听，让我下不了台。我红军别的不行，在社会上可能没有你名气大，没你有钱，但我有胆，敢杀人。你也别说你有多少兄弟，我随便打个电话，也能来百十多个。你信不信？”我听他说话，气不打一处来。胃一阵阵抽搐着疼。（我有一毛病，一生气，胃就疼。）

外面那帮人竟然还在那里如醉如痴。“你今天到这儿来到底想干啥，你说清楚？”我的声音开始变得低沉，透着一丝冷酷，脸上带着一丝不屑。比这大的场面我也经历过，但被自己的兄弟用刀抵着，这还是头一回。

“我跟你这么久，没功劳也有苦劳。再说，咱俩谁不了解谁？我这么多年还没怕过谁呢。今天在这儿，咱俩单对单，你把我杀了，我倒霉，我把你杀了，你活该。你一刀，我一刀，咱俩对戳，谁戳死谁，谁认命。”说着，他把手中的两把刀，扔过一把在我面前的桌子上，刀尖对着我。两眼死鱼般紧盯着，显得很紧张。

我看着他，表情在脸上凝固。震耳欲聋的音乐，也无法敲开这凝固的空气。他在我的眼神中，透出一丝惊慌。随即，又拿刀在我胸前顶了一下。我又点了支烟，脑子在飞快地运转着，思索着：“这小子什么意思？他的真实意图是什么？”抽了口烟，缓慢地用一只手拿着放在我面前的刀尖，冷笑着扔回给他。

“红军，我知道你今天是吃了药了。人糊涂了，我不跟你计较。现在这社会没人跟你玩儿这一套了。你现在放下刀，有啥话咱都好说。你如果不放，你说你这辈子没怕过谁，那刚好，我这辈子也不知道害怕是啥滋味。你说你敢杀人，我还告诉你，我没你胆大，我不敢杀人，但我敢被人杀。你今天把我戳死在这儿，如果能走出这门，算你娃命大。要是一不留神，没戳死，或者没走成，那就很不好意思了。你今天来到底是想干啥，你说清楚？我想，不是专门为杀我来的吧？你红军想一下，你刚回来时，我是怎样对你的？”

“你不要跟我说那么多，你现在给我5000块钱，我马上走，我的人还在楼下等着我呢。”我终于明白这小子是穷凶极恶了。还他妈的，他的人在楼下等着。把他妈加起来，他也叫不来十个人，还百十个兄弟。我回头从椅后把我的包拿上来，从里面掏出三万块钱。

“红军，这儿有三万块。”这小子看见桌上的钱，眼睛里闪着蓝光。“但是红军，你今天用这种方式要钱，错了。我不会给你一分的。现在有两种方法你选：一、你把我戳死，钱全拿走。二、你现在把刀放下，好好说，咱俩还是兄弟，为这点儿钱不值当。你也知道我这人对钱无所谓。”可以看出我的这番话起了作用，他的大脑在做着激烈的对抗。

正在这时，小涛从外面进来了，他也认得红军。小涛以前是我的搭档，后来去了日本，刚回来没多久。他一看到这种场面，吓了一跳。我给他递了个眼色，他打着哈哈走过来了。

“伙计，你们俩在这儿干什么呢，这么久不出来，大家都在外面等着呢。”

“没事，跟红军说点事。”我说着。

“红军，这么久也没见你了，最近忙啥呢？哎呀，这刀还不错，怎么，专门给领导送刀来了！”他边说边把桌上的那把拿在手上。“咦？这两把还是一样的。”说着，他用另一只手去拿红军手上的另一把刀子。

“嗯，红军说弄了两把刀，不错，专门给我送过来玩儿呢。”我故意接着他的话，但坐在那里并没有动。红军的眼神很迷惑，小涛顺手把他的刀拿下，并走了出去。这时，我依然抑制住内心即将喷发而出的愤怒：“红军，我如果现在打你，是欺负你。你说你有百十个兄弟在楼下等你，我现在给你个机会，打电话把他们叫上来。如果你的人来了，把我打了，这三万块，我给你，算我以前把你红军看扁了。如果你把人没叫来，那我就要打你了。”

红军听我说完话，脸色大变，这时外面的人都冲了进来。阿荣冲在最前面，上去就是几拳：“你狗日的反了，我看你是活够了。瑞哥对你有耐心，我可对你没耐心。你抽大烟还给谁抽出大头孙子来了。”边说边打。红军捂着脸，从椅子上缩到了地上。

“先别打。”我说着，我脑子思索着怎样收拾这个王八蛋，努力使自己的语气平静。

“红军，打电话，把你的人叫来。”大家伙一听他还要叫人，一片谩骂，群声激愤。

“都别吵了，让他打电话。”我说着。

阿荣把他拉了起来，从腰间拔出电话：“我日，这电话是个假的，模型。”我听后真是又可气又好笑啊。

“阿荣，把你电话给他，让他快打。”阿荣把电话给他，他还真就打了电话，并说叫人快来，他和我在英皇等等。

左等右等不见人来，快一个小时了。

“红军，现在看表，如果你的人十分钟之内还不来，你就别怪我了。”我话音刚落，突然从门外冲进来几十个膀大腰圆留着寸头的年轻小伙。带头的进门就嚷嚷着：“谁拿刀杀咱哥呢？哪一个？”原来不知谁给老四打了电话，他带着几十个兄弟跑来了，一看到红军上去就给了一顿。这时红军的脸已变成黑风洞的妖怪了。

这时阿荣的电话响了，说是找红军的，人到门口了，问几号包间。一会儿，进来两个人。一个我认识。认识的那个叫老扁，今年五十多了，是西郊的一个老麻雀，二十年前，也算是个人物。另一个跟他年纪相仿。看到满屋子的人，他有一些慌乱。当看到坐在一边的我时，就笑着大声说道："哎呀，瑞，好久没见了。也不见你到老哥那儿去玩儿？"我看到他，一脸的问号。

"扁哥，谁叫你来的？"

"红军么。"

"嗯？？？"

落座后，老扁说道："咋回事嘛？"

"你问我，我还想问你呢，你问他咋回事？"我说道。旁边人七嘴八舌地谴责着红军。老扁也听出个一二三，过去照着红军的脸煽了一巴掌，这巴掌扇得我更加迷惑。

"扁哥，你这是啥情况？"

"唉，说了我都嫌丢人，红军现在跟俺女子在一块呢，谁知道现在又抽上大烟了。咱那女子也不争气，跟这㞞天天在一起。平时在家，红军给我说你对他多好多好，还说那一阵刚回来，你让他挣钱照顾他。今儿这可能是吃了'红炸弹'（一种戒烟的药）了。"老扁说着，照着红军的脸又扇了几下。"你是不是疯了，你瑞哥对你那么好，你咋能拿着刀来找他？"老扁说得义愤填膺，打得噼啪作响。

"瑞，你给老哥个面子，让我把他带走。"

"扁哥，不是我不给你面子，这狗日太坏了。还说他百十个兄弟在楼下等着，如果不见他下去，就上来把我灭了。所以我让叫人上来，谁知道把你叫来了。"

"他有个他妈的×兄弟，他啥样子，你还不知道？这也是吃了药，糊涂了才说胡话呢，你别跟他计较了，就算老哥对不起你，改天请你喝酒。如果他今天不给我打电话，你打死打残他，我都不管。但我今儿来了，如果这狗日的有个啥，咱那女子就把老哥整得没办法了。你就算给哥面子。"我明知老扁是在做戏，可还是有些不好意思。

"扁哥，我今儿把面子给你。你看我这衣服，都让这狗日的戳烂了，但我把话说清楚，今后最好不要让我再看到他。"

"好好好，我知道了，瑞。明儿哥给你买件衣服。还不快给你瑞哥赔礼道歉？”

“对不起。”这小子看我吐话了，又是一副满不在乎的样子。

“快滚。”老扁看着我脸色有点变马上说。“瑞，别生气。”红军走了出去，坐在外面。老扁又和我东拉西扯起来。过了一会红军又进来了，催着老扁快走。

在我把老扁送出包间，道别时，外地的朋友说他的手机不见了。我第一反应就是红军干的。老四他们几个快速把已走到电梯口的红军从电梯口拉回包间。我的血一阵阵涌上头来，老扁的脸也是青一阵，白一阵。

“红军，今天本来要把你废了，但你把老扁叫来，我给他个面子，你狗日的真是给脸不要脸，非要拿你的个性挑战我的脾气。把手机拿出来！”我强压着怒火。

“我没拿。”这小子依然一副贼无赃、硬如钢，死猪不怕开水烫的样子。

搜遍全身也就那个假手机。

“把手按到桌子上。”我说着，“把刀给我拿来。红军，今天是天堂有路你不走啊，地狱无门你闯进来！手机在哪儿？我再问你最后一遍，说出来，当刚才的事没发生，让老扁把你带走。不说，你这手就留下。”

“你这娃咋回事，快说嘛。”老扁在一边催促着，生怕我把他也当成一伙的对待。

“红军，既然你了解我，就知道我不喜欢用手打人。在我手里少个零件的多你一个也不多。我是看在你跟过我一场的份上，放你一马。你如果非要再证实一次的话，就别再开口了。”我说着，举起刀，对着他的手。就在我已无法控制内心的愤怒，马上要剁下去的时候。他大叫起来：“在出租车里！”

“怎么会在出租车里？”我寻思着。一问才知道，这小子趁人不备出去了，后来担心夜长梦多被发现，所以才回来叫老扁快走。没有钱，就把手机留给司机，让等他一下，把人家车号记下。

“红军，下去把手机拿回来，如果再耍花子，你知道后果！“

“噢。”

“下去拿了东西，把人给我带上来，今儿就把这狗日废了。”我小声对老四说着。

“知道了，哥。”

大约十几分钟后，人上来了，手机也拿回来了。红军却不见了。“老四，人呢？”我问道。

“我刚要把他拉上来，涛哥让他走了。”

“啥？？”我愤怒中带着诧异，看着小涛。老扁一看红军走了，也急忙向我告别，说着一大堆废话，我无心理会。老扁走后，让多余人都去了隔壁，只剩下老四、小涛、阿荣三四个。我气得胃一阵阵疼痛，脸色铁青。

“小涛，你怎么能让他走呢？这种人，你不给他做个娃样子，他是不知悔改的。他觉得以前是杀了人判了无期，坐了十几年，所以心里好像谁都不怕。对这种人一次要打到位，让他记着，拿刀的手是多余的，以后就不需要有。”我生气地说着。

“唉，我主要想着，你不是在招呼朋友嘛。再说，我看你是真生气了，这小子再上来，肯定得少个啥。为这种烟民，划不来。”我知道他是为我好，可愤怒的心火却无法抑制。

“小涛，你有时候，就是心太软了。这种祸害，你不打到位，他会以为你不敢动他，只会瞎咋呼，心里怂了。下次还不知道会干出啥来。”正说着，门开了，保安经理老赵进来了。

“瑞哥，你们这里刚出什么事了？”他问道。

“没什么呀。”我说着。

“那刚才有一个瘦高个，腰里揣着两把斧头，从电梯下来，被咱保安看到，带到保安室了。说话疯疯癫癫的，说要杀谁呢。后来保安把斧子扣了，要给派出所打电话，这小子说跟你认识，是你朋友，咱保安就放他走了。”听完这一席话，我的肺彻底炸了。

“人走了多久？”我问道。

“有五分钟吧。”

我一边埋怨着小涛，一边叫人去找红军，小涛这时也气得乱骂。朋友们也没玩儿好，先回酒店了。

我们几个车分几路，找了一夜，也没找到这小子。天亮，留了两部车在他们家门口，我先回去休息了。

傍晚起来，依然没有他的消息。我正在琢磨在哪儿找到这小子，电话响了：“喂，谁呀？”

“我，红军。”

我一阵惊喜，但尽量把语气放得平静："哦？红军，你醒了？昨天你是咋回事，吃了戒烟药了？"

"嗯，我昨天吃了'红炸弹'都不知道自己做了啥，今天我老丈人跟我说，才知道。哥，你别往心里去，我向你认个错。"

"放你妈个屁，你晕了咋不去抢别人，还知道偷手机，现在药醒了，知道害怕了。"我心里嘀咕着。

"哎，没事，咱俩这么多年，我还能不知道你？以后再不要抽那东西了。你要是缺钱，说一声，三千、五千的你随时来。我昨天请客，你拿两把刀找我，你说我脸上难看不？不知道的，还以为咱俩有仇呢。"我一边说着，一边听着他的反应。他在那头一直认着错。

"你现在是不是缺钱？我上次不是跟你说了么，如果不抽大烟了，有啥事来找我。你看看你，连手机都卖了。你如果需要钱，我先给你五千。但话给你说到头里，如果再用这钱去抽，今后就彻底不管你了。"我说得情真意切。

"太谢谢你了，哥，我太不是人了。你放心，如果以后谁要敢对你怎么样，我……"

"好了好了，别说这话了。你再别给我闯祸就行了。"我打断了他千篇一律的表白，"我刚起来，你在哪儿，我一会儿给你送去？"

"好好，我在东大街。"他说着。

"过半个小时给我打电话！"放下电话，我就安排老四他们。

半小时后，红军来电话了，我已开车出来了。"你在哪儿？"

"东大街。"

"废话，东大街那么大，具体在哪儿？"我恢复了平时对他说话的语气。

"你现在在哪儿？"他语气中有种疑虑和不信任。

"你不要就算了，我还有事，没时间跟你在这儿兜圈子。你要，就说在哪儿，我给你，不要我就走了。"他听我说完，拿钱的欲望战胜了疑虑。

"我在凯悦酒店门口。"

"好，我马上过来。"挂了电话，看了号码，确实是那一片的，就给老四打了电话。我一个人先去了。

到了凯悦门前，这小子蹲在路边的树坑里，用树干挡着自己，紧张得左顾右盼，我按了喇叭，这小子环视一圈，见我是一个车，走过来，站在车旁，向里面张望着。

“进来！”我说着。

当他确定车里只有我一人时，才放心拉开车门进来。坐到副驾驶时，我看到他腰上别着什么东西。

我一边东拉西扯着拖延时间，一边注视着外面。大约两三分钟，老四他们的车停在我的侧面不远处。我从包里抽出一沓钱，慢慢数着，红军所有的注意力都放在了钱上，丝毫没有感到危险的逼近，当我快数到5000时，一只手从车窗外伸了进来，一把抓住了他的头发，顺着车门拉了下去。这小子被这突如其来的打击搞蒙了，都忘了反抗，两个眼睛盯着我，我侧过身一脚踹过去。这时他向腰间摸去，还没来得及摸到东西，已经被人按倒在地，从他腰里抽出一把杀猪刀，刀在夜色中闪着阵阵寒光。

我下了车，老四已从后备箱里拿出两根准备好的绳子，把这小子捆了起来，又用一块烂抹布塞进嘴里，扔进后备箱。

一行几辆车向郊外的山里开去。

车轮在寂寥的山路上飞奔。我已记不得是第几次做这种事了，然而每次都会有一种兴奋感。每一个开始都自我感觉不含糊的人，到最后都像一只癞皮狗。听到那熟悉的惨叫，悲哀的求饶，在死亡的阴影里，挣扎、颤抖。我不知道自己如果在这种情况下，是否也跟这帮杂碎一样，但我一直渴望有这么一次机会来验证一下自己。车上很静，没人说话，空气显得很沉重。我每次的兴奋感都会被这种凝重的气氛破坏。我知道这种凝重来源于车上的其他人，不知道我将要做什么。

经过半小时的蜿蜒曲折，车终于停靠在半山的一片树林中。隆冬的山上，寒风刺骨，一轮弯弯的月牙在云的纠缠下，徘徊不定。一会儿，云似乎厌倦了这种纠缠，自顾自地去了。留下残破的月牙，孤芳自赏，自哀自怜起来。山也在月的哀怜中显得更加幽暗、阴森。

把红军从车上拖出来，虽然看不清他脸的颜色，但我能感觉到他的恐慌。老四拿出事先准备好的两把铁镐，开始挖坑。我蹲在红军面前，点了根烟。不知是山里的温度低还是什么，这小子瑟瑟发抖。我把抹布从他嘴里拽出来：“红军，你现在有啥话，快说，省得一会儿没机会。”他吓得话已说不清楚，就是承认错误。

“你不是总说你敢杀人嘛，我也给你说过，我不敢杀人，但我敢被人杀，你敢不？你狗日的还要钱不？你不管了，以后我逢年过节，一定给你多烧点儿钱。把你娃这辈子没见过、没花过的钱都给你送去。把这狗日腿解开！”我语调调整在惯常的平静上。

解开腿后，他就开始号啕大哭：“瑞哥，我错了，我对不起你，我再也不敢了。”

“你没错，是我的错，如果当初你刚回来，我不理你也就没这事了。你他妈的，忘了是谁带你去买的衣服，给你钱，把你打扮得跟个人一样？你娃这辈子穿过几千块的衣服没？嗯？见过鲍鱼、鱼翅没？我就是养个狗，它还要给我摇个尾巴呢，就是给个要饭的，他还要说我一声好呢。你狗日的连点人性都没有，你平时不是狂得很吗？日龙日虎日豹子，翻个身你还想日鹞子，今儿个咋怂了？咋，你还怕死？昨天晚上不是还要跟我对戳，谁死了谁活该？今儿还戳不戳？”

“瑞哥，我不是人，我错了，我再也不敢了。”他已经是一把鼻涕一把泪了。

“你屋是卖刀的？嗯！昨天两把，今天一把？还拿着两把斧子，满世界找我，你是李逵？嗯？”

这小子听到这儿，两腿扑通跪在地，用头使劲在地上碰着，哭得眼泪胡飞。这时坑也挖得差不多了。他们把坑里的两个人拉上来：“哥，挖好了。”山里的风寒气刺人，夹杂着一声声凄厉的哨音，像夜半坟地鬼魂的叫声“呜呜”的。如果一两个人走在这里一定会起鸡皮疙瘩。然而此时的红军已经不是光起鸡皮疙瘩这么简单，跪在地上死命地说着好话，但他的这些话让我没有丝毫的怜悯之心，倒让我更加憎恨他昨晚的行径。

“红军，往下走！硬气点儿！把你那二劲儿拿出来。”他死活跪到地上不起来。“把这狗日的绳解开，扔下去！别浪费我的绳，下次还没得用了。”绳子解开后，两个人拖起红军扔进坑里。他像个落水狗，拼命地向上跳。我看着他在坑里的样子倒觉得有点可笑，不知是想笑他这徒劳的举动，还是想笑我对这种杂碎竟然还如此兴师动众，费这么大的力气。

“埋土！”四周安静得似乎一只蚂蚁经过时不小心留下一个喷嚏都会引起一阵骚动。我这简洁的两个字更像两颗炸弹，撞击着在场所有人的心，尤其是红军。冬日的寒风也让这两个字带着寒意。随着土一锹一锹地扬起，红军的两腿已不能动弹，嘶哑的哭喊声像夜空中划过的流星，时断时续。我蹲在坑旁，看着扬起的土一片片落下，一层层地摞起，他在绝望中的挣扎、嚎叫，心里有说不出的快感。胃也不再灼痛。我想起了小时候见过的一头即将被宰的猪，发出嗷嗷的叫声，凄厉的哀嚎和求饶声连成一片。

“停！”随着我一声“停”字，红军的叫声也停止了。

“红军，今天把你拉来，你服不服！我要听一下。”

“服，哥，太服了！”

“咋个服？”

“今后你让我站着，我不坐着，你说一，我绝不二。”

“哥，别跟这狗日的说废话，埋了对了！”老四在旁边说着。红军听完，两排牙已经哆嗦得像炒在热锅里的豆子，噔噔作响。眼神中一切的希望都寄托在我的脸上。

“红军，你看我敢埋你不？”我笑着问道。

“敢！敢！敢！”

“咦？我咋记着你昨天说，我只敢对别人不敢对你么？”我的脸上带上了疑惑的神情。

“我错了，瑞哥，我再也不敢了。”他一边说一边用手抽着自己的脸，啪啪作响。

“红军，我今儿把你饶了，你明儿还要来找我吧？”

“我绝对不敢了，你给我十个胆我也不敢了，再不敢了。”

“唉，我这人心软，念旧情，看在你跟过我一场的份上，我今儿饶了你！”

“谢谢瑞哥，谢谢瑞哥！”这小子头在土里磕着。

“你也别谢得太早，就这样让你走了，我怕你明儿忘了，改天该换两把枪来找我了。你又跑得快，我满世界开车都追不上你，所以得给你留点念想。把这狗日拉上来！”老四从车后箱里拿出两把斧头。

“红军，你看着面熟吧，你的东西还是要还给你！配合一下，哦，把嘴张开，把抹布还给你放进去，省得你一会儿疼，可胡喊叫，没啥咬，把舌头咬了！”我温柔地说着。

他的嘴再次被堵上。“红军，来，坐到地上。坐好。把两腿伸平，手放平，放好。昨天是哪个手拿的斧子，拿的刀？哦，我忘了，两手都拿了。红军，一会别胡拧刺，你要乱拧刺，我砸不准，我就不砸了，坑还在那儿呢。听见没？！”他点点头。

我冷笑着冲着他的右手狠狠地砸了下去。只听见“扑”的一声响，随后是红军撕心裂肺的一声闷嚎：“呃啊……”

我一口气连砸五六下，砸得我无比痛快。胸中那尚存的一口闷气随着红军的惨叫无影无踪。

随后，把斧子交给了老四，老四对他的膝盖、手臂、小腿骨一顿狂砸。估计也差不多了，才罢手。

取出抹布，这小子，已疼昏过去。拿了一瓶矿泉水浇在脸上，他才醒过来。

“现在服不服？”

“服。”他这个字就像是硬从嗓子眼里挤出来的一样，呜咽着说。

“走，回！”红军的四肢已断成数节，像莲菜。

依旧把他放在后备箱拉回来，开到第一医院门口，把他从车上抬下来，我掏出一万块钱：“红军，我说话算话，这五千块钱，你继续买大烟抽，剩下这五千，你留着看病！给自己买副拐。想全抽大烟也行，由你！如果想不通，好了，再来找我！”随即给老扁打了电话，说红军被车撞了，在第一医院，让他快来！

这一晚睡得很香。

三个月后，他康复得还挺快，竟然可以一瘸一拐地走了。我听说还有些不满情绪，有一天晚上，他在自己家里被几个陌生的面孔抬着从二楼阳台上扔了下去，又进了医院。

后来老扁求很多人给我说情，并说等这次再好了，去外地再也不回来，这才让我气平了。对于这种人三句好话不抵一马棒。不过这件事对他倒是件好事，听说从那以后他把大烟给戒了，唉，我也全当花钱行善积德吧。

我与惠子恋爱了。快乐和烦恼总是交替出现着。我知道她不属于我，我也不属于她。我们是不同轨道的两颗星星，来自不同的两个世界，永远不可能有交汇的那一刻。

第六章

我与惠子恋爱了。快乐和烦恼总是交替出现着。我知道她不属于我，我也不属于她。我们是不同轨道的两颗星星，来自不同的两个世界，永远不可能有交汇的那一刻。她太单纯，在我看来有些无知。世界在她眼里是美好的、光明的，每个人都是善良的。她不懂得防范，就算有过一次失败的爱情，依然把它看得很完美。我能感受到她的爱，以及她渴望得到的那种纯纯的爱。她不同于别的女孩子，在我心里，以至于我这么久以来不忍去伤害她。每个和她见面的日子，都是克制性欲的日子。和她睡觉的欲望，在她纯洁善良的面前显得那样的龌龊肮脏。第一次和她独处一室，我控制不住自己的欲望。一阵狂吻之后，把她按倒在床上。准备脱她衣服时，她推开并冷静地看着我说：虽然自己不是处女，但绝不会跟一个不爱自己和自己不爱的人发生关系，更不可能发生一夜情。她说：知道我身边有很多女人，她不希望我对待她像对待别的女人那样。最后，问我是否真的喜欢她，得到我肯定的回答后，她严肃地告诉我：既然是真的喜欢她，她也喜欢我，从今天起，我们两个就是朋友了，等我真正爱上她时，她会把自己交给我的。她的话让我的行动戛然而止，我俩就这样开始了。

身体的渴望和思想的抗拒激烈地撕咬着我，让我在前进与逃离之间苦苦挣扎。我感情的心弦在她纯真炽热的拨动下发出颤抖的音符，它背离了我的信仰。我喜欢女人，喜欢不同类型的女人。喜欢和她们睡觉，没有感情，像动物一样地交配，喜欢征服的感觉，迷恋岩浆喷发那瞬间的绝望。然后对待那些女人像对待一张擦拭我那喷泻物的卫生纸一样，丢掉。我的生活让我注定不相信女人。但这次，我对惠子却做不到。

我喜欢她，从最初想得到她的身体到现在想得到她的人、她的心，她是那样的与众不同。我在她身上看到了一个截然不同的世界，一种截然不同的生活，陌生、新鲜而又好奇。我渴望着能够真正拥有她的那一天。每一次与她的见面都在快乐中度过，但每一次分别之后，又一次次屈服于心底那个声音：你凭什么去爱这个女孩子，她是那样的纯洁，像圣母一样的善良，而你却没有一处是干净的？

她不属于我的生活，但却又闯入了我的生活，像只迷途羔羊闯进了一个狼的洞穴。我已经习惯了这种生活，毒品、酒精、女人，光怪陆离的音乐。我无力挣扎，也不想挣扎。她不知道每次把她送回家之后，我又都会出现在那个熟悉的圈子里，一个发酵的酒缸，弥漫着堕落的味道。

过去的两个月，和所有的爱情故事一样，我俩的关系在快乐中急速升温。我枯燥、无聊的生活有了新的颜色。

我对她的了解大部分来自星期天，只有这一天是属于我和她的，也只有这一天，我才会放弃还没有来得及展开的睡梦，从床上爬起来。

还是一个星期天，我正在睡觉，一阵敲门声把我惊醒了，早来的访客比我原本计划的早起还要早。我带着沉睡中的双眼，迷迷糊糊地询问着，但并没有听清楚回答的人是谁。昏昏沉沉的大脑指挥着跌跌撞撞的步履走到了门前，透过猫眼看到一个熟悉却稍有变形的人，在我再一次仔细端详之时，外面已传来了不耐烦的声音：“看什么，还不开门？”是惠子。

打开门，她一阵风地进来，外面冰冷的空气也随着这阵风一起闯入，我扔下她向温暖的被窝跑去。

“都几点了，还不起来，昨天不是跟你说了今天一起去山上我爸的画室吗？”

我努力让被子把自己紧紧裹住，被子里的温暖快速重新地掠过我的全身。

“快起！”

“几点了？”我揉着迷蒙的睡眼问道。

“九点多了都！”她还很不耐烦。

我最讨厌的一件事，就是别人对我睡眠的肆意打断。一般来说，下午三四点以前朋友们是不会打电话找我的。但对她这种强盗式的作风，我竟然愣是采取了放任自流、听之任之的态度，没有表示出任何谴责她的意思。

“快起来，今天天气可好了，阳光灿烂！”她边说边把我的衣服从床边的沙发上放到床上。我混沌的大脑在这一连串的骚扰之后，有了一丝清醒，这时我才看清今天的她。

白色的小茄克下是一条白色的牛仔裤，脚上穿着一双白色的休闲鞋。脖子上围着一条白色的围巾，整个是光彩照人。不知是冻的还是热的，小脸粉红粉红的，非常好看。我静静地盯着她。

“你看什么看，没见过，快起来，懒猪！”她过来拉我起床来掩饰她的羞涩。当她拉我的那一刻，我顺势将她拉入身边拥入怀中。脸贴在她的脸上。她脸上的凉气在我的温暖下快速升温，我也忘记了她衣服带给我赤裸身体的寒冷。她温顺得像个孩子，却又像哄孩子似的对我说道：“快起来吧，啊……听话。”

我没动也没吭声，只是这样静静地搂着她，感觉着她的体息。

这种体息迅速传变全身，在这一刻我突然感觉到在被中的那个地方开始蠢蠢欲动。我变得不安起来，开始亲吻她的脖颈，她一下推开我站了起来。

“别闹了，快起来，我爸他们还等着我们去吃午饭呢。”她脸通红地看着我，话说完就把衣服全部扔在我的床上。

“快点，我在客厅等你。”转身离去。我撩开被子看着我那兄弟无奈的神情也无言以对。

从浴室出来时，床被已整齐地叠好没有一丝褶皱。

今天的天气舒服得让人难以置信，没有一丝风，太阳暖暖地洒在身上，我想春天就这样要来了。

“我们今天不开车了，骑自行车去。”走到楼下她对我说道。

“啊？什么？”我难以相信刚才听到的话，我已很久没有骑自行车了，何况她父亲的画室开车都要一个小时，骑车至少得三四个小时。

“怎么了？我经常骑车去，鉴于你平时缺乏锻炼，所以我认为有必要对你进行一次户外拉练。当然考虑到你的特殊情况，我也在门口给租了一辆山地跑车，哈哈，当然不是汽车，是自行车。”她自己都忍不住笑了，用手指着楼门口并排放着的一红一蓝两辆山地车。

“怎么样？还不错吧，怕把你老人家给累着了，所以让租车的给推进来了。”她看着我惊愕的脸更加的开心。

我在这里住了这么久都不知道门口还有出租自行车的，她来两次就发现了。

“看来你是蓄谋已久了呀，我不去了，上楼再睡会儿。”我也故意逗着她。

“你敢？看我不打死你。”说着把我欲转的身体直接拉到车子前。

“还反了你了，看来对你光说好的还不行，骑着——走——再说废话我对你不客气。”她怒目横睁，纯粹是霸王硬上弓，竟然比孙二娘还孙二娘。

“嘿，小女子你还……”

“少废话，走！”她边说边掐着我的后脖梗，把我押上了车座，看着她这可爱的表情一种喜欢，从心底油然而生。

“非要让我骑也行，但有个条件。”

“说。”

“亲一下。”

她飞快地在我脸颊上落了一下。

“不行，太潦草。”

“少讲条件。”

“不亲不走。”她又在脸上落了一下，但不飞快。

“还是不行。”我得寸进尺。

“你走不走，别蹬鼻子上脸，是不是让我扁你！”她故作凶相、单手握拳，在我眼前挥舞。

“这世道成什么样，女人怎么都成这样了？这要放在古代……”

“别说这没用的话，这是新中国，我们有妇联撑腰，你们男人敢胡作非为吗？还想骑在我们头上作威作福吗？告诉你没门。放老实点，走。”在她的一阵欢声笑语中，在我的愁眉苦脸中（当然一大半是装的）我们踏上了进山之路。

我们一路走走停停，她不时地拿出相机拍着她认为的美景，或是路边的一个老人，或是一棵枯树，或是一个广告牌。这些我实在没有觉得有什么值得留入镜头的东西。当然她也不忘留下几张我骑车时那气喘吁吁的矫健身影。出城踏上进山的路后，她更是不吝惜手中的相机，我也乐得能停下来休息。田头，地里，偶尔经过的马车及赶车人毫无遗漏地都进入了她的视线，那些在我眼里很平常的人与物在她眼里都变成了一种美。老人脸上褶皱的纹理都会令她流连往返，她不时超越我又不时地在前面等着我，而我的腿酸痛发胀，车轮也并没有因我的努力而飞转起来，似乎也肿胀起来，依然慢腾腾地一圈一圈地走着。我脸上的汗珠倒是毫不客气，争先恐后地跑着。我也无暇和她一起欣赏她的闲情逸致，看着眼前近在咫尺的南山，奇怪怎么还不到？

终南山是秦岭山脉的一个支系，那首脍炙人口的“采菊东篱下，悠悠见南山”诗句中的南山，就是这里。她父亲的画室也在这里，此时的山上虽还有些凉意，但一些急不可耐的大自然中爱美的植物已经开始换发新芽，沿途历代名士的墨宝被镌刻在石头上，随处可见，不时有背着背篓的山民从眼前经过。

车子在山上的石板路艰难地攀爬，车轮在高低不平间跳跃。身体弓成大虾状，车子的路线呈S形，大腿的肌肉绷得像岩石一样坚硬，到了半山出现了一处平缓处，粗壮的大树下有一长凳，不远处寺院的钟声在空气中飘荡，我们在这里做短暂的休息，坐在长凳上，两辆车子并排放在路边。没有树叶的大树无法掩住美丽阳光的照射，我们沐浴在这阳光中，谁也没有说话，我闭上眼睛尽情地呼吸着山中清爽的空气，感受阳光的爱抚，很久没有这种感觉啦，虽然累却非常舒服，全身的每个毛孔都尽情地张大它们的嘴巴像我一样呼吸着山中的清爽。疲惫在这种清爽中逃之夭夭。她去了卫生间，我依然沉浸在这舒爽中，一个苍老而柔和的声音悄然而至。

“小伙子，送你两串佛珠。”一个一身素衣的老太太站在我的面前，手里拿着两串佛珠递给我，这突如其来的打断使我茫然迷惑，没搞清楚为何她要送我佛珠，难道看出我与佛有缘？

“送给你。”她微笑着，脸上的皱纹也在这微笑中荡漾开来。她为什么要送我这佛珠？难道是这两辆车子引起她的注意？或许她是一个卖珠之人，只是用这种方法在兜售？

“谢谢您大妈，我也是信佛之人，这钱您拿着。”我掏出五十元钱递给她。

“不了，小伙子，再见。”老人说着把珠子递到我手里离开。我对眼前发生的一切无法解释，此刻这里只有我一个人，老人的突然而至又悄然而去，望着手中的佛珠像做梦。我将其中的一串戴到手腕上，把另一串挂在惠子留在长凳的矿泉水瓶上，眼睛在手腕和瓶子的佛珠间徘徊。惠子回来了，看到瓶子上的佛珠用一种奇怪的眼神看着我。

“从哪儿来的？”

“刚才一个大妈送给我的，说我与佛有缘，两串，你一串我一串。”她把珠子戴在手腕上。

“很好看不是吗？”看着她的神态、看着寂静的四周。“难道那老太太是天上神仙，来促成我与她的姻缘？”她看着佛珠脸上的笑更加奇怪，然后用这种耐人寻味的笑容说道：“走吧，还有一段路。”

她父亲的画室在几乎快到山顶的地方，每当春夏之季，这里总是郁郁葱葱。山泉飞流直下，在画室前的那一水潭里汇聚而成为碧波荡漾的小湖。可以泛舟其上，各种小鸟在林梢间跳跃、鸣转，唱着不同的歌。漫山的野花在怒放盛开，我在想：“这时老爷子打开门窗，任由春风拂面，一袭长衫青衣立于书案之前，在一长卷上挥毫做画。此时风云突变，山雨欲来，烟雾缭绕，似梦似真，亦道亦仙，飘飘然。烟浓、雨濛……”我忍不住被我联想的美景所迷惑发出一声“好啊”！

走到画室下有一段一百多级的石板小径，她蹦蹦跳跳地就上去了，全然没感觉这三四个小时的辛苦，我倒是不敢忘记刚刚的辛劳，扶腰抬腿，不乏沉重地挪到上面，随着一声“爸爸”，她已搂住了她父亲的脖子，她父亲那惯常对她祥和的脸更加的祥和。

“怎么才来？就等你们吃饭啦。”

“叔叔。”

“怎么样？爬山还习惯吧？”她父亲拍着我的肩膀亲切地说道。

“还好吧。”我上气不接下气。

“你年轻轻就成这样，还不如我这老头子呢，没事来爬爬山多锻炼锻炼就好啦，快进来吃饭吧。”

桌上早摆好了丰盛的午餐，除了米饭全是山里的原产野菜外带一只自家养的土鸡。可能是又累又饿吧，这顿饭吃得特别香。

“爸，我俩去转转。”

“再吃点，每次吃饭总吃那么点。小瑞你吃饱了吗？”

“饱了，叔叔。”

“爸，我俩走了。”她拉着我向外走去。

“别乱跑，这孩子一点儿也不像个女孩儿。”我俩在她父亲的嘟囔声中消失在客厅去了画室。

我除了附庸风雅地去看过两次画展以外，从没见过真正意义上的画室，也不了解这个领域的人与事。对眼前的一切都感到很新奇，首先是它大得让我不可思议，像一个搬空的工厂车间，小声的一句话都会引起空旷的回音，墙上挂着一排已完成的作品。在房间的一侧摆放着许多作画的原材料及半成品，随处可见一些石头或古旧原木为材料的形态各异的摆设点缀其中。一根像从河里捞上来的粗大树干，沧桑的外表历经坎坷的形态随意摆放堂中，尽显随意的不凡。一张大得出奇的木条案上铺放着一块浸着油渍墨迹如梅花花蕊般四处绽放的毡毯。想必这就是她父亲的画桌，比我见过的任何一张班台都大，至少有五米长。在这种氛围中我也不由得儒雅起来，认真地欣赏起这每一张画。

“怎么样？看出什么名堂了？”她背着手像老师一样等待着我的回答。

“我必须郑重地告诉你，这些作品画得有点儿意思，但我还是想听听你的高论。”

“呦？听这口气似乎你对美术作品还很有研究了？那你倒说说这画都是什么风格？作者想表达的深层涵意是什么？”她调皮的笑中不无挑衅的神情。

“这个机会还是留给你吧。”我很是郑重其事。

“哼，脸皮够厚的，我都不得不重新考虑是否要给你补这一课。”她趾高气扬得像一只骄傲的企鹅。

“骄傲使人落后，我允许你骄傲但觉不允许自己落后。你说吧，我洗耳恭听。”在随后的时间里成了她的个人表演。我确实只剩下恭听的分了，不是我插不上嘴而确实是无话可说。她从西方艺术的起源，古希腊的唯美讲到古罗马的写实，从众神之神的宙斯说到基督耶稣的遇难，从莫奈的池塘、睡莲、垂柳到塞尚的绿色丛林、梵高的风景人物、尤脱利罗的抒情、马蒂斯的线条，印象派的传统精确、抽象派的朦胧费解……无论油画、国画一一娓娓道来，听得我是一头雾水，频频点头。在我对自己这方面的知识匮乏感到羞愧的同时，也惊叹这小女子的脑袋里怎么能装下这么多拗口的名字。最后她又兴致勃勃作了一幅宫廷白描，画中女人丰韵的身材、细弯的柳叶眉、红嘟嘟的樱桃小口及媚人的单凤眼，无不与书中记载的唐朝仕女暗合。作完之后她用双手拿起仔细端详，又吹了吹未干的墨迹，歪着头说道：

“今天本姑娘高兴送你一幅墨宝，你要好生珍藏，这可是别人花多钱都买不到的。”

如果说她的美学知识让我自愧的话，她的绘画更增加了我对她的钦佩之情。我都有些迷惑我怎么能认识她、她又怎么能认识我？一种自卑的情绪萌生，我与她之间的差距竟然如此之大……

“怎么啦？”她看着我突然阴沉着脸问道。

“没什么，咱们走吧。”

……

回到家中天已黑尽，晚上睡得特别香。

随后的每一个星期天我都与她在摄影和户外运动中度过。我也开始喜欢上了摄影。她教会我如何取景、用光和用微距。我也常常为自己自以为是的作品沾沾自喜，但她从不打击我高涨的热情。我在她不断的鼓励下也更加地热衷这项爱好。有时自己一个人也开始到处留影，这时才发现美其实无所不在。一砖一瓦、一片叶子、一朵花、一滴水都可以令人感动。我找到了从未有过的快乐。

昨天她出差去了深圳，一天几个电话问我吃了没，下雨了，别忘了加衣服……每次放下电话总有一种失落感。

前天晚上，也就是她走的头天晚上，我们终于睡在了一张床上。我亲吻着她，轻柔地用手抚摸着她丰满圆润的乳房，她很享受地闭着眼睛，配合着，用她柔软的香唇。我感受到下面温暖的湿润，身体在我急促地刺入下，急剧地颤抖着、扭动着。十指在我背上使劲地抠抓着，像要嵌入我的肉里。在我一次次剧烈地撞击下，发出满足的呻吟声。这是我至今为止听到的最不可思议的叫声，无助而令我沉沦。我也在一声野兽般的嚎叫声后化为一摊软泥，无力地趴在她身上。

惠子身上的味道让我迷恋。一种淡淡的体香，像鸦片，使我欲罢不能。我喜欢和她做爱的感觉，沉浸在那淡淡的体香中，在她濒临死亡的叫喊声中堕落。

我有一种满足后的空虚，一种习惯性的恐惧向我袭来，顷刻弥漫全身，一旦那些可怜的小东西冲出我的身体，我就开始恶心那些接受了它的女人们。我无法再去搂她们，无法再去看她们的脸，无法挨着她们睡觉，甚至有一种一脚把她们踢下床的冲动。我害怕这种感觉，这是我逃离的信号。但对她我不能，我喜欢她，但又无力挣脱内心这种惯性束缚，我不敢看她。坐起靠在床背上，点上一支烟。没有语言，也不知该说什么。

“你怎么了？”她用手扶过我的脸，满足的神情中有一丝疑惑。

“没什么，只是太累了。明天你还要坐飞机，早点休息吧。”她紧紧地抱着我，头枕在我的肚子上，像一个怕失去心爱玩具的孩子。在微弱的灯光下注视着我的脸，审视着我身体每一寸裸露的肌肤。

我的文身与几十处刀疤引起了她的好奇与不安。“痛吗？”她用食指轻轻地抚摸着一处疤痕。我没吭声，抽了一口烟。

“你想什么呢？”

“没有。”我的言语中有一丝冷漠。

她看着我，欲言又止。我转头看着她。她的脸在激烈过后显得更加红润娇艳。眼神中有一种无助的茫然与妩媚，揣摩着我的内心世界。

“睡吧。”我重复着。

她想说什么，最终还是没说，默默地转过身去，我听到了轻轻的抽泣声，俯过身去看到一滴晶莹剔透的泪珠从她紧闭的眼眶中慢慢地滑落，在脸上，形成了一道泪痕。最终，一朵梅形花瓣消失在枕巾上。

我的心像被谁戳了一刀。一种无法抗拒的力量，让我把她搂过来，轻撩着她柔亮的长发。在她的额头上深深地吻了一下，然后紧紧搂在怀里。我感觉到胸前湿落一片。像凋零的花瓣，秋雨的冰凉，无言以对……

第二天早晨醒得特别早，她仍在梦乡里重温昨晚的记忆，我蹑手蹑脚地起来，轻轻地出去关上了门。一种想为她做顿早餐的冲动驱使着我干出这不可思议的事。她昨晚的眼泪让我有种愧疚感，没有太多的为什么，只是想给她做顿早餐，希望她醒来时心情能好些。

已经很久没做过饭了，还好，从小打下的坚实基本功，再加上配料齐全，很快，一顿西式早点做好了。其实就是用微波炉打热一杯牛奶，烤面包机加热四片面包，一瓶现成的草莓酱，外带一份最显我厨艺的煎鸡蛋。

雪白的蛋清像白色的玉带环绕四周，金色的蛋黄外焦里嫩，不是我吹嘘，我这煎鸡蛋绝对的与众不同。我从不吃鸡蛋，但却很会做鸡蛋，煎炒蒸煮样样精通。从不吃鸡蛋指七岁以后，但在那之前能吃上一顿鸡蛋对我来说是一件很不易也很幸福的事情，所以对鸡蛋特别的珍惜。

一次上学前，妈妈给我煎了一个在当时自己永远都不舍得吃的鸡蛋，让我夹在馍馍里。我一边吃一边走在上学的路上，由于刀子太利，馍馍至上而下被切透了，那珍贵的大半个鸡蛋就在我不留意间从底下漏了下去，我从地上捡起鸡蛋，上面沾满沙土，在我意识到不能再吃这个鸡蛋而急得快哭了的情况下，发现了一个自来水龙头，我三步并两步地跑过去，拧开水龙头，让清澈的漂白粉凉水认真地冲洗着这大半个鸡蛋，当我看着上面的脏东西都随着这哗哗声流走时，我又心满意足地笑了，拿起鸡蛋，一口吞下，担心它再次掉落。

我这种勤俭节约的作风换来的却是上吐下泻打针吃药，以及至今也不能再吃鸡蛋的结果。我只能化悲痛为力量，发扬“吃不成就做”的奉献精神。

我把做好的早餐端到床前，这时她已醒了。当她还在为我的突然失踪一脸迷惑之际，看到我端着盘子走了进来。

“醒了，我给你做的早点，快起来吃吧。”我把托盘放在床上。

我至今无法找出合适的词语来形容她听到这句话及当时看到我后的反应。不知是兴奋过度还是想到了什么，开始是呆若木鸡，接着是泪如雨下，最后是破涕为笑。三个动作一气呵成，搞得我不知该说什么好。脑子里前两种表情的语言还没有成型，第三种表情已经过去。接下来是风似的消失在浴室，当我还在琢磨她为什么会这样时，她已洗漱完毕，留给我一阵急风暴雨般的亲切唇印。最后是低头不语，自顾自地品味起这幸福的早餐。

我知道，她也像我一样被感动了。

早饭过后，我送她去机场，路上对我又是一阵喋喋不休的叮嘱。到了机场又是一番潸然泪下的话别，搞得像生离死别。

我被她从早上到现在的一整套组合搞得彻底不会了。在她回了N多次头，通过安检，进入大厅后，我决然转身离去，回家继续我那中断的美梦。

惠子从深圳回来了。带了一件Burberry红色毛衣，一块运动手表，花掉了她一个多月的工资。我有一丝奇怪，但更多的是感动。以前有很多女孩子给我送过东西，但从未有过这种感觉。

“我看这件衣服挺好看的，就买了。你看合适不？”她开心地拿着衣服在我身上比划着。

“挺好的。”我说。

“你看。”她让我看她手腕上的表，和送我的一模一样。“你是黑色的，我是咖啡色的，它们是情侣。这几天我不在，你都干什么了，有没有想我？从实招来！”

“你说呢？”

“我要听你的。”

“当然想了。”

“我不信！”

“向毛主席保证！除了不能想你的时间，剩下的都在想你。”我笑着说道。她愣了一下，突然回过味来。“什么叫不能想我的时间？难道还和别的女人在一起？说！”她佯装怒气冲冲。

“对呀。”我故意逗着她。

“你好好说！”她的表情有些当真。

“傻瓜，就算我和别的女人在一起，也能想你呀。我是说除非我死了，也就想不成你了。”

她听完，开心地抱着我：“我不许你说这些话，什么死呀活呀的！”

我搂住她的腰，用唇印在她的唇上，她在我怀中融化，露出幸福的笑……

牵挂像一根细细的红线，系住了我的心。不知不觉中惠子走进了我的心里。时常开始想象我俩的明天，甚至想过生几个孩子；在阳光灿烂的午后，在自家的花园里玩耍……

她的喜怒哀乐开始影响我的心情，但我仍然不甚表达自己的情感，也许是不愿，也许是不敢表达。

在我对她的牵挂转化为以手表上的秒针计算时，我开始厌烦起自己，这种情绪会莫名其妙地影响我，令我焦躁不安，我没想到她会使我变得脆弱。我不能像过去对待别的女人一样游刃有余，在这种反反复复的挣扎中送走了冬天迎来了春天。

古城的四季越来越不明显，只有冬夏，没有春秋。刚刚进入五月，已经可以穿短袖了。

“哥，阿荣来了。”神经说道。

阿荣是我比较得力的一个兄弟。人聪明，胆子大，贪酒。五短身材；脾气火暴，经常为一句话跟人大打出手，并且出手就伤人，用他的话说：“如果出手不见血，今天就吃不下去饭，哪怕是自己见血也舒服。”

有一次酒后跟人打架，头上挨了两刀，他竟全然不知。把对方打跑了，他也回家睡觉了。等同屋的人晚上回来看到，吓了一跳，以为他被人砍死在床上了。差点报警。叫醒后，他看到满身的血，竟然问别人怎么回事。他对什么事都无所谓，这一点，我总是很担心。

我与阿荣的交往已有十多年，那时我们还都只有十八九岁，我们俩是打架认识的，时间太久了我已忘了具体是为了什么原因，好像是在舞厅里跳舞时谁把谁不小心踩了一脚，又好像是谁又多看了谁一眼，眼神有些挑衅的意味。再好像就是因为一个跳舞的舞伴是我先邀请的，但被你后来者居上了。总之最后是两帮人打了起来。那个年代就像现在流行什么F4、花儿、世界名牌、“麦当劳”一样，流行成帮结伙的满大街找事、打架，现在很普通的牛仔裤在当时就属于流行前线，奇装异服类，当时大多数人还保持着色调基本一致、款式基本统一的服饰。我们也刚刚从以有一身草绿色的军装或一身天蓝色的公安蓝制服为自豪的时代中跳出来，穿上紧绷牛仔裤招摇过市，招蜂引蝶。

八十年代末期，一部分人已经富了起来，改革开放的春风把中国人民压抑了几十年的欲望一下子都给吹活了，各种舞厅如雨后春笋，三十年代的交际舞、八十年代的摇摆舞，还有在过去属于流氓行径、有可能拉出去毙了的贴面舞（用现在人的话也就是跳舞时浪漫了一把，只不过是脸挨了一下脸而已），各种舞步都被我们赶上了。这里也是我们唯一累了一天之后能够宣泄我们情感和性欲的地方，好的舞厅一张门票五块钱，一听饮料十块钱，如果每天晚上去用现在的眼光看，那也是大款级人物，我们那时经常就过的这种大款式生活，那时我们也不知道什么叫古惑仔。但好像一天到晚都在打架，而且打架的理由千奇百怪，其中百分比最高的就是谁莫名其妙地看了谁一眼，一个人的眼神转化为一场莫名其妙的十几或几十个人甚至是城南或城北地域之间的争斗。我们也总在为某一场战斗的胜利津津乐道。偶尔自己圈内的一个人进了监狱他一夜之间就会转化完由人到神的过程，我们并不认为进监狱是件丢人的事情，反倒认为是一件神圣或光荣的事情，如果在里面再给自己身上留个什么粗劣的文身印记，更是完成了蜕变的全过程，到哪里都会自觉不自觉地亮出那毫无艺术可言，远看是一团黑，近看也是不知所云的所谓的文身来炫耀。这种炫耀通常情况下能得到两种眼神，一种是害怕得敬而远之，一种是羡慕得无以言表，但在第三种情况下得到的就是一顿暴打（犯事后被抓到公安局）。在这种大环境下我们这些先锋少年当然不甘落于人后，所以这些场合总会出现我们的身影，若干次打架事件就这样莫名其妙地展开了。

我记得当我正搂着一个美丽的姑娘大吹特吹，当然我有吹的资本。我穿着当时很少人穿的西装，虽然没有现在的这些杰尼亚、BOSS、范思哲之类的牌子，但决不亚于这些衣服穿在身上的效果。我肯定地说还要超过这些衣服在身上起到的效果。正在我吹得天花乱坠，女孩听得如醉如痴，对我已产生美好想法，而我也以一副富家子弟、青年才俊自居之时，突然舞厅一阵大乱，这种乱，如平静的湖水扔入一块巨石激起的波涟，先是一圈接着就迅速地蔓延开来，扩散到了整个舞厅。当我发现这种混乱的主角是自己的同伴时已不顾自己青年才俊的形象，不顾身边女伴的劝阻及由崇拜、向往变为疑惑的眼神，依然抛下刚刚的柔情万千，义无反顾地加入到这种混乱之中，优雅、明快的三步曲中夹杂着女人的尖叫及男人的咒骂和各种瓶子和凳子的碰撞，乐队演奏的风格，一下子由管弦乐变为了交响乐，舞厅内所有可以拿在手上的东西都成为我们双方攻击对方身体的武器，认识不认识的是一片混乱，我们从里面打到外面，胆子小的人四处躲避，胆子大的人也随着我们的换场而换场，我们也被观众这种高涨的热情所感染，打得更是不亦乐乎。这场战斗终于在阿荣一方的落败中放下帷幕。

不幸的阿荣在他的同伴全都弃他于不顾各自逃命后被打翻在地，落在我们手中，他的头在凳子和砖头的照顾下血流满面，竟然没说一句软话，倒是骂不绝口。他的脸在黑色的笼罩下并看不清楚，只是觉得他个子不高，身体蜷曲在地上两手抱头。他这种不怕死的气概感染了我，我也很奇怪的想看看他长什么样，就让停手把他从地上拉起来，一看他那张比我更显稚嫩的脸和他那小矬个子，让我倒产生了和他交个朋友的想法。我记得我当时对他说：“我看你像条汉子，今天就到此为止，我想交你这朋友，你要行，咱们现在去医院给你看病。不打不相识，你要觉得不行那你改天来找我，我一定奉陪。”没想到他看了看我，脸上那一片红却没有任何胆怯之色，对我说：“你要想交朋友也可以，我现在受伤了，要么你也把自己的头打烂。如果你不敢，就让我拿砖拍你一砖，你要觉得行，咱俩就是朋友。”我已忘了我听完他说完这话时是怎么想的，但肯定是看着眼前这个势单力孤比我矮半头的小子说出这种胆大妄为令我不可思议的话，怒火中烧。好像我拿眼睛盯了他好长时间，据后来听他说我好像还冷笑了几声，搞得他心里还挺慌的，然后我捡起一块刚才散落在地上刚刚打过他N

个砖头中的一块，看着他，毫不犹豫向自己头上拍去，头上的血也毫不示弱地流下来证明我对自己的严格决不亚于对别人的要求。

还是他后来告诉我，他根本没想到我会这样，他当时想的我们可能会再把他打一顿，我给自己的这一砖把他彻底给拍傻了，直到看到我大笑，他才好像反应过来，而我当时确实看到他被我这一砖拍蒙了，就笑了起来，我们俩就这样满脸是血地相互看着，然后大笑起来，旁边的人刚开始都被我俩弄蒙了，最后也跟着笑起来，那晚我俩各自留在头上的伤疤就成了这十几年友谊开始的铁证。

从那以后我俩可以说天天在一起，我比他大一岁，也自然在各个方面都照顾他，当然他对我的尊重也自然而然地生根发芽。在我20岁那年，有一天我俩发现了一个仓库，里面放的全是红塔山的高档香烟，在那个年代红塔山十块钱一盒，可以说非常贵了，经过一段时间的踩点儿，我俩选择了一个晚上动手了。如果我现在说那是一个风高月黑的夜晚，好像有点做作，但的确是伸手不见五指。仓库在一栋楼里的一层，这栋楼好像是一个什么家属院，时间久了我遗忘了，但门口有门房，二十四小时有看门的，楼是以前的那种筒子楼，一层楼两边住了很多家，有一个共用厕所。楼两边堆放着各家各户的私有物，算是这公用的楼道又私有化了一些。楼道在一盏40瓦灯泡微弱的力量下，显得很昏暗，却也能看清楼道里来的人是男是女，老鼠无所谓可以照样在楼道里晃悠，陌生人却是无处躲藏的。

那天晚上大约十点钟我俩先顺利地进了院子，又顺利地进了楼内，由于灯泡太高，我曾试图一次把它打烂，却失败了。没有听到预期的响声，只听到我跳起又落地时那沉重的脚步声，在空无一人（我俩除外）的楼道里发出一声沉闷的回响。第二次跳起时，灯泡触到了我手中的棒子，发出砰的一声，倒是把我俩吓了一跳，快速钻入楼内的厕所，我俩躲在厕所里仔细聆听外面的动静。除了那一声灯泡的不满外，倒也没有出现想象中的狗吠声和人们义愤填膺的声讨。

我俩在这一片黑色的保护下快速地移动到白天看了多次的那间房子的门前，当到门前时才发现下午走时门上只有一把暗锁，可现在又加了一把明锁。看来敌人是蛮狡猾的，可能是意识到了安全的隐患。这把锁的增加却打乱了我们计划好的撤离方案，也就是说不能从容地把门从里面打开，不能大摇大摆地走了。因为事情太突然，没有带工具，但我俩并没有被这突然出现的困难吓倒，依然按原计划进行，阿荣个子小，踩着我的肩膀顺着门上面的小方框爬了进去。下去时我在外面听到咚的一声，可能是离地太高，主要是阿荣个子太矮，我把身体贴到门板上，听听没什么动静，像一个体操运动员一样，双手扒住门框，用力一吸，双脚踩着门，也从容进入。

幸亏当时生活水平不高，常年处于非洲难民的状态，没有什么有营养的东西，除了头大，全身没有一处多余的脂肪，如果不是个子高，就是活生生的是一个小萝卜头，不知道的还以为是小萝卜头长大了，正是由于先天条件比较好，才得以通过了门上那扇小窗对我们的考验。借着微弱的光，迅速寻找。在一大堆堆放的各种品牌的香烟中，终于发现了几箱可爱的红塔山。我们打开一箱，拿出随身携带的旅行包，开始快速的转移工作。就在我们在黑暗中干得热火朝天之时，阿荣燃起了手中的板子（打火机），竟然点上了一支烟，边干边咂巴起来。我及时地制止了他这种冒险主义作风，他在掐灭香烟的同时，还不忘说了一句“没事”。在当时那种环境下，我也没有时间就他脑海里这种错误思潮给予严厉的批评了。

等到两个大包都装满了，我们又搬过几个烟箱当作楼梯爬了出去，由于两个包太大，倒是费了些周折。结果是成功得手。在我俩每人手提两个大袋子大摇大摆地从大门出去，又大摇大摆地坐上出租车回到居住的地方时，我俩才开怀大笑起来……但在笑声过后，我就当天行动中阿荣这种大大咧咧，无所谓的冒险思潮及可能带来的严重后果给予了深刻的批评和教育，当时他也认识到了自己的不对，但过后直至今天，他的性格仍然是那样无所谓。

第二天如我们所愿，香烟换成了现金。我俩拿着五千块钱直奔火车站，也不知要去哪里，只是说最早一班火车去哪里我们就去哪里。那一趟我俩转了江南所有的地方，吃了上海的大闸蟹，南京的盐水鸭，逛了西湖，游了虎丘。幸福的生活随着这次旅行的结束而画上句号。

回来的第三天我们英勇机智的公安人员就把我拿下了，在那以前我一直对我们英勇机智的公安人员抱有偏见，但从那次起，我算真正地知道了。你说在当时侦破手段是那么的落后，他们却知道是我们干的，并且还准确地找到了我们住的地方。就这些问题我当时百思不得其解，后来才明白是他们走访了大量的人民群众，并且很自然地找到了那个出租车司机，而那个出租车司机又碰巧是个记忆力超强的人，又准确地回忆起那晚所拉的每一位客人（也许当晚就拉了我们一单生意，谁让我们国家当时穷呢，出租车又少，坐车人更少，上车不打表全是讲价钱，好长时间我都不知道计价器是干什么用的）及下车的地方，而我也就被这张疏而不漏的天网给罩住了……

那天阿荣因回家看家里人幸运逃脱。最后我以个人身份承担了这件事的全部责任，锒铛入狱。要说这监狱的大门已不是第一次对我开启了。人生都有第一次，我要说的第一次就是我第一次监狱之行。

就在第一次进监狱之前，我从未想过会进监狱，更不会想到以后会如家常便饭！知道的人明白我又进去了，不知道的以为那是我舅家，别人想去还去不了，我怎么说去就去了呢？我以前甚至认为进监狱对我来说是一件遥不可及的事情，因为我觉得监狱都是坏人呆的地方，而我从小就属于好人的行列。阴差阳错，不幸我从那天起就从好人沦落为坏人了……

记得那天是我刚满十六岁的第十天，四月十六日这天改变了我的一生，原因前面已说过，这里就不再重复了。我要讲的是我所上的“社会大学”的第一课——“理”字怎么写。在那里我重新知道了什么是“理”其他的真正含义。直到今天我都清楚地记得当天晚上进去所发生的每个细节，说的每一句话。

那天天空晴朗得没有一丝云彩，晚上月明星稀，当时我不明白为什么把人送进去都要晚上送，后来我才知道这样可以省一顿口粮，这就是国家穷时所落下的后遗症，直到今天很多地方把人送进去还选择晚上。当时已经是晚上八点钟，我已从学校操场的大台上被批斗到派出所里的小院中，和一棵破树亲密接触了长达四五个小时。之所以说亲密接触，那是因为我可爱的人民警察怕我年纪小，一时想不通做出什么过分的事，就让我双手环抱小院中那唯一一棵叫不上名的树，并在我双手的接壤处打了一副雪亮的接扣——手铐。直到晚上才姗姗启程，我的双手和双腿也已麻木不堪。

在去看守所的路上，我蹲在警用面包车的后厢里，隔着加有铁栏的玻璃窗看着路上的人们，和高楼上那一扇扇透着灯光的窗子，这时正是全家团聚的时候，而我的家人今夜却无法入眠，我也将去一个陌生的、令我害怕的地方。那一刻我多么希望在路上能看到一个我熟悉的人，哪怕是校门口那个炸油条的也行。任何一个熟人都会带给我无限自由的希望，而我所有的希望随着面包车的一声刹车声而熄灭。从派出所到看守所的路，现在看来不算近，但当时我觉得那条路怎么就那么的短，短得让我来不及呼吸，短得叫我还没有吸够外面的空气就失去了自由。

看守所位于东郊的一个城中村里，才八点多钟村里的人们还习惯地蹲在自家的门前吹牛皮，路灯下的象棋大战正进行得如火如荼。村中的人们对每天都能看到的警车已见惯不怪了，习惯的冷漠已替代了好奇的热情。听到犀利的警笛声也只是抬起身来把挡住的路让开，顺便瞟一眼车里的我，随后又恢复了原样继续指点棋盘上的江山。如此冷漠的态度让我不由心生寒意。开进第一道门就算进了看守所的院子，车上一个警察下去办了手续。我也被拉下车来，在门房的隔壁有个三米高的大铁门，门上有盏100瓦的灯泡让院子有了点颜色。抬头看上去一个炮楼式的房子在大门的正上方，一个武警战士手持冲锋枪站在上面用一种敌对的目光注视着我。旁边七八米高的墙上那一道道铁丝网纵横交错，大门外地上一条刺眼的白线上写着三个字“警戒线”，随着我站在警戒线外一声颤抖的“报告班长，让我进去”，大铁门缓缓地开了。进去时我又恋恋不舍地看了一眼送我进来的警察叔叔，我那时觉得他们是如此的亲切，随着大铁门关上时发出咣当的一声，我的心彻底绝望了……

进去后是一条直路，分左右两个院子，左边是西院、右边是东院。在当时没有判刑的在东院，这属于人民内部矛盾；判了刑的在西院，这属于敌我矛盾，但实际待遇都是一样的。在两院之间的巷道里坐着一个穿制服的，旁边蹲着几个穿便装的。灯光极其的幽暗，近前一看才明白蹲着的也是犯人。可能是已判过刑，表现比较好的“自由”犯。我刚走到那个穿制服的干部面前，旁边那几个蹲着的犯人犹如猎犬般“嗖”的一下子蹿到我面前，我的心随之就提了起来。紧跟着这几个人如狼似虎般地对我进行了地毯式的搜查。除了把我全身上下仔细地检查后，连我随身带的被子也查了又查，我也不知道他们在查什么。然而让我记忆犹新的是一个家伙竟然在一无所获后，全然不顾我这颗狂跳的心伸手在我的裤裆下来了一招“叶下摘桃”，疼得我小肚子抽筋，眼泪都快掉了出来。随后又把我带的一个搪瓷缸子给扔了，然后嘴里骂骂咧咧地让我蹲下，我的心已不知处在什么位置，感觉浑身到处都在狂跳。在我正在揣测他又要干什么时，不知这个家伙从哪里搞来一把剃头推子，这个不知道给多少人剃过头的、但绝对有3年没上过油的剃头推子，在一阵“咔吱”声后，把我的头发在一声接一声龇牙咧嘴的吸溜声和他的叫骂声中落下帷幕。与其说是被剃光，不如说是被拔光。我在得到了一声命令后，赶紧用手在头上来回地扫了扫，这才发现在外面时尚的发型已变为这里的流行发式。只是没有我想象的那样光，有些地方仍然残留着头发。

“好了，跟他上去。”我这才站起来，拿起地上妈妈给我准备的干净舒适的被子。一个劳改犯人把我推进了东院二楼，就好像我是罪大恶极的罪犯，他是人民警察一样。

“第一次进来吧。”他说话的态度倒比他本人的外形和善得多。

“嗯。”我不敢说过多的言语。

“一会开门向后走。”他提醒我，但当时我压根不知道这句话的含义，也没时间去想，脑子里更多闪过的念头是会不会挨打以及怎么个打法……

到了东上四室的门口。这个犯人并没有急于把铁门打开，而是先打开大铁门上的小四方风门（之所以叫风门有两个原因：一是管教干部随时能打开以便观察里面的动静；二是下午饭后打开半小时让里面的人可以透过这扇小门看看外面的世界，呼吸一下外面吹来的自由气息，平时的情况下都是关着的。我想还有个原因叫风门而不叫风窗，是因为里面的人有种美的愿望，希望能像门一样大），对里面的人说到“有新人来了”，然后才缓缓打开了那道铁门让我进去。

当我进去看到里面的环境几乎吓傻了，谁要说第一次进去一点也不害怕，我会对他说：“去你妈的。”里面长六米宽三米，十八平方米的一间房子，屋顶很高，差不多四米，一盏8瓦的灯泡挂在靠铁门的墙顶上。里面黑压压地排着各种奇形怪状的脸，全是营养不良呈蜡黄状，有几个人头上、胳膊上都缠着纱布。白色的纱布由于长时间没换已没有了本来的颜色，污垢和渗出来的血渍涂满洁白的本色，形成乌云状图案，令人作呕。也怪，再好看的人一到这里怎么就变了，我竟然在脑海里找不出一个褒义词来形容这些脸。左边用硬板铺成一个大通铺，大约有两米宽五米长，下面的过道有一米宽，最后边是一个接水池和蹲便池。脸对着脸看着，在大通铺上顺墙坐了一排人，过道同样也顺墙蹲了一排人，比通铺上的人更多，一个挨着一个大约有二十人，我想起刚刚开门时见门上用粉笔写的三十七随着我进来改为了三十八，也就是说这只有十八平方米的室内，除了每天彼此怒目横视却从不发生肢体冲突的水池子和蹲便池以外，有三十八个随时会发生肢体冲突的高级动物。

各种形状的光头在昏暗的灯光照射下发出青蓝色的光，当门开的那一瞬间所有人都从若有所思的呆若木鸡的冥想中清醒过来，变得亢奋起来，眼中那种期盼已久的渴望令我不寒而栗。我想到了动物世界，非洲一望无际的大草原上，一群饿了很久的狮群终于发现它们梦寐以求的猎物——一只迷途的羔羊，眼睛里泛出绿光。随着铁门的关闭我的心已被绝望的寒风吹至零下42度。我已不想用七上八下这样的套词来形容我当时的心态，总之我找不出一个合适的词来形容我当时恐慌的心。从四面八方射来的绿光就像无数把剑向我刺来，整个是风雨不透，不知金庸笔下的大侠若遇到我此时的境遇是否还能在这卧牛之地使出降龙十八掌，何况这里除了流氓根本无龙可降。我在这一阵紧似一阵一波连着一波的刀光剑影中武功尽失，浑然不知在外面触犯了国家的法律被送了进来，在里面同样因不懂规矩而差点招来灭顶之灾。

就在我茫然不知所措，大脑空白手脚多余之时，我竟把手里抱的被子随手放到了靠近铁门的床板上。就是这随手的一放恰恰表现出我的无知和不懂规矩的本性，随即一只大脚就踹到了我紧张无比的身上，我也随着这股巨大的外力匍匐到了地上。而蹲在地上的一群人更是怕我这个刚来的人有什么传染病一样，全部散开。就在我的身体即将靠近他们的那一瞬间，一下伸出了七八只手和脚，我确实不知道是该用七八双还是七八只或是七八个，总之是各种拳法、掌法，流行的少林指法脚法，一齐向我袭来。不过这种转移疗法，倒让我忘记了身体接触水泥地面本身的疼痛。随后传来的怒斥才让我知道自己犯了错误："他妈的这狗日的碎怂，一进来就想冲板呢。"我当时压根不知"冲板"为何物，更没觉得自己冲什么，所以也就不明白这个人说的什么，这种与我们平时所说的汉语截然不同的中国话。

"打"——当我听到这个我从派出所就开始期待的字时，大脑没有任何英烈们在牺牲前的伟大想法，什么为了人民、为了新中国之类的话语，而只出现了一行字——完了终于该挨打了。

"等一下，先问完再过手续。"一个低沉的声音犹如沉沉黑夜中划过乌云的一轮明月，让我在黑暗中看到了暂时的光明。我赶忙从地上爬了起来，三步并作两步地向靠近门口的位置走去，小心翼翼的程度不亚于过"雷区"，生怕一不留神踩了哪位的脚。而地下蹲着的人也很识趣地把脚都缩了回去。走到门前我才看清楚在这大通铺最前面坐着的这个人的全貌——三十来岁四方脸，身体很结实，右脸颊有一道疤，头上区别于别的犯人，不是很光留着寸发，眼光阴冷得让我毛骨悚然。我的呼吸在他的注视下有些困难，眼睛始终找不到应该落脚的地方。

“多大了？”他的语气很平和。

“十五。”我有意报小了一岁，想以此来博取同情免去一顿皮肉之苦。

“为什么进来？”他对我进来的原因显得格外的好奇。我大概讲了一下我的英雄壮举。

“你看现在的学校多坏，这么小的娃都给送了进来。”我听到他说的话，那绷了很久即将断裂的神经得以舒缓，虽然我当时还不能完全区别神经和精神的定义，也不知如果断裂将会产生什么样的后果。

“你觉得你有理吗？”他进一步对我进行了启蒙训练。

“嗯。”我答应道。

“那为什么把你送进来了？”他对事物深究起源的精神让我无法回答，他看我没吱声就继续问道。

“你知道理字怎么写吗？”

“哪个理？”我生怕回答错了招来一顿暴打，就进一步印证即将要回答的题目。

“道理的理。”

“一个王字边一个里外的里。”我不知道他在想什么，问我如此简单的问题，赶忙回答。

“王在哪边里在哪边？”他这种不知疲倦的精神让我心里觉得可笑又有些茫然。

“王在左里在右。”我进一步说明。

“为什么王在左里在右？”问题一下子变得高深起来，这我倒没想过，好像也没哪个老师讲过为什么这样，我态度极其诚恳地说：“老师没教过。”

“那好我今天就教给你，王代表权利，我们中国人做事讲究的是先左后右，为什么要说左右而没人说右左呢？就是这个道理。所以说你有了权利，有了王权，你才是真理，你就是道理。在这个房间里我就是道理，我就是真理。听懂了没？”

“听懂了。”我嘴里说着，似乎有些明白，又似乎更加糊涂。

“你知道这是什么地方吗？”他在做着进一步的提醒，生怕我忘记这是哪里。

“知道。”我简短地回答着。

“知道就好，在这里只许老老实实，不许乱说乱动，要明白你是什么人，这是什么地方，你为什么来，在这里要守规矩，没有规矩不成方圆，叫你要答‘到’，回答问题要说‘是’。有七个字你要记住‘到、是、知道、我的错’，你明白了吗？”他一口气说了这么多新名词和如此深奥的哲学命题，我一点也没弄明白这是什么狗屁汉语。我为什么来？我都不知道我为什么来，谁爱来谁来我反正我不想来。

“我明白。”我只能这样回答。

“明白就好，从现在起收起一切社会习气，不要把不良之风带到这里。”我对他这种极难懂的问题表现出前所未有的不懂装懂，头像小鸡啄米一样点个不停。就在我以为这种友好的谈话快要结束时，他又扔给我一个可能连爱因斯坦都无法回答的问题，他指着雪白的墙面问我：

“这墙是白的还是黑的？”

“嗯？”我听到这奇怪的问题时一愣，他以为我没听明白又耐心地重复了一遍，而这时有几个人在旁边跃跃欲试，纷纷活动手腕脚腕。我的脑子快速地运转着，我想到了他刚教我的有关“理”的最新诠释，现在想来当时绝对是急中生智。我看着他勇敢地回答道：

“哥，你说白的就是白的，你说黑的就是黑的。你就是这房间的道理。”

“你叫我什么？”当我精彩地回答完毕时并没有得到他的喝彩，而是对我叫他的称谓表现出极大的兴趣，我赶忙纠正自鸣得意时所犯的错误。

“叔”这及时调整辈分的做法一下子赢得了我们号室“头块子”，也就是号长宁哥的赞许。

“这碎怂还蛮灵性的嘛，谁给你教让你这样回答的？”

“叔，你刚才给我教的呀。”我进一步说明他刚才对我教育的重要性。

“好，孺子可教也。不要给他过‘手续’了，年纪太小去到后面去，都不要动他了。”他再次的强调充分地体现了权威性。果真没有人动我，我这颗疲惫不堪的心才算落了下来。过道已没有任何落脚点，我只能在最后的蹲便池旁找了个空地蹲下。

随即，孤独又看中了我，没有一个人理我，哪怕是多看我一下的眼神都显得弥足珍贵。这一天是一九八六年四月二十八日，真是他妈一生难忘的日子。我蹲在墙角这才发现两面墙上都写着黑体的大字，左边的墙上写着家喻户晓的“坦白从宽、抗拒从严”。当时我还不知这八个字已经被经常进来的人，改成了十六个字的战略思想“坦白从宽、二厂背砖；抗拒从严、回家过年”。右边墙上有八条监规，而此时我唯一的任务就是赶快背下这八条监规，以应付随时来的检查。如果背不过或是少一个符号，那都是对抗政府拒绝改造的有力证据，这样的话你就必不可少地要接受管教干部各种的教育方式，及号室中大家对你“耐心”的“集体帮助”。这种帮助教育往往是行之有效的，能让每一个记忆力较差的人在不吃任何健脑药品的情况下就能起到健脑的效果，并且在里面的每一天都不能忘记每一个符号。这一天是如此的漫长，以至于现在我根本一下子讲不完，虽然我天性讨厌啰嗦，但我又不得不选择啰嗦。大约晚上十点多钟开始铺床休息，先从板铺上开始，我拿出来的被子已被铺到了号长“宁叔”睡觉的位置，我和我的被子有着截然不同的命运。它可以放在头铺却无人对它动粗，而我刚进来时把它放在头铺就被一只臭脚踏翻，我在感叹被子与我不同命运的同时，又在为自己今晚睡在哪里开始盘算。板铺上已经铺完没人理我，很明显板铺与我无缘，下来是过道地铺时间，随着蹲在过道墙边的这些人在我刚进来时活动了一下后，也开始铺床。原本就污浊的空气一下子变得令我差点窒息过去，那发潮变霉的被子每抖动一下，我的头就开始昏胀，我屏住呼吸努力延长呼吸间隔的时间。在我抵抗这股霉变的恶臭向我一阵阵袭来的同时，又不得不佩服这房间里的人对这一切都熟视无睹，竟闻不到这种比厕所的味道还难闻的味道，还好在我快要彻底停止呼吸，离开这个世界的时候，被子铺完了。每个人都脱得一丝不挂钻进了自己的被桶里，严格意义上是两个人一个被子头对脚，全部侧卧一个挨一个，我心里真的对他们这种适应超恶劣环境的忍耐力感到敬佩，结果很显然也没有一个人理我。我原不知为何每个人睡觉都赤条条的，后来才知道这是为了防止虱子在自己的内衣裤内筑窝的最好办法。

我蹲在便池旁，还好便池被冲洗得很干净，只是不时从敞开的下水口泛出一股酸臭气，几小时后我倒也习惯了这种味道，要不怎么说环境可以改变一切？几千年前孟子他妈就明白这个道理，否则孟子可能就跟我一样了。要是我妈为了我的成长也搬几回家，我可能也就成孟子了。但又一想过去人随便搬家都有得住，现在你想搬连房都没有，你往哪搬？搬不好没赶上报户口让公安局查着还不是要送到这里来。要不说光认字不学法还真不行，就在我脑子开始胡思乱想的时候，午夜已慢慢地逼近，晚上还有些冷，我双手紧紧地抱着自己，依然抵挡不住夜晚的寒冷。当别人都已经进入了梦乡开始做起了各种各样的梦时，我的双腿双脚也因长时间的一个姿势开始变得麻木肿胀，血管和神经已被压迫得失去知觉，双腿不能动弹了。我连忙坐在地上用双手不停地揉搓着，当双脚开始慢慢地恢复知觉时可我的两眼又开始打架了，我就蜷缩在墙角闭上双眼，一会竟然做起了梦来。我梦见了我的家人，梦见了学校，梦见了同学，还梦见了下雨流水声。我猛地睁开了双眼，原来是真的有流水声，水池上水龙头里的水在流着。原来这里每天早上四五点钟才来水，也就在这半个小时来水的时间内，必须接够第二天所需的一切用水，所以晚上不关水龙头。而每晚应有一个负责接水的人，今晚这个负责接水的人可能是太累了竟然睡着了。我看着即将接满的水池又不敢关水龙头，也不敢叫醒任何人，就在我犹豫不决的时候，水快要流出来了，我鼓足勇气叫醒了板铺上最后一位，他被我这种负责的行为所感动，但并没有叫我关水，而是起来对着熟睡的老郭——也就是负责接水的那位踢了两脚，在老郭醒来后他又接着睡觉了。老郭看着就要流出来的水时向我投来感激的目光。可想而知如果水一旦流出来惊扰了下面这些人的好梦，上演一出水淹七军下场可就麻烦了。我看着老郭把放在地上的两个空塑料桶接满，很主动地要求帮忙，却遭到他友好的拒绝，我当时并不知道这也是规矩的一部分。

终于熬到早上六点，起床的铃声响了。当每个人都从睡梦中醒来时，我也开始了这人生社会课程的学习……当我完成本次学业再次闻到自由的空气时，已是又一个春天的开始了。而过程用一首歌就可以概括：

一进牢门我心惊肉跳；
二人同戴一副铁锁镣；
三顿牢饭我吃不饱；
四季无春日子难熬；
五层高楼有武装保镖；
六尺楼板正好睡觉；
七根铁条根根牢靠；
八条监规强行要做到；
究竟为什么，老天知道；

实实在在，莫名其妙；
十一管家开了放行条；
十二我也获得了自由。

这次我又将面临三年对我来说已不再陌生的监狱生活。

我和阿荣的友谊并没有随着我的入狱而中断，而是更加的坚固，每个月阿荣都会大包小包地提着来看我，并总为我没有说出他而一个人进来接受的教育耿耿于怀。他越这样说反倒让我觉得占了什么便宜似的，就应该一个人来不叫他。后来他又把老四带来一起看我，老四比他小一岁，那时脸上还没那道疤。每次来都像去麦加朝圣一样，带着崇拜的眼神看着我。他们坚持不懈地探望一度成为整个监狱的佳话，我们的友谊也更加的神圣，我也成了这佳话中的偶像人物。

在那三年中，阿荣只有一次没来，那个像往常一样的接见日，老四一个人拿着两包东西来了，看没见阿荣觉得挺奇怪的，问他，老四开始支支吾吾的不想告诉我，在我一再追问下才知道他躺在医院里，原来昨天他俩想着今天是来探监的日子，但两个人身上加起来就十多元钱，两人一起出去搞钱，钱是搞到了，但这次阿荣不幸却被抓住了，他的这种行径被愤怒的失主和正义的群众一阵拳脚，这种万民痛打落水狗的情景在过去屡见不鲜。他被这正义的铁拳打得昏死过去，以鼻梁骨断裂和外带两根肋骨伤残的代价换来了失主与正义群众的同情，没被扭送至公安机关，也算他命大，在昏迷中清醒后被好心的路人送入医院，晚上老四在医院找到他时竟不忘交待老四第二天看我时记着买两条红塔山，说我不抽别的烟（还不让老四告诉我，把老四听得当时就哭了，我听得眼泪也差点儿掉出来，直到现在他那被打断的鼻子还是歪的）。当我出来后他俩就一直跟着我在一起，后来他们俩又为别的事先后被判了刑。但他俩好像有什么血缘关系总是分不开似的，竟又巧合地分在一个监狱一个监舍，住了两年后又先后回来了，我们仍然在一起，但已不再干那些小偷小摸的事了。虽然我们感情很深，就是他俩身上的匪气太重，说了几次当时听了过后又是老样子，又不爱读书，有时确令我很烦。

“哥。”阿荣招呼着我。

“嗯，来坐；最近怎么样？”

“还可以，这个月比上个月好些，市场消费越来越大，我想咱们是不是多备些货？”

“嗯，这个，过两天再说。”“哥，这是这批货的利润。”阿荣从包里取出一捆钱，用报纸包着递给我。

“给，这两万你拿着。”我随手打开包。

“谢谢，哥。”

“给你妈拿回去些，别一天到晚乱花。”

“嗯。”

“明天跟我去广州，看一下情况。顺利的话，以后根据销售情况你自己定数量。没事了，你先走吧。”

“嗯。”

每次的广州之行，我总有种负罪感。而这种感觉会随着货品转化为金钱，再把这些钱花出去而减少。这种悖入悖出的日子由最初对美好生活憧憬的开始，到现在对金钱需求的惯性。这种对钱没有尽头的需求，使我每天都有一种紧迫感的存在。和惠子在一起的日子倒使我忘了还有这个事情的存在，但现实又残酷地使人不得不想，我的生活不允许我有太多的柔情。电影中的浪子都有段美好的爱情，现实中的我却不能有太多羁绊。

这次的广州之行，惠子总是在扰乱我的心绪。最危险的时候我总会想起她。有一天晚上躺在酒店的床上，刚刚和她通完电话，看着天花板一个念头突然冲入我的脑海：如果我出事了她会不会哭？又一个念头快速闪入：如果真出事了她哭了又能怎样？以后还不是要嫁人？接着一种新的想法又对自己前几种可笑的想法报以嗤之以鼻的笑。我与她在一起的点点滴滴真实得像幻觉，和以往的生活严重不符，犹如八月下起鹅毛大雪，耐人寻味，不可思议。

广州之行总算顺利，只是有惊无险地自己吓自己，在这种满足的失落和极度紧张后的虚脱中，飞往成都。

快乐和痛苦是一对冤家，总是不期而遇。

皇冠假日酒店的房间里，我正和一个昨晚一起HI过的美女交织纠缠在一起。一边吸着K粉，一边使劲地干着。女孩儿趴在床上呻吟着，我闭上眼睛感觉周遭一片沉寂，像是在一个日式寺院里，我在院中方亭里和一个裸体女人媾和交配。满天繁星包围着一轮明月，清灰色的房瓦在月亮的皎洁下发出幽暗的光。我感觉不到那玩艺儿的存在，自己已变成了一个生殖器，缓缓地戳着戳着……女孩儿的呻吟声，像夜半幽巷中时续时断的吟唱，在风中飘荡，仿若游丝。嘟……嘟……一阵铃声，又一阵铃声，像寺院晨风中的钟鸣。我拿起电话，是惠子。

“嘘，别出声。”我对下面的女人说着，但没有停止身体的移动。

“老公，你还好吗？我现在机场，两小时后到成都。高兴不？”

我没有任何高兴的感觉：“好，我去接你，一会儿见。”我言语含糊装作睡意正浓没有清醒的样子。

“嗯，亲你。”电话那头传来她兴奋的快乐的一吻。

挂了电话，有种莫名的冲动，我对压在身下的美女更加粗暴。在美女满足的叫喊声中，在大脑极度的迷乱中……软了。

“美女，我不陪你吃早饭了，你自己去吧。”我拿出2000块，塞进她手里。

“瑞哥，你这是干什么，把我当什么人了？”

“别废话了，我还有事呢。”

美女在极不情愿的表情中，将钱放进自己的包里。“瑞哥，记得给我打电话。”

送走了这个女人，关上门。我快速清除掉残留在身体上的异味，并让前台换了房间，去机场接惠子。

这一星期和惠子的分离，短暂而又漫长。摆脱了影子的束缚又回到了熟悉的环境，而她又像影子一样挥之不去，粘贴在我的脑海里。我忽然有些后悔，刚才接电话时不应制止那美女的叫声，或就不应该换房间，让她来后能感受到房间别的女人的气息和充斥的香水味。

当我看到她时却没表现出我刚刚想象的残忍，也没有过多炽热的表现，只是一夜未眠的脸尽显疲惫、苍白。我看着她像明星一样在众人的注视下笑着来到我的身边，我在四周嫉妒的眼神和内心的咒骂中接受了她印在我脸颊上的吻及一声甜甜的“老公”。随后热切变为急切。

“你怎么啦？脸色这么难看？”

“没什么，就是没睡觉。早上刚睡下，你电话来了，就再没睡着。”

“可怜的孩子，对不起。”她装出一副圣母的慈悲。

一路上她高兴地喋喋不休，我困得有一句没一句，回到酒店也没表现出应有的小别后的激情。我的激情已被上一个美女耗尽，在她还跟我讲话间我已进入了梦乡。

晚上朋友请她吃饭后，一起去了夜总会。我一阵犹豫，最后还是决定让她看到本来的我那鬼魅般的生活。包间里朋友们的招待隆重而热烈，在一阵常规性的敬酒及客套之后，我们转入了正题。摇头丸在每个人的手里被传递并被送到嘴里，透明的玻璃盘子也盛上白色K粉。她用一种好奇而又不安的眼神看着我，看着房间里的每一个人。我阻止了传给她的药丸但自己并没有拒绝，我把这红色的药丸放到嘴里，等待着药劲的发作。

"你吃的是什么？"她语气中有些不安。

"摇头丸。"

"你怎么能吃这些东西？那是毒品。"

我这无所谓的神情和满不在乎的语气，令她很震怒。我偏过头用一种奇怪而又陌生的眼光看着她，仿佛她是人群中的一只猴子，发出"哼"的一声冷笑。

"你别少见多怪，小题大作了。让别人听见还以为我找了个农民，我看我玩了好几年也没事。"

"你怎么能这样？"委屈的表情占据她整个脸。

"我怎么样？你要觉得我不好，可以走。你要觉得能坐着就坐，别在我朋友面前丢我的人，你看清楚这才是真正的我。你要接受就接受，不接受就算了，咱俩本身就不是一路人。"我一口气说完了这令我心碎的话，不再看她，并拿过盘子吸了起来。我也不知道为什么会这个样子，也许就因为她走入了我的心里，我也在不知不觉中向她敞开了一丝门缝。

我知道自己，我需要女人，但我不能爱她们。我爱上谁就会害了谁。她对我越好，我越受不了。然而，心中的积雪在她不断的温暖下开始融化。一种将要淹死的预知告诉我：不能爱她但我还是爱上了。

爱情对我来说是一件奢侈的事情。思想也极度努力地清除这种感觉在我心中的蔓延，我知道爱意味着什么。中国的月下老人，为天下的有情人手持一根红绳，然而不知最终走完一生的，能有几人？外国那个叫丘比特的孩子，更比中国的这个老人了解爱的本质。一张粉红色的小脸，载着一对翅膀四处游荡，寻找那些个信奉爱情至上的倒霉蛋。用手中的弓箭，对准终极目标完成他最后的使命。心痛的残忍，残忍的心痛。甜蜜的外表下，是多变的残忍。我不允许自己成为一个圣坛上的祭品。我在谴责自己这种残忍时又不得不这样做，同时另一种心痛开始登场，一种怕真正失去她的痛，我不愿想这些，只能拼命地狂吸来麻醉自己。

一种内心感受的落差，让她用沉默代替了语言。愤怒、伤感在她脸上交替变幻。上齿咬着下唇死死地盯着我。我没说话，但能感觉到有两道光，哀怨的光，令我心碎的光。她最终没走。

而我也在她无法了解的这种心碎的绝望中再次飘了起来。我努力想挣脱束缚，却无法躲过她哀怨愤怒的目光。幻觉混乱得让我更加混乱，我在这各种错觉中化为母体子宫中的胎儿，蜷成一团，回到那柔和的子宫中。一种温暖流遍全身。我陶醉在这温暖中，沉眠……一滴雨落到我脸上，两滴，三滴……我在温暖中睁开眼，发现自己躺在惠子的怀里。别的人都在舞池中“飞着”，只有她紧紧抱着我。我的脸紧贴在她的胸前，她望着我，爱怜而令我痛楚的眼神，无声，发出幽幽的光。在这幽幽中，又一滴晶莹滑落，那是她的泪。

一滴泪，击穿我内心的整个防线，坍塌。在今夜。像多米诺骨牌。

这是一次有损我荣誉的传播，但每一个我认识的人又不当着我的面直接说出来，可能有些人是真不知道，仍像过去一样很真诚地问惠子怎么样时，都会令我感到难堪、不舒服。

第七章

时间一天天地过去，也许是惠子的善良和纯洁，以及与我截然不同的生活方式，总能让我想起那曾经在我脑海里已经消失的纯真年代，及发生在那个时间的事情。在没和她在一起之前，我都已忘记了我还纯真过，是她勾起了许多我对往事的记忆。那个懵懂的年龄，对爱情和未来憧憬的年代，似乎又在经历那段纯洁的爱情。

在无数个放学之后，我与那个初恋的女孩，躲过所有熟悉的眼光，先后从学校走到电车站，似乎又迫不及待，不能和车站如织的人流一起翘首企盼，等待那辆未知的电车，就向她家的方向走去。现在想来路途是那么的遥远(当时的车票是五分钱三站地，从学校去她家要两角钱，十二站地，换句话说就是十二公里)。但当时我们谁也没有去考虑这个问题，我倒确实想过这车站与车站之间距离是否准确，怎么感觉没他们说的那么远。我们总是说下一站再坐车也许人会少一些，可到了下一站，等车的人依旧如织，依旧翘首企盼。我俩在眼神的相视中，又走向下一个站牌。我们总是任由站牌从身边静静地划过，我俩也总是这样静静地划过这些弃我们而不顾的站牌，仿若那一刻我们谁也不想看谁一眼，或是相互都无视对方的存在，也许就不想让它存在。时间和车站大部分是在她不急不慢的步伐中，静静地低着头若无其事的遐想中，和我一样不急不慢，经常抬头看天的状态下，溜走。我回忆不起当时有什么甜言蜜语在这路上与我俩为伴，更多的是语言的匮乏。只是任何一颗路经脚下的石子都会引起脚的注意，有意无意的都会把它踢得很远，但我们彼此依然能感受到对方的心跳及自己的呼吸。在这段时间里西下的夕阳似乎比我们更加急不可待迫切地踏上归途，很快就无踪无影，而那一轮明月也当仁不让地顶替了太阳的位置，用它那并不炙热的情感照着这条不算漫长的路。等到她家时，她总会说："我到了，路上小心点。"既不说让我走，也不说过多的语言。我也总在她这句话后再深情地看她一眼，眼神中的依依不舍，我相信她已读懂。然后转身向车站的方向走去。在不到二十秒的时间里会回头五次，而每次又都会和她的眼神交汇。突然，似乎一句话忘说了，折回头又快速地跑到她的面前，又忘了该说什么，又离开。在这种反复中，一辆风驰电掣的电车按着催促的喇叭进站，我也在这种催促中转身决然而去，蹦跳着去追逐那辆已驶入站内的电车，脸上荡漾着按捺不住的笑容，就连划过脸颊的风也无法将它带走。

坐上电车后，第一个动作是迫不急待的回头，寻找那婆娑树影下娇小的身影，寻找那个同样焦急渴望的目光，就在这同样焦急碰撞的那一刻，又都不约而同举起手摇晃着。随着电车的渐行渐远，她也在我的视线里转化为一个小黑点，最后连这小点也消失了才依依不舍地转过头来。身体随着电车驶往家的方向，心却留在她家门前树下的倒影中不愿离去。一个人坐在车上想起刚才走在路上的场景忍不住笑起来，而这种笑又时常在邻座奇怪眼神的注视下快速地收拢。几秒中的安静之后又忘了那奇怪的眼神，笑容再次绽放……

记忆的片段把过去和现在交织在一起，让我时常觉得惠子就是我那甜美初恋中的女主人公。有时在想，可能这次才算是我的初恋。毕竟第一次恋爱仅仅停留在"柏拉图"的世界里，只有精神的接触而没有肉体的结合，而这次精神与肉体都得到了欢娱。就在我享受这种爱的同时，一场突如其来的变故，几乎毁了我与她的这段爱情。

那天，下着蒙蒙细雨，我和几个朋友正在打牌。差不多晚上十点钟接到她的电话。

"你在哪儿呢？"

"正在打牌，怎么了？"

"我要是瞎了，你还会和我在一起吗？"我被她突然间虚头八脑的一句话搞得很茫然。

“你怎么了？”

“你先告诉我。”

“你好好怎么说这种话？”她语气的认真度并没引起我的重视，这也许是女孩对自己男友的一种测试方法，我以为。

“我让你说！”她依然执着。

“没事，你要是瞎了，我把自己眼睛给你！要不然，给你一只，我留一只，这样咱俩就成双成对了，一辈子也不用分开了。”

“你说的是真的？”她对我这轻松的语调产生质疑。

“是真的！”我这次语气坚定地说着。但我也仍然没有往别的方面去想，就随口问：“你在家里吗？”

“没有，我现在在医院。”

“什么，你怎么了？”我听完她的话，心里一惊，不知发生了什么事。

“我告诉你了，我的眼睛坏了。”她的语气平静得让我丝毫感觉不到失去眼睛的严重后果与她有什么直接联系，但心还是猛抽了一下。

“在哪个医院？”

“高新医院。”

当我问清楚后，放下牌，匆忙下楼向医院赶去。路上，心里七上八下，怎么眼睛就坏了呢，昨天还好好的，一天没见怎么就……飞奔的车轮如我急切而糊涂的心，二十分钟的路，总也走不到头。思绪在万千左右中回转，能够想象到的原因一一在脑海中闪过。大脑的过度活跃阻止了语言……

赶到医院，进入病房，她父母都在。整洁的单人病房，一应俱全。白色里透着浓浓来苏水的味道。床头上不知谁送来的一束花，倒让这白色里有了生机。我对这种环境并不陌生，几次病危都是在这白色病房的来苏水味中度过。

惠子躺在床上，脸上斜缠着厚厚的纱布，只露出一只眼睛。她父母一脸愁容。

“你来了？”看到我进门她脸上露出一丝笑意。

“怎么回事？”看到她这个样子，我的心一下子提了起来并急切地想知道原因。

“一点意外，没事，回头告诉你。”她语气平静得就像没事一样。

“眼睛怎么样？”

“下午刚做完手术，大夫说现在还不好讲，要观察。”她母亲说道。

“没事，一定没事的！有我在，别害怕。”我冲她说着，尽量让她感受到我的平静及对她的安慰，也可能是我就不知该说些什么。他们全家人都在我的询问中有一句没一句地答着，这让我感觉到了这件事的异乎寻常。

她听到我说这些话，心情好了很多，我俩聊了很长时间。

她父亲在向我做手势，让我出去，好像有什么话要对我讲，并且对她说：“你刚动完手术，医生讲要多休息，现在也不早了，让小瑞先回去，明天再来看你！”

“你明天想吃什么，我给你带来？”我说着。

“嗯，那你明天给我带仙踪林的珍珠奶茶吧！我想喝！”

“好吧，你好好休息，我明儿早点来。”

“我送送小瑞！”她父亲边说边和我一起走出病房。

我俩一起出来，走到楼下医院的花园里。

“小瑞，你现在有时间吗，叔想跟你说点儿事？”她父亲郑重其事的话语让我越罢感到这件事的不寻常。

“没事，叔，你说吧！”我想越快知道答案。

我俩坐在花园里，她父亲开始跟我讲起她的故事。

“你知道，我们家就这一个孩子。她妈和我都比较娇惯她，从小就培养她学画画、跳舞，孩子也比较争气，一直到大学。大学毕业那一年，她认识了一个男的。那个男人对她特别好。她带他来我们家，除了年龄大点儿，我和她妈倒也挑不出什么毛病。对惠子各个方面都很呵护，对我们俩口子也挺好，我们也没看出来有什么问题。惠子每天也很快乐。大概过了一年，我们发现，孩子不再像以前那么开心了，回家来总是心事重重的。在我和她妈的一再追问下，她才告诉我们，原来那个男人已经结过婚了，并且有了孩子，也没有离婚。你知道，我们家虽然不是很富裕，但也绝不会去贪图富贵，让自己的女儿找个结过婚的，去扮演这种不光彩的角色。但这是孩子的初恋，而且开始她并不知道真相。在我们的再三劝说下，惠子提出了分手。但那个男人三番五次地到我们家和她单位找她。我们家人对他说得很清楚，如果真的爱惠子，就离开她，这样对大家都好。最后两个人还是分手了。再后来，惠子就认识了你。你俩恋爱后，她又一天天地找回了过去地快乐，我和她妈看在眼里，喜在心上。看着她的生活又正常了，我俩的心病也去除了。

“本以为这件事就这样过去了，这都一年多了。谁知这个男人却天天在家里跟他老婆闹离婚。当初这个男人也很穷，是和他这个老婆一起才有了现在的一切。他老婆不愿离，旁边的人也劝他，并说惠子也有了男朋友，但他就是铁了心要离婚。并对他老婆说，他爱惠子，离了婚就要和惠子结婚。惠子之所以跟别人，是因为他没有离婚。他不是不回家就是回家后和他老婆闹。然而，这一切我们跟惠子都全然不知。这回又和老婆闹离婚，他老婆把门锁上不让他出去，他竟然从二楼阳台上跳了下去。以前他也经常跳，这次不知是角度没掌握好还是风太大，最后是腿摔断了，住进了医院。他住院后又让别人给惠子打电话，惠子出于同情就去看了他，这一下就更增加了他要离婚的决心。他老婆在劝说无效的情况下，把怒火发泄在了惠子身上。

“不知她是怎么知道我们家的，今天竟然在惠子上班的路上，拿着把剪刀……唉，现在的情况你都看到了，以后怎么样谁都不知道……”老人无奈地摇着头。

我听到这里，头嗡嗡作响，空白中带着愤怒，一根接一根地抽着烟。

“我和你阿姨也知道，告诉你这些，你心里肯定不舒服。但发生这种事，是谁也想不到的，最终也瞒不住。所以考虑了，还是应该告诉你。如果你有什么想法，叔叔也请你等她好点儿时再提。我们也知道，这种要求不该提，但还是希望你理解，权当是在帮她，也是帮我们。我们全家都会感激你。”

我无言以对。

“叔，我先走了，你也别想太多。”听着她父亲的话，看着他企求的眼神，我竟然找不出一句可说的，只能匆匆告辞，离开。

这一晚我都不知是怎样度过的，脑子乱得理不出任何头绪，怎么也不能把她跟这件事扯在一起。这么久以来的一幕幕涌上心头。我似乎明白了，为什么第一次请她吃饭，她没有我意想中的表情；为什么对有些事，是那样敏感，以至于我一个冷漠的表情都会让她流泪；为什么她今天在电话中语气如此平静地讲那些话。我知道她把我当作她的依靠，唯一的依靠，又怕我知道那些事之后，离她而去。她也在挣扎着，也许今天她父亲告诉我的这一切也是她的主意。这样才能避免她告诉我时的尴尬以及对彼此的伤害。我反反复复地想着这一切，努力解答着这一从未碰到过的难题。

当晨曦划过黑夜的笼罩，当烟头堆满烟灰缸的余空，我也在大脑的浑浊中进入了杂乱不堪的梦里。一张美丽的脸冲着我笑，一张裹满纱布的脸冲着我笑，一张看不清楚的男人的脸冲着我笑。美丽的脸哭了，裹满纱布的脸哭了，看不清楚的男人的脸哭了。我在哪看到这美丽的脸？看到这裹满纱布的脸？我又在哪里看到过这张陌生的男人的笑脸、哭脸？这张陌生男人的脸是谁的……

醒来已经是黄昏了，昨晚的梦境模糊而不清楚，爱与恨交替地敲击着混沌的大脑。每种思想都会有短暂的胜利，最终处于胶着状态。

我不知道这件事让我如何面对。如果朋友们知道又让我怎样面对？怎样面对我的兄弟们？如果我现在放弃她决不是因为她眼睛坏了，而是因为这件事的原因，传出去了我的面子给哪放！要是正常的情况，如果她眼睛真的失去光明，我会毫不犹豫地把我的一只眼角膜给她，不会有一丝后悔，但这种情况……

开着车漫无目的地想让自己静一静，理出点头绪，却鬼使神差地开到了仙踪林买了珍珠奶茶，又不由自主地到了医院。我被这一连串的想法不由自主左右着。

看到我进来，她先是惊讶，随后被快乐的表情所替代。

"给，珍珠奶茶！"我尽量让自己笑得自然。她父母的脸上也一样浮现着不相信的神情。

她接过奶茶："我以为你今天不来了呢。"

"为什么不来，我不是告诉你会早点来的吗？"

"你俩在这儿聊着，我和她妈出去买点东西。"她父母借故出去了。

"我爸昨天跟你说了吧？""今天感觉怎么样？"我俩不约而同地说着，片刻，又不约而同地笑了。

"挺好的。"她说道。

"说了么？"她接着重复道。

"说了。"我显得很平淡。她看着我的表情，似乎有些出乎意料，又似乎在意料之中。

"你怎么想？"

"没怎么想，以前怎样现在还怎样。"仍是一句不由自主的话。

“你真这么想？”

“那你让我怎么想？”

“你不想问我点儿什么？”

“想呀。”

“那你问吧。”

“嗯……你明天想吃点什么，我给你带。”她看着我，眼睛湿润了，埋下头，用手擦拭着即将掉落的泪。从那只好的眼睛里。

“好了，别胡思乱想了，现在流泪对眼睛不好，千万别感染了。”这个时候一切恢复到了原来的状态，病房里只有我们两个，世界只剩我们两个，没有人会再关注这件事，只有我与她。我坐在床边把她搂在怀里，轻轻地抚摸着她黑色的长发，她的头伏在我的肩上。我从昨晚到今天所有那些可笑的想法在她对我这种如此依恋的感觉中一下子变得不再重要起来。我扶起她的脸，注视着这张在我眼里丝毫没有改变的脸，轻轻地说：“好好休养，早点儿出院。你现在住院，我一个人的日子可不好过，你要再这样出不了院，我只能去找别的女人了。”我说着，用手抹着她的脸，她破涕为笑。

在这个浮躁的社会里，好事不出门，坏事传千里。每天都有那么多的是非传播者，满怀极大的热情去关注别人的隐私及事情，以比光还快的速度传到圈里圈外，这次我也未能幸免。这是一次有损我荣誉的传播，但每一个我认识的人又不当着我的面直接说出来，可能有些人是真不知道，仍像过去一样很真诚地问惠子怎么样时，都会令我感到难堪、不舒服。我的思想也在这令我难堪的传播中波动，这种波动又会随着每天面对那张令我酸楚爱怜的脸灰飞烟灭。在这期间，惠子又做了一次手术，那一刻，我感到手术似乎是在我身上进行的。我有许多奇怪的念头产生，我既希望手术能够顺利成功，又希望失败。这样我就可以把自己的一只眼角膜给她，以此来证明我对这段感情的真挚。然而，先进的医疗设备和医生高超的医术打碎了我能够证明自己像火山岩浆一样炽热的爱。我在高兴的同时还有一丝遗憾，一种没能够让自己为心爱的人失去一只眼睛的遗憾。

外面的流言并没有随着她病情的好转而有所收敛，反而有愈演愈烈之势。不同的意思通过不同的嘴传到我耳朵里搅得我心烦意乱。什么我找了一个二奶，那个男人对惠子很好，发现他在外面有人了就把她戳瞎了；什么惠子本身就不是个好东西，脚踩两条船；什么她看上那男人的钱了，那个男人不理她，她就去搅和别人的家庭，那男人的老婆实在受不了了，就把她伤成这样了；更让我气愤的是，竟然把我也拉下了水，说什么我知道惠子和那个男的在一起，我还和她在一起，是因为我看上她有钱了，后来她不理我了，我一时恼羞成怒就把她眼睛搞坏了，所以现在我天天去医院看她，主要是怕惠子的家人去公安局告发我……

总之是千奇百怪，五花八门。我在感叹这些人丰富的想象力的同时，又不得不承认被这些流言所困扰。但每次见到惠子，我又不能表现出我的不满，似乎外面永远风和日丽。我继续坚持每天去看她，就像坚持要把这件事对我面子的损坏挽回一样的执着，我开始派人跟踪调查有关那个男人的一切情况，他们家的具体位置及家人，孩子上学的地点。一部分是为了惠子，还有一部分是为了自己的面子。平心而论，不管什么原因，她已彻底占据我的心，我爱上了她，一种没有原因的爱、一种完全的爱。一切都在按部就班地进行着，她与那个男人都没有丝毫觉察。

在这期间，我很多次有意无意地谈起那个男人，我想从她嘴里听到一些仇视的话语，哪怕是一句，我都会义无反顾地去做这件我蓄谋已久的事。但每次她都是以宽容的心态、宽容的语言对待这件事、这个人。我几度怀疑她与他之间是否难断旧情。在那一刻，她似乎看透了我的疑虑，又会斩钉截铁地告诉我："过去的已经过去了，只是不要有那么多的仇恨，把别人都想得好一点。"她也时常对我担忧，她总说我有太多的仇恨，把这个世界的人与事想得太黑暗、太坏了，其实这个世界还是美好的，并非每个人都是坏人。正如别人对她讲我是个坏人，但她并没有觉得我坏一样。时常又对我说："为什么不能把别人想得好一些？这样自己也会快乐一些。"我的信仰在她这种潜移默化的影响下开始动摇，我开始更多地看到她的善良，而不是我所认为的那种藕断丝连。

然而丢失面子的愤怒及看到惠子伤痛的愤怒，交织折磨着我这颗易怒的心，我依然没放松一切准备收拾那个男人的准备工作，但惠子始终没有改变她的宽容态度。就在这时那个男人不知通过什么关系了解到我与宝山哥的关系，托他来向我解释事情的缘由，并一再说惠子负伤是个意外，他也没有想到。现在知道惠子与我在一起，希望我能够退出，并说我如果用钱可以向他开口。我听完之后，愤怒的心无法克制，铁青的脸更加凝重，心里只剩一个想法就是给这个男人换个房间——从骨科病房换到太平间。

“兄弟，不要为这些事生气，不值得。你要真的爱她，她也爱你，就更不应生气，而是要正确地对待；不要因一时之气干傻事。别人爱她也没有错，毕竟以前他们俩人在一起过，就算说过这些让你觉得刺耳的话也没有错。本来这些闲事我是不会管的，说实话我来就是怕你干傻事。”宝山哥看着我铁青的脸，耐心地劝说着。我没有吭气，思想却做着激烈的斗争。

“瑞，哥觉得这件事你应该和这个男的亲自谈一次，如果你爱这个女孩，心里可以接受所发生的一切就去争取。如果接受不了或是就算现在接受，以后心里想起来还是不舒服就算了，总之不能为这件事情干什么傻事，以后后悔就来不及了。”宝山哥继续劝导着我。

“人活着不应光为了面子，面子都是自己争取的。如果为了所谓的面子搭上了性命就什么面子也没有了……”一下午很快就过去了，我思想中愤怒的篱笆开始松动。

是呀，如果真的爱她就应该给她幸福而不是痛苦。如果我真的做了什么她会快乐吗？答案是否定的。

一个月后惠子出院了。

在这期间，除了替她去了一次黑龙口小学，几乎每天都去陪她，就算忙得再晚。有时去了，她已经睡着了，但我还会在她床边坐上许久，临别，在她的脸颊或额头上留下轻轻一吻。眼睛已没什么大碍，伤口恢复得很好，里面留下了一个高科技晶体，不仔细也看不出来。行凶的女人也得到了她应得的惩罚。这件事对我产生的不快随着时间的流逝，随着新的是非重新伴随流言，风轻云淡了。

惠子出院后我们同居了。严格意义上讲是我把家里的门钥匙给了她，我那冰冻已久的心已经融化了，尘封已久的心门敞开了。以前她总为我这么久还没给她门钥匙而闷闷不乐。有次，我在外面，她给我打电话，问我什么时候回去，我随口说马上，她也没再多说什么，我也没把这句话放在心里。晚上一点多我回去，看家院里楼门洞前坐着一个人，走近才发现是她。原来她是想给我一个惊喜，所以就来了，谁知一下子等了好几个钟头……她也曾因钥匙的问题有意无意地提了几次，我都装聋作哑的没接她那茬儿。当时我能感到她的不快，我是可以和一个女人睡觉，但不能让她走入我的内心世界，我觉得家门钥匙可能是我精神及内心世界的一个重要部分。

第一晚住到我家里，她很兴奋，以前她总说没有归属感，也许是因为没有钥匙的原因。一阵激情过后，她躺在我怀里温柔地说道：“你还记得我们第一次见面的情景吗？”

“当然。”

“在哪里？”

“那有什么说的？”

“说嘛。”

我大致描述了初次见面的场景。

“那是第一次吗？”她语气中有着质疑。

“是呀。”我很肯定自己的记忆。

“真的吗？”她质疑的语气更加浓烈。

“当然。”我毫不犹豫地说道。她突然不再理我，脸上露出生气的表情。我一脸茫然：“怎么了？”她默不作声。

“谁招你了，告诉我，我去帮你出气？”

“就是你。”

“我怎么招你了，你倒说说？如果是我的错，我马上自残。”我的表情迅速完成从迷惑到无辜的全过程。

“这可是你说的？”

“当然。”我更加的坚决。

“好，我问你，你认识王玲吧？”她快速地甩出了一个人的名字。

“哪个王玲？”

“你认识几个王玲？”她用一种挑衅的眼光看着我。

我在大脑数据库的记忆深处努力寻找王玲与我和她之间相关的数据链，但仍然一无所获。

“你还记不记得两年多以前，在上岛咖啡馆，王玲和一个女孩子，你们三个在喝咖啡。你头一次见人家就要让人家和你一起回去。”

我再次开动记忆的大门，以每秒两千转的速度飞速运转。终于在回收站中寻找到那段被删除的记忆。我看着她似笑非笑的脸，努力想把她与那件事分离开来，最终失败了。她突然恶狠狠地说：“你说，你怎么那么不要脸？刚认识就要跟别人睡觉。你是不是对谁都这样？”话音刚落，我还没来得及回答，一阵钻心的疼迅速由胳膊反射至大脑。

“啊！”牙齿触及皮肉的痛令我猝不及防，发出一声惊叫。

“你说，你是不是流氓？”她用模糊不清的鼻音说着。

“不是。”话音刚落我就为自己的嘴硬付出了代价。

“嗯？”疼痛再次袭来，比上次更汹涌。

“是，是，是。”我赶忙承认。

“还敢不敢了？”她含糊不清的问话让我觉得更加的恶狠狠。

“不敢了，再也不敢了。”我龇牙咧嘴的表情让她松开了差点合在一起的两排牙齿。

她抬起头。排列整齐的牙印呈全钢形劳力士手表状戴在我的胳膊上。她一脸的坏笑和得意：“哼，竟然再见我还不认识了！”我皱着眉头，摸着表盘，装出一脸的无辜，嘴里发出吸溜吸溜的声音。

“可想而知你平时是什么样子。你究竟勾引过多少纯真少女？如实招来！否则，哼哼……”她一阵冷笑，上下牙发出吱吱的磨擦声。看着她，我想起了兔子罗杰。

“你什么时候认出我的？”

我一下把话题岔开，以免多戴一块手表。

“吃饭时，我一眼就认出了你。”

“那你怎么不走啊，是不是早就看上我了？”

“呸，臭美吧你。本来看见你是想走来着。我还琢磨怎么又碰上这个流氓了？但见你没认出我来，也没有胡说八道，就留下了。”

“是我把你夸得不想走了吧？没被人这么夸过吧？虚荣心忒满足吧？老实说，吃饭是不是你安排的局？第一次见面就喜欢上了我，一直没机会，所以嘛，哼哼……”

“谁喜欢你呀，你以为自己是谁呀，自恋狂！要不是你找我说话，我才懒得搭理你呢。”

“好好，算我追你！”

“什么就算，本身就是嘛！”她用手指戳了我一下。

“好好好，你说得对！”我用手捏着她的鼻子。

她表情突然变得沉重起来。

“你真的不再在乎我的以前吗？”

“以前什么？”

“唉，算了。”她变得无声。

“你别胡思乱想了。”我知道她想说什么，“谁没有过去，谁没谈过恋爱？要怪也只能怪我自己，没有早点认识你，让你误入歧途，这都是我的错。不过，我知错就改，今后再不会把你一个人扔在这个充满危险的世界，绝不让你再受到伤害。话又说回来了，如果你没有经过以前的事，怎么能体现出我的好呢？所以嘛，我还要感谢你的以前。说句心里话，我最讨厌那些口口声声把处女、第一次挂在嘴上的人。你要是处女，我还真不会爱上你。”

“为什么？”

“你想，处女懂什么？还得要我从头教，我多累啊？万一全教会了，又跟别人跑了，我多冤啊！整个一个婚前训练班，那不成为人民服务了？如果每个人都要找处女，那得到幼儿园去排队，女人也是人嘛，男人只想找处女，女人都要找处男，这世界不是乱套了？说对方，要先看自己。你在我心里已经是圣女贞德了，才谈过一次恋爱。再说，他结过婚也不是你的错，那是他的错，现在又分开了。吃点亏，受点罪，那是人生的经历，是你的财富，也没什么大惊小怪的。我都谈了两百多次了，还没成功，这次遇到你，可是我的福气呀。你可千万别不要我了，那我可要哭得呜哇呜哇了。我还要抱着你的腿哭，到时候你可别嫌我烦。”我说完，她紧紧地抱着我，脸上全是享福。

“那我问你一个问题。”她说道。

“说！”

“你到底和多少个女人上过床？”

“这个我要认真地想想了。对待这个严肃的问题，我要实事求是，既不能多说，也不能少说。1、2、3、4……”我装模作样地扳起指头数着。

“你太烦了，快说！”

“好好好，我要说少了你也不信，那就实话实说吧。嗯，嗯，也就，也就1001个吧。”

“哪有那么多，你以为你是超人啊？”

“你看你，说实话你又不信。”

“那好，都是谁？叫什么名字？”

“这你也想知道？太多啦，我也记不清啊。现在只记得第一个和最后一个。”

“第一个是谁？最后一个是谁？我又是第几个？”

“最后那个，到目前为止，嗯，那就是你了。”

“那第一个是不是你的初恋，长什么样？漂亮吗？”

“漂亮，漂亮得不得了！就是时间太久，忘了是谁了。所以嘛，也就剩你一个人了。”她娇嗔地用拳头打着我，并把我压倒在床上。“你太坏了，说来说去，跟没说一样，简直太狡猾了！”这时，我感到了那原始的冲动，搂着她翻过身，再一次……

自从惠子来后，原本干净的家更为整洁、温暖。她把我们的照片放在床边。床单也换了颜色，沙发上再也不见我堆放的衣物，空置的花瓶重新有了色彩。灰尘找不到落脚的地方。知道我晚上回来爱吃甜点，冰箱里总是放满了各式点心。每天早晨上班前，她不忘给梦中的我留下一个吻。中午，仍在熟睡的我，常常被她叫我起床吃饭的电话惊扰。到了下午，又会收到几个嘘寒问暖的信息，令我手足无措。下班后总在第一时间出现在我面前。不管在哪里见到，都会送来一个拥抱和热吻。

“老公，我今天领养了一只狗，可好看了。你早点回来。”电话里，惠子兴奋地说着。

她做这种事，我一点也不觉得奇怪。她喜欢所有的动物，尤其是狗。不论在哪里见到，不论是谁家的，也不论穿着什么颜色的衣服，她都会又摸又抱，经常在她雪白的衣服上落下几个梅花型肢印。最让我不能忍受的，她竟然还嘴对嘴地亲它们。

有一次在街上，看到几个人在打一只流浪狗，她突然让我停下车，全然不顾地冲上去跟人家吵了起来，让我很是尴尬，好说歹说才把她拉走。在路上一句话也不讲，眼泪扑嗒扑嗒地掉着，费我说了不少好话，说我心肠硬，没爱心，冷血。总之，能想得到的说我冷酷的词，一个不漏，好像虐待狗的是我一样。

回到家里，她已经给狗洗过澡，用吹风机把毛吹得绒绒的。是一只黄色的小松狮，憨态可掬。走起路来，屁股拧来拧去。整个脸皱在一起，到处嗅来嗅去。很是可爱。

“老公，漂不漂亮？”

“嗯，嗯，漂亮。多大了？”

“一个月了。你都不知道才发现它时有多脏，看着好可怜。”

“男的女的？”

“什么男的女的，人家是小母狗。”她白我一眼，“咱们给它取个名字吧，叫什么好呢？”

“哦？这下咱家有两个丫头了。你是大丫，它就叫二丫吧。”

“不行，二丫太土了，重取！”

“这你就不懂了，土才是民族的，民族的就是世界的！”我说着，抱起这小家伙，放在我脸旁，它伸出小蓝舌头，在我脸上舔着，痒痒的。

我赶紧把它放下。

“你就是没爱心，它跟你亲，才舔你呢。”

“好好好，让它多跟你亲亲，我这脸皮太厚，怕把它舌头挂坏了，孩子太小，皮嫩。”

自从这个小家伙来到家里，确实平添了许多快乐气氛。每天天刚亮，这小家伙就开始站在床边用稚嫩的声音叫着；或用嘴咬你吊在床边的手；或爬在床边舔你的脸，让你无法入睡。带它到楼下“晨练”——排泄过后，回到家吃过早点，这才算完。大部分时间是惠子完成这些工作。慢慢地，二丫成了我们一家三口中必不可少的一员。

我每天回来得越来越早，有时我一天呆在家里也不出去，朋友照旧没完没了的来电话，但我出门的次数越来越少了。我们每天都沐浴在爱的雨露里。买了一台电脑，她开始给我这个电脑白痴恶补这门新新学科的知识。从最基本的打字到照片的制作，我看着制作好的照片，我更加热衷于拍摄，到哪里都带着相机。二丫成了我主要的模特之一，它所有的表情都被我留在镜头里。当然，惠子更是我的主要模特，我也给她拍了许多照片。有时也会自拍自己的各种表情。看着相机里不同的照片，我们也会评论半天。有时是我的脸只有半张，或她又少了嘴巴……看着这些照片我俩都会开心得大笑不已。她把我们留在相机里的影像制成不同的照片挂在墙上，摆在桌上，连卫生间都不放过，当然，大多数都是我拍的。看着这些成型的照片我会有一种摄影家的成就。

我甚至开始温习自己的厨艺，偷偷去买了两本有关烹饪的书，回来按图索骥地做了起来。那是温暖如春的一个午后，我的心情和天气一样好，不！应该说天气和我的心情一样好，我倒希望每天的天气都能像我现在的心情。经历一段时间的秘密练兵，今天终于去了菜市场，买了螃蟹、基围虾、排骨及一些蔬菜，还一打喜力啤酒。回来后我就开始投入紧张的工作。我的心情既紧张又兴奋，还高兴并期待。手忙脚乱中不时地看着表，我设计着在她进门前做好这顿饭。想到她回来时那种惊愕的神情，我边剥着手中的葱边笑着。当葱、姜、蒜、花椒、辣椒、油、盐、酱、醋这些配料一应俱全后，我装模作样地围上围裙开始炒菜。我一边炒着，一边看着放在旁边的书，印证着自己的记忆。一阵热油碰上外物的侵入发出“滋滋拉拉”的抗议，及铁铲和铁锅乒乒乓乓的争吵磨擦之后，刚刚那些还吐着水泡张牙舞爪的青背“大将军”已变成了一盘香气扑鼻的姜葱蟹。白绿的葱段配上那红色的壳，让我忍不住地先用手拿起一块品尝起来。其结果是，我不得不对我的手艺作出公正的评判，我也不得不说，果真不同凡响啊！我都怀疑我以前是不是一个著名的御厨。在这种想法的影响下，我又不得不再次伸出三个指头又拈了一块放入嘴中慢慢地咀嚼起来，我想起了“食神”中的一句话：“嗯……太好吃了！”吃完这块后，我又不舍得，把拈过这块肉的指头吸吮了一番。二丫也被这扑鼻的香味吸引，在为我高超的厨艺欢呼雀跃。当看到我只顾自己的过瘾而无视它的存在时，向我发出了强烈的抗议与不满，用牙咬住我的裤脚来回扯着。看它可爱的样子我实在不忍，只能把我对惠子的爱，又从盘子里面挑了最小的一块给了二丫，它在这种满足中，低下头，自顾自地品尝起来，又不忘发出两声汪汪的“赞美”声。表的指针催促我不能只留恋这一道菜，我也担心，自己会在不知不觉中，没有给惠子留下这道菜可以引起她留恋的任何印象。在第一道菜大获成功之后，我信心百倍地向剩下的几道菜发起冲锋。当表的指针指向她惯常回来的那一刻，当我满头大汗忙完的那一刻，在我正准备解下围在腰间围裙的那一刻，门开了，惠子惯常的表情不再重复，我解围裙的那个动作，及她看到我这专注的神情，全部像电影中的一幕，静止……我看着她，她看着我，她看着我，我看着她，我俩在满房子飘荡的各类海鲜、肉、菜的香味中，在还没来得及收拾的一片狼藉中，在音响播放的贝多芬的“田园”中，静止。随后是她快速的跑步，和我的脖子被两条温柔的缠绕，及一声“老公”。之后是长长的不知是哭还是笑的“嗯嗯”声。我也在这一阵慢动作之后，放下还没来得及解开围裙的手，环抱住这扑向我的柔软的腰。一阵嘻嗦之后，又是一阵咯咯的笑：

“好了，身上都是菜味，快放开。”我说着。

“不。”她一个“不”字在坚定我做作地让她放开我的同时，心里的那个美，恨不得天天和她在一起，给她做饭。

“好了，脖子断了，快放开！”在我极不情愿的让她“放开”的催促下，她才放开了那极不情愿放开的柔情。这时，我又不失时机地吹嘘自己做的每一道色香味俱佳的菜名来：“这道是传说中的姜葱蟹，这道是宫廷御制油焖大虾，这道是家传秘制排骨，这道是富有民族特色的新疆孜然炒肉，外加两道营养搭配合理的健康素菜：糖醋白菜和鱼香茄子。当然，无酒不成礼仪，佳肴配美酒，这还有一打喜力啤酒，当然，酒不是我做的，你可以不用夸奖。”

她看看我，又看看菜，依然没有语言，只是笑，我被她笑得不好意思起来：“好了，别看了，快去洗手吃饭。”当她坐在饭桌前，我已在两个杯子里斟满了啤酒。

“老公，谢谢你。”她端起酒杯表情煽情得让我每个毛孔都透着舒服。当她拿起筷子夹每一道菜进行品尝工作时，我的心也随着她专注的表情紧张起来，虽然这些菜都经过了我的肯定，但我还是有一些诚惶诚恐。她对待每一道菜都很小心翼翼，时而快、时而慢、时而皱眉、时而舒展……在经过她一番专业而肯定的点评之后，我俩开始了这顿饕餮大餐。二丫也早就急不可待地用实际行动肯定了我的厨艺。

这天，我俩说了很多话，也喝了很多酒。主要是我喝了很多，我怕酒会对她的伤口不好。我们坐在十四楼的阳台上，西下的阳光透过玻璃窗子洒在我们身上，让我俩都有些感动。窗外植物园内的美景，一览无余，各种植物鲜花争奇斗艳。我坐在藤制的圈椅上，脱掉鞋子，把脚和身体都挤在椅子中间，燃上支烟抽着，看着窗外的美景，看着惠子印在夕阳下润红的脸，看着二丫津津有味地啃着骨头，看着已空的盘子，心里的感受美得无话可说。

就在我陶醉于这种幸福的感觉中不能自拔的时候，惠子却出现了海鲜过敏症状，脸上、身上出现大片的红色印记，脸肿得像个发面包子。一时间我快乐的心情，又被一阵乌云所遮挡。陪她去了医院，输液时她告诉我：“老公，对不起，我不能吃太多海鲜。”

“那你为何不告诉我？”我担心的语气中有一丝的埋怨。

“本来没想吃那么多，但今天你做得实在太好吃了，所以忍不住吃了又吃，我以为不会有事，所以没说，没想到还是过敏了。”她娇柔而无力地说着。

我知道她是不愿冲淡我快乐的心情，更不愿看到我失望的眼神，所以才没告诉我她吃海鲜过敏。几天后，她才慢慢地好了起来。在这小小的涟漪之后，生活仍在快乐的延续中度过。除了一些不得已的情况，我晚上也很少出门，每晚的必修课就是我俩带着二丫在院中散步，二丫也在这一天天的散步中出落成了“大姑娘”成了我们小区的明星。几乎所有看到它的人或是狗，都会和它玩耍，二丫的风范也展现得淋漓尽致，总是在路人友好的呼唤下，礼貌地抬起一只前蹄握住别人的手，不，应该是被别人握在手里才对。一些轻浮的公狗总是围着它转来转去，嗅来嗅去，而它从不在这种轻浮的氛围中失去它大家闺秀的优雅仪态，它的这种矜持得到了更多的赞誉和爱慕。我俩也常常在别人对二丫的这种赞美声中得到快乐……然而，一场无法控制的意外扰乱了这种快乐，打乱了我们平静的生活。二丫病了，很突然，也很急，开始是无精打采，紧接着便拉稀拉血，不吃不喝。惠子看着二丫这样子也吃不下、睡不着。

宠物医院的病床上，二丫在输液，针头刺入的那一刻，它异乎寻常的安静、无辜又痛楚的眼神让人心痛。惠子扑到我怀里哭了起来，我的鼻子也阵阵的发酸，我不断地劝慰痛哭的惠子，不知是我俩的这个样子让二丫感动，还是二丫已知自己要永远地离开我们，它看着我们的眼睛，那双已经浑浊无神的眼睛，那双已失去往日明亮快乐的眼睛，一大颗泪滴在眼眶的闪动中滚落，这颗让人心碎的泪珠直至它死了很久都不能让我们忘去，就在这颗泪滚落之后，二丫也慢慢地闭上了它的双眼，虽然曾几次试图睁开，最终永远地闭上了。惠子把二丫抱在怀里，哭得像个泪人似的：“老公，二丫死了，怎么办，呜……都怪你，大夫你为什么不救活它。”惠子哭得语无伦次我也强忍着，才没和她一样泪如雨洒，却在她眼里我和医生一样成了二丫死的直接凶手。从医院出来她抱着二丫只是哭也不理我，我说了几次找个地方把二丫埋了，也不搭理我，整整一天就这样抱着二丫也不吃不喝的。最后我把车开到郊外找了个有山有水的地方挖了坑，准备埋了它。当我把坑挖好，她仍旧坐在车里抱着二丫不肯放手。我好说歹说天都快黑了才算葬了二丫，我又陪着她在那个小土包旁站了很长时间才离开。

之后的日子，惠子郁郁寡欢，闷闷不乐。我也觉得每天少了一点儿什么，总是习惯性地叫着二丫，当寂静替代了回答我才想起它已经去了，沉默和悲伤封锁着我们家，尤其是惠子。我时常想打破这种气氛说一些笑话，但都没有得到有效的回应。我俩依旧保持晚上楼下散步的习惯，当她看到别家的小狗就念念不忘二丫或发呆愣神。我说再买一条狗她说算了不愿再伤心，我知道其实她还是忘不了二丫。一天下午我独自去了宠物市场想买一条和二丫相似的松狮，偌大的市场，转了一个多小时竟然没有一条相似的，在我不无失望地准备离开时却发现了一个一看就让我忍俊不禁的小东西。一头荷兰小猪（又名小香猪），粉嘟嘟，肉呼呼，一双小眼睛像贼一样滴溜溜地乱转。看到我注意它时冲我发出哼哼的叫声，好像跟我很熟，一种似曾相识的缘分，我看着它喜欢之情油然而生。我想如果惠子见到它一定会高兴的，我赋予这小家伙改善我们家沉闷气氛的重担。当我拎着小铁笼回到家，惠子开门见到它时的那一刹，扑哧地笑了起来。

“这是什么东西长成这样？”她的表情异常兴奋。

“送给你的小香猪。”

她开心地接过笼子仔细地看了起来。这小家伙也实在是憨头憨脑得可爱，冲着惠子哼哼的没停，还不时地用鼻子冲着铁栅栏上下滑动。当惠子把它从铁栅栏里放出来，它就表现出与惠子无比的亲近。惠子把小猪抱在怀里，小猪用它的鼻子在惠子脸上蹭着，并伸出小粉舌头舔着……惠子消失已久的笑容又回来了，家里阴霾的空气也随着小猪的到来晴朗起来。我们俩给这小家伙取名叫“猪娃儿”。几天的熟悉环境之后，“猪娃儿”就展示了他高超的逗乐的本领。他会在一阵急风骤雨的奔跑中，突然掉头让自己失去重心，滚在地上，然后在我俩的笑声中又重演一次，或会在地板上前肢着地，后肢腾空，来回地蹭着自己的屁股。最为神奇的是，每次撒尿它都会用前肢刨门，嘴里发出哼哼声，当你打开门它就一个箭步，腾的窜出去，跑到隔壁家门口，随意地留下一个图案，又快速地逃离犯罪现场，跑回家来，让我俩一天总在不断地拖隔壁邻居家门前的地，不知道的还以为我们是学习雷锋的模范呢。晚上，我们打开电视机，小猪就平静下来，但前提条件是必须趴在惠子的腿上，还得给它做按摩。小家伙舒服得四肢摺展，仰面八叉。眼睛眯缝着，鼻子里哼哼着。那个舒服呀，我看了都嫉妒，恨不能跟它换换。“猪娃儿”的出现逐渐替代了二丫。惠子又恢复了往日的笑容。

这天我刚出门不久，惠子给我来电话说有事让我回家，口气很急让我快点。我到家后看到惠子和一个貌似很神经的女人在一起，那女的戴一个硕大无比的墨镜，搞得像个三流影星，我仔细一看原来是小凤，半边脸是肿的。

“瑞哥。”看到我回来，她有气无力地招呼了一声，全然没有平时的作派。

“咋了，让谁打了？”我看着她不同以往的神态有些不适应。

“叫你回来，就是给你说这个事情，他那个男朋友你记得吗？”惠子在旁边开始故事简介。

“哪个小男朋友？”我不是拿明白装糊涂，而是小凤换男朋友的速度的确有些快，并且全是年龄小的小男朋友。

“就是那次我们在王子饭店吃饭时碰到的，叫张敏。”惠子做进一步的说明，在惠子的提示下，我终于记起还有这么一个人，上次我看到那家伙时就对他没好感，甚至想打他，你问我为什么？不为什么，就是很想打，看着他那张脸和那造型就知道是靠女人吃饭的小白脸，每当我看到这种男人却不干男人的事，转行吃软饭，并且还吃得落落大方、振振有词时，就气不打一处来，在王子饭店吃饭时，小凤就带了这么一个让我看着生气的东西来的。

“哦，怎么了？”我问道。在惠子给我作简介时，小凤仍然坚持戴着她的大眼镜，只是不停地用手轻抚着肿胀的那半张脸，低着头。

“就是这个男的不但骗了凤姐的钱，还抢了她的车并把她打成这样，这家伙太坏了，凤姐不想让我告诉你，本来是找我一起报案的，可这事传出去又丢人，所以让你回来看怎么办。”惠子在一边义愤填膺得有些激动。

听完惠子的介绍，我故意冷漠地说道：“既然要报案就去报，找我回来干什么？没事我先走了，别人约我谈事呢。”话说完就向门口走去。

“老公，你怎么能这样，看着别人欺负凤姐你也不管。”看到惠子这种幼稚的表情我就想笑，这孩子太单纯了，单纯得还有些义气，小凤听到我的话也开始毫无遮拦地大哭起来，嘴里含糊不清地说着：“你说，我不找你，我能找谁，我是怕给你说了你骂我，才想去报案……”

我知道她要说什么，早知如此何必当初，我早就告诉过她别和这些小白脸在一起混，挣钱也不容易，她那国外的老头虽然不太回来，自己也要安宁点，当初她竟然告诉我那男孩多么多么爱她，她这次也是找到真爱，虽然现在那男的花他的钱，但只是暂时的，以后就会好的，她相信那男的，并且说找男的就像炒股票，要找个潜力股，当时得意的样子就像她发现了一眼高产的油井。看来她还是意识到了她曾经的得意，现在越发哭得伤心，我重新坐下让她给我讲故事的全部内容。原来从一开始这男的就是冲着她的钱来的，要说也怪她有两个钱就烧得慌，到处充大姐，乱买单，吃穿全讲高档名牌，那男的就盯上她了。俩人没认识多久，去她家看见她刚脱了袜子就急忙给洗干净……利用这些小事感动了无知的小凤，所以顺理成章，两个人搞在一起，并且很快该男子入住到她的家里，而且很聪明，从不过问她的晚归和异性电话，只对她说有多爱她，希望早点结婚。这些在当时的小凤眼里都是真爱的表现，到处宣扬他们有多恩爱，他们有多合适，简直就是天仙配，天天沉浸在这美丽的爱情谎言中。时间长了，她的任何警惕心都没有了，这个男的也顺其自然、理所应当地用各种借口要钱，当她意识到有些不对劲的时候，她已经完全深陷到这个美丽的陷阱中无法自拔，结果换来的是该男子动不动以离开她相威胁，到最后她才发现这个男的在外边还有一个女人，还有她去银行发现自己卡上的二十万也被取得空空。这完全是她自找的，爱情往往能冲昏人的头脑，说个银行密码也是无可厚非的。更可悲的是她回家问及此事时，该男子不但理直气壮地承认，还没事人一样地说“花完了”。并且又给小凤留了个鼻青脸肿的纪念后开着她的车扬长而去，等小凤打电话要车时，刚开始不接电话，到后来恶语相告：“要车没有，想死你来！”这就是曾让小凤认为生死不渝的爱情的注脚。

小凤声泪俱下的控诉加上惠子义愤填膺的旁诉，再冷血的人都不能无动于衷了，再说替天行道、除暴安良是我的一贯作风。“你想怎么样处理这件事？”我已想好了方案，只是再参考一下小凤的意思。“我想让他死。”小凤非常悲愤地说。

“打死人要犯法的，这我也不能去做违法的事情，你就好好在家待着，把你的脸养好，要不然以后没机会碰到你的下一个真爱了，别的事情就交给我了，放心吧！”小凤的一颗心终于可以放下了。

“哥，你就不要再说我了，我知道我错了，我听你的！”她承认错误的态度倒也诚恳。

“你再不要说凤姐了，她心里其实已经很难受了。”小惠在旁边深情款款地维护着小凤。

“小凤我把你当妹妹看，我只希望别再有下一次！”我态度严厉，语气平和地说着。

“哥，你放心，绝对不会再有下一次的！”她的语气强硬得让我不得不对她产生信任。不过话说回来，这些女人呀就得让这些白脸们骗，不骗不成长嘛，所以说这个社会缺哪个行业都不行，能挣钱的男人都把钱花给了不劳而获的女人，这些女人又把钱花给这些不劳而获的男人们，各取所需吧！

下午把小杰找来，小凤提供了有关该男子的资料及线索后，小杰开始了对该男子全方位的寻找，三天后要回了小凤的车子，而那个男的以后想靠女人吃饭的机会大大地减少了，小杰他们又为社会添加了一个靠手而不是靠脸吃饭的人。

原来这个叫张敏的家伙并没有因这次骗小凤的钱成功而洗心革面重新做人，而是变本加厉的每天开着小凤的车，花着小凤的钱，出入各大娱乐场合寻找猎物，并以请吃饭、买化妆品等这种小恩小惠，再加上甜言蜜语、花言巧语，捕猎各种芳心。

一天傍晚，在奥斯丁西餐厅的门口发现了小凤的车子，靠餐厅窗前的座位上坐着张敏及一名装扮时髦大约二十七八岁的女子，不知他在说着什么，把该女子逗得捂着嘴笑个不停。这小子的装扮也挺令人作呕的，发型和服装完全是时下流行的“超级秀”造型，根本看不出性别的装扮，你说人们现在是怎么了，女人不爱男人就爱女人，好不容易有一个不爱女人的，还净是爱这些不男不女的。这真他妈的是中国男人的悲哀，女人的可怜呀！如果这些“超级秀”的节目再举办下去，下一代不用毒品也都成了新型的东亚病夫了。

因为当时人太多，小杰他们没有急于动手，把车停到小凤的车旁边等着，一直到九点多钟，这二人摇摇晃晃地出来了，可能是红酒的作用，或是心怀鬼胎，总之，两个人你搂我抱地上了小凤的那辆车，车子启动后一直向东开去，出了城也一直向东走，小杰他们远远地跟着，车子已经到了东郊并没有想停下来的意思。这让小杰他们有些费解，再向东走就到了举世瞩目的兵马俑了，这三更半夜的二人把车开到这里不知道要干什么？就在后面车上的人百思不得其解时，小凤的车子从主路开到了一个偏僻的小道上，大约在小道上行驶十分钟后，有一片小树林，树林的当中竟然还有一片空地，他们的车子停到了那片空地上，并且熄了灯，小杰他们摸不清情况，只能把车停在远处，人下来借着夜色慢慢靠近那辆车，前面的二人并没有下车。当接近他们的车时，突然听到一阵奇怪的声音从车上传来，车也在上下地颤抖着，仔细一听原来是女人的娇喘声，小杰他们猛地拉开车门时，一幕令人不堪入目的画面呈现在眼前，借着车内微弱的灯光看到前边的椅子平放着，两个赤裸的人交织在一起，只顾了感官性的刺激，完全忘记了害怕，在这么黑的地方是否会有劫匪的出现，看他的熟练度显然不是第一次，也只有这种流氓才能干出这种龌龊的事情。小杰的出现显然惊扰了这对不知羞耻的狗男女，要说他们不知羞耻也不对，当车门被打开，车灯亮的那一刻，那个女的吓得竟然忘记放下她那双抬到头顶的腿，却本能地用手捂住了裸露的肉球。张敏更是奇怪，依然保持着爬的姿势，却用手捂住刚要寻幽探险却遭到惊吓的“兄弟”，这种人在危急时刻还知道遮羞。

小杰和兄弟们实在无法接受眼前所看到的一切，转过眼去让他俩赶快把衣服穿上。在转过身的同时小杰对自己进行了严厉的自我批评，这一吓非让人家落下病不成，这要是因此事而自卑不抬头，还真有些对不起人家。在小杰他们转过身后，两个兄弟为了防止意外的发生只能强迫自己的眼睛极不情愿地看着这一对野鸳鸯穿上衣服，重新道貌岸然起来。小杰他们的到来并没有使张敏想到是小凤所为，还用眼神看着身旁同样茫然的女人。当小杰问他开谁的车时，他才换上一副恍然大悟但又恨之入骨的表情，随后发生的一切都是在意料之中的了。一曲高亢的《黄河大合唱》开始演奏，拳头如雨点般的倾泻在这个帅哥脸上，高耸的鼻梁像是世贸大楼般瞬间倒塌，鼻子里流的血在空中划出美丽的弧，然后落在他白色的西装外套上。旁边的女人看到这血花飘洒的一幕，正准备发出那一声划破长空的尖叫时，已被小杰用那种“温柔的”令她有无数遐想的眼神，将这即将要发出的声音淹没了。演奏照常继续，开始的低沉变为此时的激昂，一阵紧似一阵犹如急风暴雨，张敏的求饶声被各种惨叫所淹没，女人已经被小杰请到了车子里，关上门隔窗观赏着窗外的一切，痛彻之情并未溢于言表，张敏的脸在这阵暴雨后开始变得不堪目睹，满脸的污血已不知从何而来。我听到这时真的很心痛，这孩子吃饭的家伙让人给毁了，可惜呀。小杰看到这么不经锻炼的身子骨不禁地摇了摇头。问他挨打好不好受，当得到了否定回答时，又问他为什么要打女人，说这话的时候，还不忘把车上的美女叫下来听听这个骗子的残暴罪行，最后还不忘对张敏的思想进行了说服教育，并且告诉他：“再敢找小凤的麻烦，下次就不是随便演奏半首曲子，而是‘柴可夫斯基的组曲了’。”虽然他十恶不赦，但旁边的女人也算无辜的上当者，所以最后还是用车把他俩送到了医院门口，才把小凤的车开了回来。

惠子脸上的笑容也越来越少，她不知在我面前该如何是好，我内心的壁垒却被惠子一丝丝地攻克化解。我喜欢她，有时又怕她的靠近，讨厌她走进我的内心深处，但更怕失去她。

飛 | FLY

第八章

惠子每天都沐浴在爱的雨露中，这种平静的日子对惠子来说是幸福的。然而，我在享受这种生活的同时，又开始了厌烦。我熟悉的那种生活和那种圈子离我越来越远，我快被这种平淡的日子逼疯，心又开始变得不安起来，时常出去打牌、喝酒，灯红酒绿，只是对别的女人少了一种兴趣——上床的兴趣。但也总是在午夜来临前回家，她总是等着我回来再睡。让她出去玩儿，她也不去。让她先睡，她说看到我，才能睡踏实。时间一天天地过去，每逢周末我也会陪她看看电影，逛逛公园，重复令我厌烦。我无法继续这种伪装的快乐，讨厌与冷漠开始占据我脸上的大部分表情。除了做爱，沉默成了我一天的主旋律。惠子脸上的笑容也越来越少，她不知在我面前该如何是好，我内心的壁垒却被惠子一丝丝地攻克化解。我喜欢她，有时又怕她的靠近，讨厌她走进我的内心深处，但更怕失去她。

我又去摇头了，也是上次从成都回来后的第一次。音乐激烈地敲击着，灯光依旧迷离，女人依然妖娆，而我却有些不太适应了。

“瑞哥，你怎么不太高兴？”点点说道。

“没事，好长时间没玩儿了，有点不适应。”

“有嫂子了，把我们都忘了。”

我听着她话里，有种什么东西放久发酵了的味道。

“来，来，咱俩玩儿色盅，谁输了吸一溜。”她边说边在盘里上划出很长的两溜。

“你他妈现在简直是量大、毒深，活够了是吧？”我笑着说道。

“还不是跟你学的，认识你以前，我都没见过这东西。”

“怎么不跟我学点儿好的，学这倒挺快。早就跟你说过别玩儿这东西，你他妈的非但不听，反而量越来越大。哪一天死到这上面，你就不玩儿了。”我有些来气。

“那，一天又没什么事可干，好好好，不说了。来来，开始。”她边说边把一溜分成两溜。不知为何，我有些心不在焉。盘中的粉堆，在逐渐变小……一种久违的感觉又回来了……幻觉怎么都是惠子，又看到了那滴眼泪……我在黑暗的泥泞中挣扎，满怀自我厌恶的忏悔。药物的快感被肢解得支离破碎。

音乐突然停了。四周静得让人害怕。我睁开眼睛，一个人站在我的面前，房间所有的人都看着我。是惠子。她看着我躺在点点的身上。

哀怨无奈的眼神中有一丝愤怒的抗争：“你怎么来了？”我有一丝不自在。

“你怎么说话不算话，现在几点了？”

“几点了？”我看了看腕上的表，指针指向凌晨三点。

“这东西这么好玩儿吗？你答应过我不再碰它，它在你心目中比我还重要吗？”我感觉到所有人的目光，各有含义。

“你喊什么，没事找事呢，是吧？”我的语气变得冰冷而残酷。

“开音乐！”我看到她有些哆嗦。

“快开音乐！我说话没他妈听见，是吧？”

音乐再次响起，她依然站在我面前，用使人为之颤栗的刀刃般的眼神。我第一次看到这种眼神在她脸上。

“好，你要吸，我陪你，你吸多少，我吸多少，不死在这儿谁也别走！”说着，抓过吸管，放在盘子。

“你在干什么？”我赶忙去夺盘子。

“你别管我。”

“放手！”我低沉地说道。

“我不放。”盘子在我俩的手中凝固。我感觉一股液体顺着血管直冲大脑。“啪！”我一记耳光打到她的脸上。她用一种惊恐而不相信的眼神盯着我："你打我？"

声音在呜咽中瑟瑟发抖。眼泪断线般地掉落。她放开了盘子，捂着脸，绝然离去。

门发出厚重的一声撞击，她消失在这房间里。我的手停留在空中，大脑停止思维。

"嫂子，嫂子，别走。"

"别追了，让她去，继续玩儿！"我没有追她，也阻止了别人的行动。内心的烦闷与痛苦使劲地撞击着我。心碎，无法排遣的心绪，在胸中蔓延，像一个充满液体、鼓胀的氢弹，令我在窒息的边缘残喘。我向毒品宣泄着我的愤怒与不满，以获得心理的安慰与平衡。然而，大脑全是她挥之不去的影子，我在做垂死的抵抗。在药物的帮助下，再次临界地狱与天堂的边缘。

早晨带点点去了酒店。

点点在我身下扭动着，我在她身上使劲地干着。双手在丰满的乳房上大力地揉搓，她在痛苦与欢愉中挣扎，像跌落悬崖濒临死亡的人发出的哀鸣。我撞击着，心中的苦闷并没有随着每次撞击而被化解带走。不愿想惠子，更不愿看到她那张令我心碎的脸。

大脑中沉淀平静的药劲，在激烈地撞击中蠢蠢欲动，遇热化解，飘然升空。影像重叠交错。惠子？点点？图像错乱不堪。迷乱中的碎片，快速变幻……

回到家中，屋内依旧一尘不染，唯独不见惠子……

六哥从澳门回来了，输了好几百万。昨晚玩的时候恨不得把盘子都吸进去。

他对我说什么活着没意思，恨不得现在就去死之类的话。我很是奇怪，他为什么跟我有同样的感觉？他看起来不是这种人，我有时挺讨厌他这样子的，想死也别说出来，去就是了，何必要对别人说。

"瑞，这次去澳门是让何老板给拿下了。他妈的，整个晚上下哪儿哪儿被杀，撞鬼了。"

"那就别玩儿了，休息一下，第二天再说嘛。"

"我也是这样想的，所以就下楼在大厅找了个女孩儿，长得真不错，胸又大，人又白。我想着倒一下风，这下就该好了吧？谁知他妈的，不倒还好，一倒输得更惨，整个一背风。这一去输个底掉，操他妈的。这么长时候算是白干了。”

“你也别这么想，那万一要赢了呢？”

“那倒也是。不过……何老板这仇我报定了。”他壮怀激烈地说着。我笑了。

不知多少从葡京出来的人，都有这个美好的愿望，也许何鸿燊就怕在他那儿输过钱的人不再找他报仇了。

天刚蒙蒙亮，六哥就带了一个女孩儿晕晕乎乎地走了。没多久就来电话说进医院了。原来刚出门，就把车稀里糊涂地开到早班电车的屁股上。还好，车全毁，人未亡。两人都受了伤，除了头能动，全身都打着石膏，缠得像个会说话的木乃伊，躺在白色病房里。问他怎么回事，自己也不明白。他最近点儿也够背的，才输完钱，又撞毁车。

“唉，这东西真不能玩儿了。这次算是命大，下次可能就没这么好运了。”六哥唉声叹气道。不知是说给我听，还是说给自己，“瑞，你也少玩儿点儿，你这量也太大了。你一个人一晚上玩儿的量顶别人三个。”

“嗯，我知道，你睡会儿吧，别说了。我也回去睡了。”我到现在还没睡觉，若不是这药撑着，早就困了。

从医院出来，也不知想去哪里。惠子已经几天没回家了，很想她，但还是控制住没打电话。我实在不知该在电话里说些什么。任何解释的言语都是苍白的。也许这就是我想要的结果吧。但时间并没有铺平我郁闷烦躁的心。“今天星期几，不知她上班了没？”家里好几天没人打理了，有些乱，我也没有心情去弄，有种失恋的颓废。“我恋过吗？”开始怀疑我的怀疑。

躺在床上，大脑已疲惫不堪但却无法闻到睡的气息。看到床边惠子的照片，心中一阵抽搐。她透亮的眸子无邪地望着我，飘然散落于胸前的长发，像希腊传说中的女神，将我紧紧缠绕。令人心醉的笑，在她脸上绽放，离我这么近，那么远。拿过照片，手指缓缓地划过她的脸，闻着枕巾上残留的余香，床上有她的味道，衣服上有她的味道，房中的每个角落都充斥着这种味道。我被这种味道包围着，左冲右突。然而，挣扎是徒劳的。味道弥漫在空气每一粒尘埃中，像束缚我自由的监牢。心，从此不再自由。

把照片贴在我的脸上，放在鼻子上，闭上眼睛深深地吸了一口气。空气中飘散着无法拭去的记忆，像流动的音符，慢慢净化记忆的存储。薄如蝉翼的白色似烟似雾在大脑中散落。姗姗来迟的睡意将我拖入沉沉的黑色之中，好像又看到了她，模糊。

“小瑞，谢谢你母亲节还想着妈。这么久也不来看妈？”妈妈在电话中说。“惠子昨天来家了，又买了那么多东西，还有一大把花，说是你让买的。别老乱花钱，你在外面挣钱也不容易，家里什么都有，你哥他们对我也很好。没事多回来看看妈，比买什么都强。”

“哦？惠子回去了？”

“怎么，你不知道，你俩最近怎么样了？”

“嗯，挺好的。”

“什么时候问你，都是挺好的。你这孩子从小到大就这个怪脾气，心里有什么都不说，惠子可是个好姑娘，经常来看我。来了就不闲着，我挺喜欢这孩子，你可要对人家好点。现在这种姑娘可太少了，你别动不动就对人家发臭脾气。你年龄也不小了，早点成个家，要个孩子，趁妈还能动，可以帮你们带着。等妈老了，走不动了，谁帮你呀？你哥他们都成家了，妈现在最操心的就是你了。”

“我知道，妈，您就别操心了。把自己身体照顾好，就是我们做儿子的最大福分。您最近怎么样？”

“我很好，就是一变天，关节总是疼，老毛病了，没办法。”妈有风湿性关节炎。

“上次给您拿回去的药，坚持吃，完了我再给您送。”

“别买了，那么贵的，也不见有什么疗效。”

“您要坚持，人家医生说最少要两个疗程。也没几个钱，您就甭管了，放心吃吧。”

“你就会骗妈，什么东西买回来都说便宜。上次你给我买的衣服，说一百多，我还说这么漂亮还这么便宜。后来隔壁李阿姨的女儿来了，我才知道要一千多块啊，心疼得妈到现在都不舍得穿。”

只要妈妈给我打电话，至少都要聊上半小时。以前家里很穷，爸爸在外地工作，她一个人拉扯我们兄弟几个，含辛茹苦，省吃俭用，自己不吃都要让我们吃饱。到现在落下一身病。爸爸十多年前就先去了，留下妈妈一个人。当时很多人让她重新找个伴，都被妈妈婉言回绝。

其实我们也希望她找个伴，都说少年夫妻老来伴，人老了就怕寂寞。但妈对我说了一席话后，我就不再提起这件事了。她告诉我说：这一辈子就爱爸爸一个人，爸爸过去由于家庭成分问题，吃了不少苦，受了很多罪。在那个年代，她都依然深爱着爸爸，没有离弃。何况现在都老了，孩子们又孝顺，何必再去找呢？我知道在她心中，对爸爸的那分爱，不会随着时间和爸爸的离去而被带走。她在我心中是一个善良、淳朴、伟大的妈妈。我敬重她！

“妈，这几天我回去看您，您还需要什么？”

“什么也不要，你俩回来前打个电话。我给你们做粉蒸牛肉。”妈知道我最爱吃她做的这道菜。

挂了电话，知道惠子去过，心中怅然若失。郁闷的心情，像夏日深夜的蜘蛛在黑暗中结成的网，无声无息。今天的时间格外的漫长，如江南的梅雨，不知何时才能结束。下午几次拿出手机，拨出那串熟悉的号码，最终没有成功。

晚上哪儿也不想去，推掉了好几拨人。在高新开发区找了一间酒吧，人很少，就我和神经，要了一瓶黑方。

神经是我最亲近的兄弟，给我开车。他是个孤儿，刚认识时他还不到二十岁，我俩的认识很有些戏剧色彩，那时他在一个夜总会里当保安主管。而我是经常去那儿玩儿，我其实也就比他大三岁，但却总感觉他像个小孩儿，每次去他都很有礼貌，不卑不亢。我仔细观察了他很久，发现他对每一个人都是一样的，一种那个年龄少有的稳重，慢慢地我们俩就熟了。

在那个无法无天的年龄，我们每天的生活就是找钱、喝酒、泡女孩儿、打架，有次我们几个在神经那里喝酒，突然遇到了以前我们打过的一个人，但不幸那晚对方来了十多个，而我们只有四个人。就这样一场无法避免的架开打了。那个时期我们出去都怀揣菜刀，随时准备打架。一时间刀光剑影，啤酒瓶子乱飞，我们几个也被打得各自为战。而我也已满头是血，摇摇晃晃地倒在地上。就在我看到几个黑影手持各种武器向我扑来时，突然从旁边冲出一群人，一凳子就砸倒了其中的一个，紧接着另外两个也倒了。原来是神经带了十多个保安救了我。我出院后没多久，我就与他结为异姓兄弟。现在他也快三十了，曾经获得我市轻量级拳击冠军。有一次碰见两个不长眼的，被他几拳打得牙掉了一地。他脾气古怪而沉默，不爱讲话。偶尔说一句，别人也听得云里雾里，说话时面部总是一幅水墨画，没有色彩。他没事喜欢看蚂蚁搬家，能蹲在那里看着蚂蚁一个连着一个排成长长的队伍，从一个洞穴前往另一个洞穴。他可以聚精会神地看一下午，最后再拿打火机把搬入新居的蚂蚁全部烧死。他告诉我，下雨前蚂蚁最爱搬家。别的人都觉得他很神经，但我知道他特别聪明，某些地方超过很多人。他经常在一些问题上指出我做错的地方，并提出一些合理的方法。这两年通过自学考试还拿了本科文凭，现在又自学英语，并过了四级，穿着打扮儒雅得与我格格不入。他认定的事情十头牛也拉不回来，有几次气得我动手打了他，但过后他依然我行我素。有一次我骂他有些过分，他竟然开车拉着我，开到城河边下来，我问他干什么，他一声不吭地站在河边，看了我一眼就跳了下去，幸亏水不深。上来后他告诉我，我把他骂得不想活了，让我又气又爱。虽然他做事有些神经，但我很爱他，像对待自己的亲弟弟，逢年过节他都跟我一起在家里过。他是真正了解我的人，就算我不说，他也知道我在想什么，我很喜欢他，我曾答应过他：只要有我吃的，这辈子就不会饿着他。从不让他涉及生意，我知道自己每天在做什么，但绝不会让他走我的路，有些路一旦踏上了，是回不了头的。

我俩坐在沙发上，都没有讲话，只是静静地听着JAZZ低声地诉说。我一口口地喝着杯中的酒。酒在冰块的勾兑下显得不那么浓烈，在柔暗的灯光下发出奇异的色彩。它的香气还没来得及在我的口中做短暂的停留，就已经过黑暗的通道进入胃中，在胃中游荡一周后又化作气体返回大脑。我有些醺醺然。

“哥，别喝了。”我看着他，用惯常的阴冷没有作声。

“哥，有些话，我知道不该讲，但你不能这样下去，嫂子对你真的很好，很关心。每次出门她都要对我交代，把你照顾好，我知道你人心好，但就是不爱表达，面冷心热。我记得你曾经对我说过，对别人要有好心，别给好脸。但你这样又有几个人理解呢？”

我依然没有吭声。

“你爱嫂子，这我知道，否则嫂子过生日你就不会早早开始张罗，又花费那么多。嫂子有病住院，你每天忙得再晚都要去医院陪她，嫂子去外地回来，你整晚不睡，就怕早上起不来，耽误去机场接她。这么多年我从未见你对任何女孩儿这样过。你和嫂子在一起，是真的开心。但又总觉得对不起她，不想害她，就像某些地方对我一样。你知不知道，你不说，谁又能真正地明白呢？哥，我多么希望你早点结婚，我也能早点有个小侄子、侄女，那该多好啊！有些事，我知道你难，那么多人等着你吃饭，但这种日子什么时候是个头啊？”

神经的话令我思绪万千。是呀，什么时候是个头呀？我在这条路上走了十几年了，思维、语言、朋友都形成了固定的模式和圈子，我怎能不明白，不被人了解是一种痛苦。但好多事情不是我说不干就能不干的，那样会出问题的。我也可以随便找个女人给我生个孩子，给她一笔钱，那只是个工具，对惠子我做不到。我爱她。越爱就越怕伤害，最终还是伤害了。爱上她本身就是一种错误。

“兄弟，有你懂我就够了，何必让那么多人了解呢？来，喝酒。”我举起杯，一饮而尽。也许我这辈子注定要孤独的。孤独像影子一样追随着我，令我喘不过气。酒已所剩不多，我也有些醉意。

“这么多人才刚刚吃饱饭，你说现在不做让他们干什么去，继续去偷、去抢？杀人放火？不管怎么，我们这是生意，而且买的全是有钱人，又没有去伤害老百姓。再说，有需就有供，你不去做，后面一拨人等着呢。市场刚刚有了秩序，弟兄们才看到点希望，你让我撒手不做了，如果他们知道我是为了个女人把他们抛弃了，他们怎么想？如果我为了个女人把你抛弃了，你怎么想？理解，我让谁理解，谁他妈都不用理解我，我也不需要谁的理解。我他妈也是人，何尝不想找个自己爱的也爱自己的，结婚生子，白头到老？哼，现在可能吗？我何尝不想放弃这种生活，像正常人一样过日子？但现在可能吗？如果一切可以重来我绝不走这条路。你说，我不对她讲。说什么？讲什么？说我是做什么的，靠什么挣钱的，能说吗？难道我不明白那玩艺儿对身体不好？我他妈现在什么也记不住，看我以前是什么——‘电脑’，现在连猪脑都不如。别人看我每天去HI场，HI得跟傻B似的，你也劝过我。我早就告诉过你，走上这条路就算把命交出来了。为什么不让你走？谁都想挣钱，但有些钱不是谁都能挣的。有些人还没见钱，命都搭上了，就算挣到了又怎样？像我现在这样，只能一条路走到黑，想回头，能吗？每天拿命拼来的钱，又像有仇一样地花出去。一个月光摇头就花几十万，我有病呀。他妈的，压力这么大，谁懂？只有在玩儿的时候，我才能忘掉一切。什么都不存在了，我多少次宁愿在这个过程中死了算了，别再害别人了。你以为我想过现在这种生活？每天提心吊胆，外面好像很风光，其实我活得很空虚，每天那么多人在一起不就是怕寂寞吗？你知道吗？惠子对我越好，我越烦。为啥？我心痛！我不配被任何人爱，谁爱我谁倒霉。我从不相信爱情，但我也有七情六欲，我竟然他妈的爱上她了。越爱就越心痛，像刀绞一样。我现在甚至不敢去看她那张脸，我宁愿在外面找别的女人，没负罪感。我内心希望她离开，但真离开了，我又感到心碎了，简直是折磨。我他妈的自己都不知道自己该怎么办！”我语言有些混乱。像一叠被切开的纸，一张张无法连贯，不知自己在讲什么。“你以为哥什么都能做到吗？我又不是神，我他妈连自己想做的事都做不到。”我醉了，神经哑然。

神经送我回家。家里很干净，我又闻到空气中那熟悉的味道，惠子回来了。

“嫂子。”

“你哥怎么了？”

“喝醉了。”

他俩把我扶到床上，朦胧中听到他们的对话，但又不知在讲什么。惠子拿了条热毛巾给我擦脸。我努力想睁开眼睛，对她说：“老婆，我爱你。”但到底忘了说了没有，酒精带我进入另一个世界。

中午起来，惠子去上班了，我看到她留下的条子：“起司蛋糕在冰箱里。”没有抬头，没有落款，只有一份难以割舍的爱。

下午刚刚起床，下午小凤打电话来说有事跟我谈，神神秘秘的，还说要找个安静的地方。这有些不符合她的特点。当我到了凯悦酒店咖啡厅时，她已经到了。

“什么事，这么神秘？”

“还不是你和我妹妹的事，别人的事，我才懒得管呢。”她语气中透着一丝不悦。

“怎么了？”

“你是不是打我妹了？”

“嗯，你怎么知道？”

“我怎么知道？你这一巴掌打得好，把你的孩子都打掉了。”

“什么，你说什么？”我被她一席话说得云遮雾罩。

“说什么？就你打她的那天下午，惠子打电话来让我陪她去医院检查，结果是怀孕了。她很高兴，这是她第一次怀孕。说你平时不管看到谁的小孩儿，眼睛都会放亮，要是知道有了自己的孩子不知道高兴成什么样子了。我问她是不是要这个孩子，她说要为你生这个孩子。不论你今后怎样，都有这个孩子在她身边。也许有了孩子你就不会像现在这样生活了。她那天跟我说了很多话，大部分都是你跟孩子，你知道她有多爱你？”

听完这番话，我被这突如其来的消息搞得不知所措。“你是说她怀孕了？”我有些无法相信刚刚听到的话。

“是啊，她想给你个惊喜，晚上早早地回去。买了一大堆你爱吃的东西和一把花，说要看看你听到这个消息的高兴样。她还说你现在每天都回去得很早。可谁知那天左等右等，迟迟不见你回来。打你电话又不在服务区，最后问了你朋友才知道你在那儿玩儿。你想想，半夜两点多，她一个女孩儿去找你。到那儿了，看到你竟然躺在别的女人的身上，你药吃得晕晕乎乎，满屋子乱七八糟。你说她看着能不生气吗？就这，你还不马上走，还跟没事人一样，她说拿盘子去吸那东西，也是气疯了，自己都不知道为什么那样做。以为这样你就会跟她离开那个地方，但没想到你竟然当着那么多人的面，打了她。并且，你没去追她不说，还不让别人去。你说你这做的是人事吗？”

在小凤义愤填膺的责备声中，我燃了根烟，面无表情，无言以对。

“要说这事也怪我，当初若不是我，你俩也不会在一起。我为了你，在我妹面前说了多少好话。说你这好、那好，你说你干的这叫什么事？那是你爱的人呀，你的媳妇，你怎么能打她呢？她又不是做错了什么事，我早就告诉过你，她很单纯，你要对她好些，不要欺负她。你说你每天在外面花天酒地，胡搞八搞。她不说不代表她不知道。她是单纯，但不傻。你一天到晚这样子，谁受得了呀，要换了别人，早就离开了。”

“先别说这些了，什么叫把孩子打掉了？”我有些不耐烦。

“你把她打走了，还能在那儿玩儿下去。她在楼下等你半天，不见你下来，越想越生气，就找了个酒吧去喝酒。喝多了给我打电话，说都说不清楚。哭得我心痛。等我过去时，她一个人坐在酒吧门口的人行道上，头埋在腿里哭着。边上还有个陌生男人在发贱，我到了那男人才灰溜溜地走开。你说说，要是她让人欺负了，怎么办？你也知道喝多了走路不稳，我一个没留神，她就摔了一跤。当时也没在意，晚上回到我们家才发现，流血了。后来到医院检查才知道，好，孩子没了。

“在医院观察两天，打针输液，就这医生还说，怀孕了还敢喝那么多酒？她躺在床上只是个哭。小脸哭得不成样子。我说给你打电话，她死活不让。你可倒好，竟然一个电话也没有。你说你做的这是人事吗？”小凤越说越气愤。

而这时我的大脑像揉乱的线团，找不出头绪。各种感觉交织在一起。“我是人吗？”我一遍遍地问自己。那天的一幕幕浮现在眼前。真希望日历能重现那一天。我一根接一根地吸着烟，任凭小凤对我灵魂的鞭打。

“她在我那儿住了几天，心情慢慢地平静下来。说老实话，我就劝她不要跟你在一起了。你这人虽然不错，但不适合做老公，哪个女孩儿都不适合你。你说，女孩子都是要哄的。你可好，刚认识一个女孩儿时，花言巧语。一旦人家爱上你了，你就拒人于千里之外。一天到晚沉个脸不说话，谁知道你在想什么？你这人，对朋友没得挑，所以我就说你只适合做朋友，我劝她别死心眼，一根筋。可是她，唉……你说你们俩这么久，容易吗？我也没见你跟哪个女孩儿这么久，都两年多了吧？谁要说你不爱她，我都不信。但为什么在一起就不能好好的呢，非要相互折磨？”

我坐在那里像个死人。只有手上不断换上的烟，表示我还活着。

“前天是母亲节，她早早就起来了。我问她干什么，她说你跟你妈的感情很深，不过每年过母亲节都是她去帮你买东西，她说她不在，怕你忘了，所以让我陪她去，又买花又买东西。去了你家又跟你妈说你多好，因为你实在太忙了，才让她买了东西回来。我都不知道她是不是上辈子欠你的。从你家回来，就坐卧不宁，说不知你这两天怎么过的？说什么你胃不好，每晚回来都要吃点儿东西。她不在，也不知道晚上家里有没有吃的。昨天说什么都要回去。本来我也不想管这事，但我知道这孩子的个性，犟得很，她回去肯定不会跟你讲这些。最近别让她动凉水，流产跟小产一样，咳，说了你也不懂。让她好好休息，别累着。最主要是别再让她生气了。既然爱她就对她好一点儿。”

我一声没吭。

“我说哥你倒是说句话呀！我有时候真的很讨厌你这种死人样，好像你感情流露一下，会死呀。行了，行了，不跟你说了。我还有事，先走了。”说着，小凤气呼呼地起身走了。

我瘫坐在沙发上，感到一阵寒冷。酒店的暖风也无法将它驱赶。唉……总想不明白。到底他妈的发生了什么事。像在做梦，我他妈是人吗？换了我是惠子，恐怕早就疯了。难道我为她就不能做些改变吗？内心的自责、悔恨、懊恼一股脑地向我袭来。惠子的脸与那未成形的胚胎交替出现在我的脑子里，撞击着我的心。我这到底是怎么了……

下午，惠子下班前，我去了她单位。我已记不得上一次接她是什么时候。她看到我时，哀愁的脸上有了一丝凄苦的笑。我的内心同样凄苦。我俩一起去吃饭，她默默地慢慢地送口菜到嘴里，然后筷子停留在嘴边，若有所思。我不时地给她夹菜，却找不出话题打破这种僵局。

“以后少喝点酒，对你的胃不好。”她望着盘子，好似自言自语，但我知道那是说给我听的。

“老婆，我想和你结婚。”我不知怎么蹦出这句话。

“嗯。”她依然没有看我，冷静的表情令我意外，好像是在听别人讲述一个和自己不相关的事。我实在不知自己这句话是怎么说出来的，同时又对她的平静感到诧异。我看着她，用一种不自在的神态。

“你知道这句话意味着什么吗？”她缓缓地抬起头，未曾有过的陌生与成熟写在脸上。“结婚不是随便说出来的，那是一种责任和付出。你能离开现在的这种生活，和我过平淡的日子吗？你能离开你的那些兄弟吗？能离开你的所谓的圈子吗？我不需要你现在答复我，等你想好了再说。先吃饭吧。”我瞠目结舌。她这种深刻的表情，让我感到自己像个无助的孩子软弱而无力。

“给我段时间，让我把一切都安排好，我们就一起过正常人的日子。”我急于向她展露我最真实的内心感受。

“我不要求你给任何承诺，但你要许诺就要兑现，你考虑清楚。”

她平静而坚定的态度不容我有任何的考虑。

“没什么考虑的，说到做到。”我迫不及待地想向她证明什么。她听到我说这些时，脸上有了一丝松动。当我看到她态度有所缓和时，我赶忙说道：

“老婆，我给你念首儿歌吧。”

“嗯？”她有一丝诧异。

我装作很正经地坐正腰板，清清嗓子：“嗯，嗯，小红帽艺术团演出现在开始。首先由瑞瑞小朋友表演儿歌《鸭子鸭子》。报幕完毕，表演开始：鸭子鸭子嘎嘎，鸭子爱吃黄瓜；黄瓜有水，鸭子爱吃鸡腿；鸡腿有毛，鸭子爱吃红苕；红苕有尖尖儿，戳住鸭子的屁股眼眼儿，屁股眼眼儿。”我用方言表情夸张地念完时，笑容已赶走了占据她脸上多时的愁云。我俩重归于好了。

随后的两个月是在平淡中度过的，惠子在我细心呵护下又恢复了往日的快乐，但时常有一丝忧虑在她脸上划过，我知道她是在等待我承诺的兑现。

我把这唯一的照片紧紧地捏在手上，生怕它也会像其他照片一样，灰飞烟灭、无影无踪，生怕它像惠子一样没有任何先兆地抛弃我，让我独自一人去承担这剩下的苦难，没有人再听我的诉说，没有人再同我分享快乐，也没有人再同我一起走过这剩下的日子……

第九章

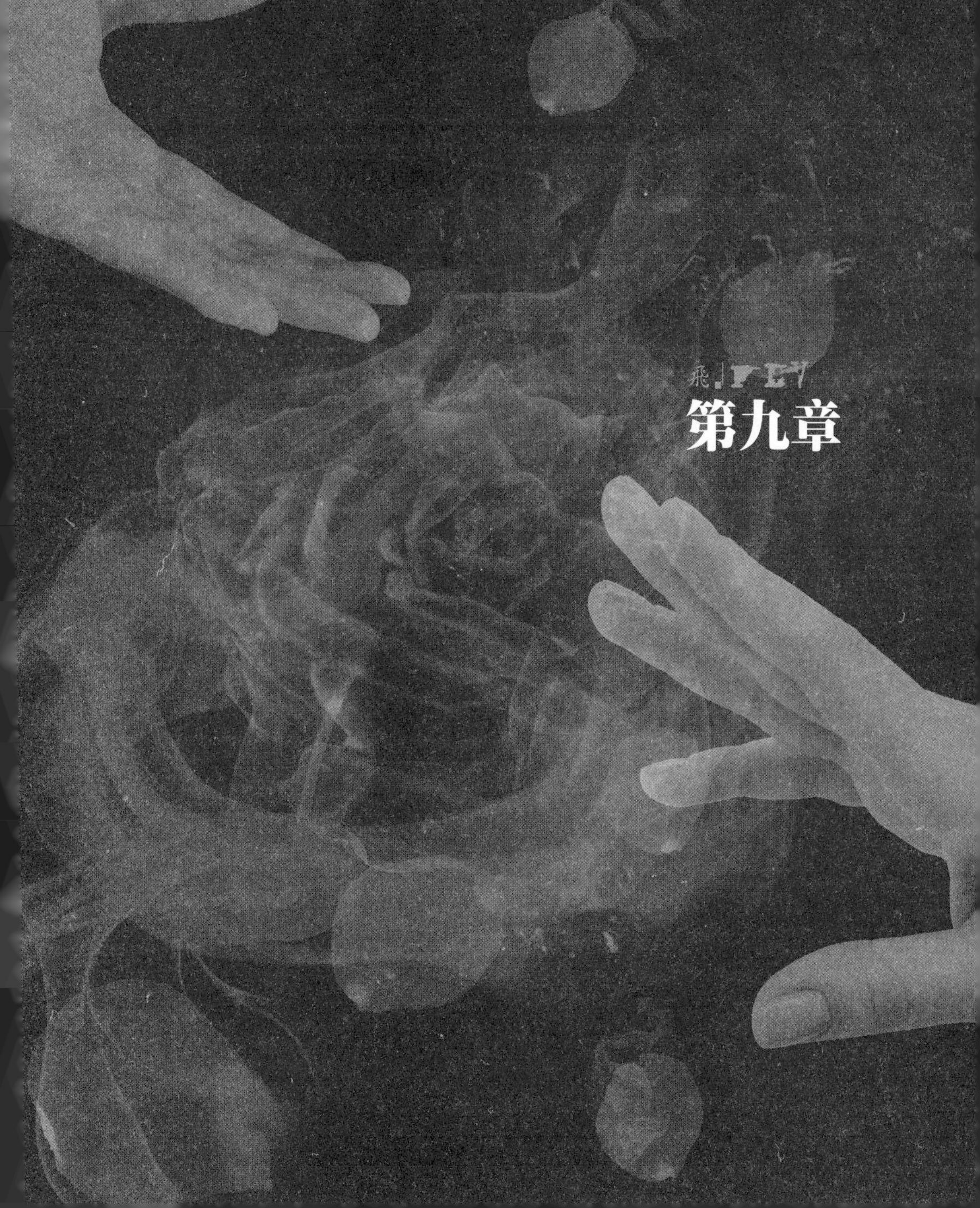

今年的冬日还没来得及展示它的新装，新的一年已悄然逼近。在年末的最后一天，姗姗来迟的雪终于给大地裹上了一层银白色的盛装，完成了最后的绝唱。满天飞舞的白色精灵伴随着午夜的钟声，一起迎接新年的到来。

新年总是伴随着许多人的狂欢开始，我们也不例外。按照惯例，今晚我要给每个兄弟发红包。“阿荣，把这些钱拿去给大家分了吧。”我没有过节的喜悦，穷人过年，我们过钱。真搞不清楚，为什么那么多人平时省吃俭用，非要在过年这几天跟钱过不去，好像不花光那点儿一年到头攒下的散碎银子就对不起它似的。

分完钱，大家一起去了郊外放炮。城里不许放炮，所以我们只能到城外去。

两旁的车已排得很长，似乎全城的车都云集在此。炮竹声“咚咚”作响，各种礼花争相斗艳。每个人都下车加入这欢乐的盛宴。我裹着大衣斜倚在车门上。一支支礼花摇曳着，拖着长长的尾巴，直冲沉沉夜空，在广袤的夜色中，化作一朵朵瑰丽的花，变幻它的多彩，璀璨。用短暂的时间燃放它的生命，照亮夜空，随即被后来的绚丽覆盖、淹没；完成刹那间的辉煌，消失在黑暗中，无声，无息。不留一丝痕迹，好似从未出现过。我有一丝伤感，感到生命的脆弱。

惠子像个孩子在那里喊着跑着，时而用双手捂住耳朵，抵挡震耳的隆隆炮响:“老公，你看，看那朵多漂亮！”欢乐的表情加着兴奋的语气。

“你也去放呀。”她拉着我说道。

“我不爱放炮，只爱看。”我顺手搂过她，她顺势靠在我身上。我能感觉到她粗花呢大衣下温暖的气息，口中呼出的气在寒冷的夜色中，化为一柱白色。我微笑着，注视着她娇艳美丽的脸。

“你笑什么？”她问道。

“没有啊。”

“你明明笑了。”她嘟着嘴，姿态娇柔。我低下头，吻了她。在冰冷中感到她炽热双唇的滚烫。

今年的春节像往年一样，在无聊中度过。日子又恢复了千篇一律的重复，只是和惠子的感情更加甜蜜。我经常会在家里给她做饭。她吃时总是很夸张地撅着嘴，眯着眼睛，像“猪娃儿”一样发出叭叭的响声，呈陶醉状。然后说一声：“嗯，太好吃了！”饭后拍着自己微隆的肚皮，说不能这样吃了，不然真的变成猪了。看到这儿我就有一种快乐油然而生，恨不得顿顿做饭给她吃，她问我为什么菜越来越香，好像什么都会做了，怎么回事？我说那是以前不想做，怕你一旦吃上瘾，赖上我不走了。话音刚落，又招来一阵白眼和不屑的鼻音外带一阵“不要脸”之类的惯用语。

这几个月就在这种波澜不惊中度过。晚上基本上不出去，偶尔出去谈点事，也很早回来。脑子里已经开始勾画跟她结婚的场景。但酒业公司的事，却让我心烦。全国金融系统大整顿，银行的很多人都出事了，王鹏的生意也受到影响，我也跟着受到影响，王鹏的大量资金是靠银行贷款得到的，这次全国性的整顿金融机构，他的公司自然也在所难免。他有几笔大宗贷款是不符合手续的，也就是说他用大量的金钱贿赂了银行的有关主要人员。而他却幸运地在这次风潮之前跑到国外了，留在这里的公司也自然归国家所有，我的副总头衔也随之画上了句号，让我怅然若失了很久，在惠子的劝慰下，这种不快才过去。

四月的一天，阳光格外明媚，道路两旁的梧桐、槐树，已被嫩绿的枝叶围裹。爱美的女孩儿迫不及待地穿上裙子，裸露的小腿在阳光的抚慰下格外动人，万物都显出生机勃勃的一面。

“哥，你不是说要买房子嘛？昨天我跟一个朋友去山里玩儿，在山下看到一个楼盘，太漂亮了——皇家苑。整个社区依山傍水，院内小桥流水，鸟语花香，一看就让人喜欢。”神经说着。

“走，咱俩去看看。”

出城走在进山的路上，两旁的麦田里一片绿浪，在微风中微笑着，一股泥土的清香扑面而来，暖洋洋的阳光顺着摇下的车窗泻在身上，千万只瞌睡虫也活跃起来，像喝醉了似的，有些醺醺然。

一小时到了。进了院子，果然像神经说的那样，房子全是欧美风格，各种树木栽满院中。枫树、槐树、樟树、桂树还有板栗树……清香在空中肆无忌惮地戏弄着你的嗅觉器官，让人欲罢不能。整个小区就像一个天然氧吧。离开了城市的喧嚣和浮躁，空气也变得清香甜美起来。

也许是我俩的年龄和装扮没有引起售楼小姐的兴趣，在我们前面进去的几个猪脑肥肠，得到了热情的接待。小姐们在口吐莲花，滔滔不绝，而我俩却无人问津，在热闹气氛中显得形单影只。神经就给我充当了售楼小姐的角色，正当他在沙盘上给我讲解时，一个漂亮的售楼小姐走了过来，也许是他们这里最漂亮的，用一种不太肯定的口吻和我们搭起讪来："两位好，请问是要买房吗？"

"你看我们俩这样子，也不像买房的吧，连个肚子也没有。"我说着。

"怎么会呢？"她笑着从上到下打量起我们来。

"别看这套衣服不错，也是临时来看房时借的，就怕穿得太烂不让我们进来。"我斜着眼，阴阳怪气地说着。

她讪讪地笑着："您别误会，刚才客人太多，没注意。"

"嗯？没注意？是看我们太年轻怕没钱吧？你们这里的人还真是狗眼看人低，但不是说你。这么长时间只有你过来了，所以说只有你是个例外。"我依然不依不饶。

"您别生气，您需要什么户型，我为您介绍。"这位漂亮姑娘的态度和她的长相一样让人舒服。

"你也别给我指沙盘了，带我去看现成的房子，哪种户型好，让我看了实物你再给我讲。"

这位漂亮的小姐带我们去看了现房。半小时后选中一套带花园的独立别墅。院子里有两棵有着一定树龄的板栗树，后面是一片树林，光一个主卧就八十多平。

"好，就这套了，多少钱？"我问道。

小姐给我算了价格，并说："先生，这一套，已经有客人交了五万块的定金，不知他这两天来不来交尾款。"所有的销售都会用这招故弄玄虚。

“你别给我说这废话，我明天给你付现金，全款。你要卖就卖，不卖我就走人。”我的话让这位漂亮小姐伶俐的口齿有些结巴：“您，您是说付全款吗？不再考虑了？”

“有什么考虑的，买房又不是挑媳妇！你刚才说得天花乱坠，真有什么质量问题，我可找你。”

“那好那好。”小姐生怕我变卦似的。

回到售楼处，我填了几份表格，第二天就买了房。这位小姐开心得不得了，非要请我吃饭。她可能从未见过像我这样买房的人，这笔佣金挣得太快了，让她有些不可思议。我能想象到她们单位那些姑娘们后悔和嫉妒的表情以及她得意洋洋的神情。办完手续后我的心情异常的爽快。

“哥，这下我嫂子该高兴了，你是不是准备娶我嫂子了？”神经问着。

“是的，但现在不给她说。等我房子装修好，一切都布置停当了，再把她叫来看。你也不要告诉她。”

“好，我知道。”

“给阿荣打个电话，下午一起吃饭，我有事跟他说。”

晚饭我们三个一起去了“王子饭店”。

“哥，什么事？”阿荣问道。

“没什么事，叫你来吃个饭就非要有事？”我的语调很欢快。

“唉呀，看来哥这是有什么高兴的事了。”

“你狗日的还聪明得很。哥今儿买了套房子很不错。”

“什么时候带我去参观一下呢，让我也和哥一样高兴高兴。”我们三个边吃边聊着。

“最近生意怎么样？”我问道。

“都不错。”阿荣答。

“哦，我今天叫你来就是要说一下这事，你现在也不错了，不像过去了。手里也存了不少了吧？”

“嘿嘿，还是托哥的福。如果没有哥，也就没有我阿荣的今天。”他笑着说道。

“你一天把哥哄得都找不着北了。我给你讲，房子装修完，我就要和你嫂子结婚了。我还没对别人讲，就你俩知道。以后外面这些事我就慢慢退出了。你呢，我也不希望长期做下去，当然这需要个过程，你也考虑一下，看着做点正行。咱也不能把这一行干一辈子，总要结婚生子的，你媳妇跟你在一起也好几年了吧？”

“嗯，我也无所谓，你不结婚，我绝不结。”阿荣的态度，诚恳得让我接受不了。

“我想咱先开个餐厅或洗衣店之类的先干着，等入门了再干别的，弟兄们也都给安排着做点正事。”

“哥，你想得对着呢，但这些娃们，除了会打架做些偏门邪道，别的又不会，你说一下子转行，这些娃们怎么办？”阿荣的担心不无道理。

“这我也想了，只能安排一些算一些。如果有的还想干老本行，让他们小心一点。我今天给你说的话，你也想一想，争取今年再挣点钱就算了。钱这东西多少是个够，越挣越少。我还希望等到咱们都老了，坐在咱院子的树底下喝着茶，回忆着过去，一个也别少。要是不收手，继续干下去，迟早要出事。花无百日红，人无千日好，该收手时要收手，这才能长久。好，不聊这些了，说点儿别的，你家人最近怎么样……”

在吃饭后，我基本上把生意上的事都交给了阿荣。自己每天沉浸在装修房子的烦恼和期待中，找设计师，买材料，看家具……同时又时常想着等房子装修好后，带惠子来，她看到房子开心的那一刻。每每想到这儿我都会偷偷发笑。时间一天天地过去，从未有过的快乐时常萦绕着我。为了不让她发现，我依然很少晚归。有时看着她我会忍不住地笑起来，她总是莫名其妙，被我这种极其反常的笑容，搞得总以为自己的脸上或身上有什么不对的地方。这让我觉得更加的可笑。我时常想着一家几口在院中玩耍的情景，有时连自己都信了，好像已经有了孩子似的。我喜欢所有人的小孩儿。只要是孩子，不论美丑，总能让我感到很开心。尤其是看到那一张张胖嘟嘟的小脸，就有种想咬一口的冲动。一想到这一天很快就要来到，就嘿嘿……

再过三天就是她的生日了，白天和神经一起去给她挑礼物，跑了一天，左挑右挑都不能使我满意。其实昨天已经选了一天了，最后终于选了一条卡地亚的手链和一条施华洛世奇的水晶手链。我要让她一只手戴一个，把我的爱天天戴在她身上。

晚上忙到很晚才回来，打过电话告诉她我有些事。她现在对我很放心，回去时她已睡了。窗头放着一张纸条：“老公，等你未回，明天要早起，我困了，先睡了。爱你，亲亲。”我坐在床边透过橘黄色的灯光，看着睡梦中惠子的脸，天使般洁净的脸上挂着淡淡的笑意。我静静地注视着，一阵甜蜜涌上来。我想叫醒她，想把礼物戴到她的手腕上，提前告诉她我的快乐，让她和我一起快乐。最终只是留给她一个轻轻的吻。我也带着喜悦进入梦乡。

中午醒来，她已经出去了，床头上换了一张纸条：“老公，我去学校了，看你太困了就不叫你了。我一个人去，晚上在家等我，有事告诉你。爱你，惠子。”

惠子死了，在从学校回来的盘山公路上。两车相撞，翻下山崖，下午六点三十分。我当时正与朋友在吃饭。六点二十她还和我通了电话，说大约两小时后到，让我在家等她，等来的却是一个索命的噩耗。我无法相信这一切是真的，无法抹去最后一个电话在我脑海中的印迹。这几天我不知是怎样度过的。神经带几个人去她家帮忙料理后事。我给她父母打过一个电话，却不知说什么，倒是他们还在安慰我。我把自己关在房子里，昼夜都处在一片黑暗之中。关掉所有的电话，闻着家中残留的惠子的气息。酒精和回忆伴随着干枯的眼睛流出的长长的泪。香烟像黑暗中的萤火虫，发出微弱的光。我的记忆在那蓝色的青烟中快速展开，弥漫整个大脑。死亡离我那么的远，又那么的近。十几年前在我还没真正去了解父亲时，他就被死神无情地带走。当这种残酷渐渐变成一丝阴影，沉淀在记忆深处，让我逐渐淡忘时，惠子的离去又勾起我对它的憎恨和无奈。我的亲人，我的爱人，为什么都离开我？老天爷，我知道你恨我，在惩罚我，为什么不直接让我去死，而让他们去替代我？我是个坏人，但他们不是。他们一生都没做过坏事，为什么要带走他们？惠子还那么年轻，那么善良，却让她如此过早地离去。老天爷，你他妈的到底长没长眼？分不分好坏……

记忆恍惚着记忆，碎片撞击着碎片，墙上及床头上的那一张张照片成了全部的鲜活，我无法去那冰冷的太平间看她，我知道，如果在那里见到她，我将控制不住那长长的泪水和长长的呜咽。我不能让她看到我的脆弱，不想让她看到我的眼泪而难过，我更不愿意看到她一个人孤单单地睡在那里，她晚上习惯搂着我睡。我无法想象她美丽的脸变得没有颜色，她那么爱美。我不相信她走了，也不愿相信。

她还活着，在冲我笑，手中的照片依然……

三天后的清晨，站在镜子旁，镜中的我胡子杂乱无章，肆意丛生，深陷的两眼像两个深不可测的洞穴。酒和泪水让我看起来很憔悴。这是我俩最后一次见面，她喜欢我的整洁和臭美，我不能让她看到我颓废的样子。洗澡，刮脸，涂上淡淡的香水。雪白的衬衣外，套着挺阔的黑色西装，黑色皮鞋被蹲在地上擦了半个小时，光亮得能照到我的身影，但仍然不能掩饰我这张清瘦而惨白的脸。

神经来接我，这是三天来的第一次出门。老天爷也在假惺惺地流着泪。墨镜难以遮挡住悲戚的表情。

"哥，别难过了，想开点。"我窝在车椅中抬手制止了神经的劝慰，不想说话，也不想听任何人讲。一切语言对我都是多余的，雨水断线般冲刷着、冲刷着车窗，风在雨中、在雨中叹息，万物在雨中悲戚。去殡仪馆的路是那么的长又那么的短，我已四天没和惠子见面了，不知她怎么样了，瘦了吗？我渴望见到那个娇柔可爱的身影。我没有感到是去和一个死人告别，有一个鲜活的惠子在我心里。殡仪馆似乎每天都有那么多人，为什么今天不是她送我而是我送她？我后悔那天为什么不陪她一起去呢？如果陪她去，她就不会死了。就算死，也应是我和她一起去，为什么留下我一个人去做这长长的思念……这种不可能的后悔折磨着我，去做这长长的思念。整个送葬仪式在一个肃穆悲伤中进行着。我走到她躺的棺椁前，棺椁内四周堆满了鲜花。她脸上涂着淡淡的胭脂，嘴唇依然娇艳。刘海遮盖着她受伤的前额，脸上挂着一丝微笑，像睡中做着甜美的梦。我抑制住泪流满面，但心里已泪流成河。在众人的注目下，我掏出了送给她的生日礼物，今天是她的生日，我慢慢地、小心翼翼地把两条手链分别戴在她的两只手腕上，今天她收到了这么多鲜花，所以不能没有礼物，尤其是我的礼物。手链在她的腕上发出耀眼的光，她依然是那种淡然的微笑。我知道她能感受到我对她的爱，虽然她现在已不再需要我及我的爱，但我仍要让她知道我爱她，真心地爱过她，没有后悔。她离开了我或者说是我离开了她，她离开了，带走了过去的一切。我也离开了，也带走了有过的一切。所有美好的、悲伤的都彼此留给了对方，带走了该带走的，留下了该留下的。我俯下身子，轻吻着她的唇，没有感到冰冷，只是怕把她吵醒，我不忍把她从甜美的梦中吵醒，我没有感到别人的存在，也没感到她已永远地离开了我。只是觉得她睡着了，睡得很香，香得让我不忍吵醒，因为梦中肯定有我。

在和她父母告别时，她父亲递给我一个本子："这是惠子的日记，我想也许你需要它。"我接过用黄色绢布包裹的本子。娟秀、清雅，有着淡淡的香。

回来坐在酒精和烟味混杂的房间地上，打开台灯。淡黄色的灯光明亮而又温暖地泻我身上，顺手拿起放在茶几上的酒瓶想倒杯酒，却发现几个都是空的。重新打开一瓶黑方，没有了倒在杯里喝的念头，索性拿起瓶子倒进嘴里。小心翼翼地翻开那本日记，熟悉的字体又出现在眼前，随着眼睛一行行地经过，她又出现在眼前。

03年11月3日

今天的凤姐去吃饭了。又碰见那个人，还是那么油腔滑调，但并不招人烦。好像他并不没认出我来。我们一起去蹦迪了，我感觉到他有些喜欢我，但这种人很危险。不知为何？我倒挺喜欢和他在一起的，但只能是一个一般朋友就好了。

03年11月7日

今天他来我们单位了，看到他我竟然有种莫名的激动，还好没让他看出来。他竟然能把那么难缠的老太太打发走，人家还说他好，真是有意思。看他的样子，身边的女孩儿肯定不少。一看就是经常带女孩子出去。以为带我去吃一顿燕窝，我就会喜欢上他。呸，太小看本大小姐了。嗯，不过，他倒真是挺招人喜欢的。

03年11月30日

他吻我了。

送我回家到门口时，他突然地吻了我。我有些不知所措，他的力气很大，但最终还是挣脱了。这难道不是一直以来我想要的吗？唉，不想了，睡觉吧，做个甜蜜的梦，希望他也和我一样做个美梦，梦里有我。

03年12月6日

不知他每天在忙什么？好像永远都那么忙。没见他做什么，但又不得闲？？？昨晚竟然梦到他了，我很担心，担心自己爱上他。

03年12月9日

天出奇的冷，我俩一起去了公园，我知道他不喜欢，但还是陪我去了。到现在还在重温公园里那深情的一吻。那一刻我感觉世界上就剩我们两个了……

没想到现在还有盛开的花，我拍了几张照片，明天洗出来挂上。更没想到他这个大男人，看到这朵花时，竟然也会感动。虽然没说，但我能感受到。哼，你以为你不说，我就看不出来？小样儿。

03年12月17日

今天他陪我进山了，看到那么多孩子，他笑得很无邪。孩子们挺喜欢他，他还给孩子们讲历史故事，真没想到他肚子里还有点儿墨水。以为他只会胡说八道。

04年1月8日

今天，我和他做爱了。这么久，我知道他爱我，我也爱他，但不知为什么，做完后，他突然变得沉默起来。难道他不爱我？只是为了和我睡一觉？我哭了，他又把我搂在怀里，我的泪水更加地失控……

04年3月28日

今天和凤姐出去喝咖啡，她不让我和小瑞在一起，她说他不适合我，我也想过离开他。但如果我真的离开了，他怎么办？看着他一天天地好起来，难道就又真的把他推向原来的生活吗？

04年7月28日

天气出奇的好，和我的心情一样，虽然在住院，有他天天来看来，也忘了病痛的折磨。就是有时候来得太晚，我都睡着了。不过，我在睡梦中也能感觉到他甜蜜的吻。老公，辛苦了，等我好了，一定好好爱你。

05年3月25日

他的胃病又犯了，看着他痛苦的样子，我难过得要哭出来了。明天一定要拉他去检查，这么大的人从不知照顾自己……

05年4月28日

今天去医院做了检查，大夫说我怀孕了。看到化验结果，我忍不住地笑了，笑得停不住。大夫都用奇怪的眼神看着我。从医院出来也一直在笑，感觉今天的天气都与众不同了。我想给小瑞打电话，不知他要知道这个消息，会高兴成什么样子。上次怀孕，不小心掉了，这一次可一定要好好地保护它。我能想象到他听到这个消息时那可爱的样子。平时看到别人的孩子他都爱得不得了，有了自己的孩子，嘿嘿……唉，算了，先不告诉他。让我先偷偷地美两天再说。我走路特别小心，生怕把孩子惊醒了，嘿嘿，其实才两个月，只是一个胚胎，但我依然有种做母亲的甜蜜。

……

我再次潸然泪下，不能自已。

随后的两个月，仍不能相信这个事实。每次电话铃响，都会迫不及待地抓起。最终，现实的失望替代了幻想中的期盼。满脑子都是惠子。昨晚又梦到她了，还是那么美，我搂她、抱她、亲吻她……早晨醒来，下面一片湿漉，一堆黏稠的蛋白质，是昨晚模糊记忆的唯一符号。几乎每天她都出现在我短暂的梦里。

她让我认识了一种全新的生活，我已经开始设计我们的未来，但她却又抛下我一个人走了。我不知道我为什么还活着。在家里把自己囚禁了半个月，我每天看着她的日记和这间房子里的所有记忆。照片、绘画，这些串连我俩几年生活点滴的记忆，墙上的、桌上的……我拿出了所有的照片、绘画一张张地看着、一张张地看着，往事如此的清晰，清晰得让我无法忘记。章节的细枝又如在显微镜下活灵活现。我突然仇恨我竟然有如此超强的记忆力，我仇恨留给我的所有记忆，我要抹去这些令我伤心的记忆。这该死的记忆，我开始一张张地撕碎这些照片，撕碎这些记忆，照片在我愤怒的手中粉碎。但这些粉碎的纸屑又让我不由自主地去努力拼接还原。我不知我在做什么，也不知我想做什么，我恨这些碎片，恨它们带给我的无尽伤悲。我把这些碎片全部丢在马桶里，开始燃烧。我担心如果不烧掉它直接冲走的话，它会死而复活，我看着它们在火苗中化为青烟，我想让这青烟带走我全部的思念。随着青烟的散尽，随着抽水马桶水流的旋转，一切可能看到的记忆都被带走了。我回到卧室无力地躺在床上，看着天花板想整理一下自己混沌而空白的大脑。似乎真的忘记了许多，随着身体在床上的翻转，一张照片，一张我最熟悉的照片，一张令我最多回忆的照片出现在我的眼前。这张床头柜上的照片，无数个夜晚陪伴着我的照片，我烧掉了所有的记忆却没有烧掉这最浓的一笔。我从镜夹中取出它仔细地端详着，看着那张无比熟悉的脸，我拿出了打火机，我不能让它缠着我，我不能留下任何的回忆，看着那红色的火苗在这张照片的下方跳跃徘徊，看惠子冲着我笑的脸，这张唯一能够见证的回忆，我手中的火无力地熄灭，我无法做到消除这唯一的最后的痕迹，就像无法把她从我的脑海里抹去一样。我开始后悔烧掉的那些照片，那些这几年来我俩生活点滴的见证，我把这唯一的照片紧紧地捏在手上，生怕它也会像其他照片一样，灰飞烟灭、无影无踪，生怕它像惠子一样没有任何先兆地抛弃我，让我独自一人去承担这剩下的苦难，没有人再听我的诉说，没有人再同我分享快乐，也没有人再同我一起走过这剩下的日子……我重新躺在床上，把这唯一的思念放在脸旁，思绪纷乱，睡意胡乱地侵入，我在这混乱中睡去。

神经每天来看我，看到我恍惚的样子他也很难受，他总是在寻找一些安慰我的话语，或是陪我静静地坐在那里。我并没有感到语言的沉默有什么不适，倒是觉得所有的语言都是空洞的，我希望全世界的人都变成哑巴，那么这世界就安静了。

今天终于出门了。外面的阳光很灿烂，却无法让我感到一丝的温暖。不知为何，路上见到的每个人都在笑，他们在笑什么？我失去了惠子，他们却幸灾乐祸地嘲笑我。我要杀了他们！

“停车！”我叫着，并在车里寻找着，寻找着可以让我当作利器的任何东西。

“哥，你怎么了？”神经的紧张令我不可思议地生气。

“你他妈的没看到这些人都在笑我吗？他们都在看我的笑话！”我骂着，抑制不住内心的愤怒。

“哥，没人笑，如果有人笑你，我第一个杀了他。你冷静一下。哥，你不能这样，这么多兄弟等着你，你说你现在这个样子，让弟兄们看到都会寒心的。”神经激动而真挚的表情让我茫然。

“我怎么了？我都不知道我怎么了？”

“哥，你要振作一下自己！嫂子已经走了，你不是一个人，有这么多人在关心你，每天他们都在问你怎么样了。哥，唉……”我不知道他为何要如此唉声叹气地无奈。

“走吧，咱俩去洗个澡！”我似乎所有的力气都在刚才的怒骂中耗尽，此刻感到软弱得像根煮熟的面条。

皇宫浴场的桑拿房里热气腾腾。我仍然向炉子里浇着水，房子里所有的人都出去了，我还不停地浇着。炉子发出嗞嗞的声响，凉水也在这一声声嗞嗞中化为一股热气，随之变为一阵阵热浪向我扑来。热浪顺着鼻腔进入腹腔，令我顺畅呼吸变得困难。蒸出的汗水一排排你争我赶地流着，我想蒸干我的记忆，让所有的过去，都随着汗水流逝。

“瑞，最近有事没？”六哥来电话说。

“怎么了？”

“如果没事，咱俩去澳门转转，散散心。”

“也没什么事，就是不想动。”我有气无力地说着。

“在这儿有什么意思，天天给你打电话也不出来。不是哥说你，有些事情想开点，别钻死牛角。我不管，我给你订机票了，今晚咱俩住一起，明天走！”没容我回答他就挂了电话。

早晨十点半到珠海的飞机，三个小时后，抵达拱北海关。过关后，澳门的阿军已在等我们了。阿军是水房帮的，在赌场放数、打码，丽晶和葡京都有兄弟。以前来，如果输光了，都在他这里借，如果朋友来也打电话给他，让他接待。

阿军请我们吃了鸡煲翅，来了一条蛇做成打边炉，蛇胆泡成酒，喝得醺醺然。澳门的夜生活可谓琳琅满目。除了赌博业，色情业也巨发达。有八国联军的艳舞真人秀，各种夜总会、桑拿，以及葡京一楼大厅内几百上千的流莺飞燕。葡京赌场是澳门标志性的建筑，素有东方蒙地卡罗之称，主楼像一个无比巨大的鸟笼，无数的人在这里失去了自由。入口犹如张着血盆大口的虎嘴，吞噬着每份真金白银，天花板上的鱼网状建筑物将入网的鱼儿一网打尽。主楼外部的顶端像一朵朵美丽的花，一圈纯白色的花瓣却暗藏杀机，像十二把锋利的刀，白色花瓣中金色的花蕊充满了金色的针。一阵海风拂过仿佛会引起一阵乱颤，清醒也会被这乱颤的金针一阵乱扎，搞得不再清醒，就连葡京主人何老板家的屋顶也安放着一只无毛可拔的铁公鸡。然而这一切的机关并没有吓倒每天蜂拥而至的赌客，他们依然一如既往地走过虎口，冒着被一网打尽的危险，进入鸟笼来到赌厅。二十四小时灯火辉煌，人声鼎沸。一层除各种世界顶级的名牌服饰，就是袒胸露乳的各类女人对你搔首弄姿，搭讪推销。经过安检，进入赌厅，里面就像一锅滚烫的开水，所有的欲望和贪婪写在每一张脸上，叫喊声，谩骂声，叹息声，老虎机的吞吐声，各种方言，各种表情，各种气味，交汇出一曲交响乐。多少悲欢离合、喜怒哀乐、缠绵悱恻、喋血江湖的动人故事都从这里拉开序幕或落下帷幕。

我没有丝毫赌博的兴趣，不知我那狂怒的兴趣去了哪儿了，我坐在台前全然不知自己做了什么，只是机械性的木然的在“庄”与“闲”之间扔着筹码，只有在剥牌的那一瞬间可以让我忘掉惠子的存在，而那短暂的逃避之后又是无尽的惆怅，有时真实事情的发展就像书上写的一样波澜不惊、没有悬念，情场失意、赌场得意似乎是一种定律。看见眼前越叠越多的筹码，我没有任何喜悦之情，反而失去了继续的心情。我站起来把座位让给了在我身后助威的六哥，我无暇顾及这些筹码的命运，扔下继续应战的六哥自顾自地游荡去了，其实没有任何的目的，只是像一个游魂一样地飘荡。看着这里每个人都感觉是那么的快乐，原本的一张白纸没有任何的意义就因为给他穿上了不同的衣服，刻上了不同的符号，就代表了不同的意义，一张意义上的“钱”就这样产生了。而人们又为这原本无意义的纸，上演着不同的舞台剧。这里的所有人都为它疯狂，可能除我之外，也可能有与我同病相怜的人在这里做着相同的事情。我从二楼下来，转到了一层老虎机厅，闲得实在无聊，坐在一个老虎机旁，开始百无聊赖地投币。随着机器的转动，或是投入的币被这只老虎吞吃，或是发慈悲地把吃下去的吐出那么一点点，让我思绪万千。与我的思绪万千形成强烈对比的是在我身旁坐的一对年轻男女，每次的投币和吐币都会让他们俩欢呼雀跃，激动不已，他们好像是韩国人，说着令我不懂的语言却做着让我理解的动作，他们不时地亲吻着，四目相对，似乎旁边的什么都看不到，也包括在旁的我。我不能，更不想再继续看他们了，但似乎控制不了自己，他们的亲密举动，让我无聊的投币动作都无法进行下去，让我更加地思念我的惠子，看着他们我的心真的会疼，疼得想用自己难过的冰冷去浇灭他们的亲热，但是好像很难，他们炙热的表情令我的心更加的疼痛。我转过头来用眼睛使劲地盯着他俩，像看两个怪物似的目不转睛，我夸张的眼神，那令人害怕的眼神，执着的眼神勾来了两双疑惑而充满恐惧的眼神的回访，我依然执着，执着到他俩相互对视后，手拉手离开我的身旁，我在无法释怀的心情下，目送了这对傻逼的离开直到消失。

两天后去了上海。十六铺码头，地处外滩。每天有几班去普陀的船。第二天我们买了六点钟的特等舱。我在船舱看电视，电视里播放的录像片全都是沉船的、海难的纪录片，搞得我一夜未眠。经过一晚的颠簸，清晨八点到达佛教四大名山之一——普陀山。

这是我和六哥连续第二年来这里。普陀山有个说法：要么不来，要么连续来三年，这样许的愿才会灵。普陀山有三大寺：普济寺、法雨寺、慧济寺。普济寺的香火最旺。在普陀山大酒店稍事休息，我们就去了普济寺。

普济寺门前人潮如涌，每个人都手持香烛，一个个迫不及待地在门前留影，以待回去后对别人说起时留个证物。正在照的人表情厌烦地驱赶着闯入镜头的人，没照的人见缝插针地抢占空当，好像过了这个点，普济寺这三个字将不复存在。进了院门，里面烟雾缭绕，所有的人都在虔诚地跪拜，燃香的铁桶旁真是水泄不通。无数只手，各种香烛，在秉烛跳跃的火苗上对接着，用它的生命点燃这些未曾燃烧的生命，每一烛被燃亮的生命都被赋予无数个愿望，在对大殿四周各路菩萨神仙一一祈求下，然后带着虔诚的人们期待美好愿望得以实现的焦急心情被一一投入香炉之中。我以前相信这些菩萨们，但我现在开始怀疑他们辨别是非的能力，他们既然法力无边就应该知道好坏，为什么让那么多好人去了而留下像我这样的坏人。我看着这么多人来有求于菩萨，神仙菩萨每天见这么多人也不知能否记住。六哥求拜认真而虔诚的神态让我为之动容。我除了为家人祈福求平安外，实在不知再求些什么。去年来时，我曾为我与惠子祈求过幸福，今年却物是人非。她已比我先到了天国，也许我该下地狱。我依然为她请了一个开光的菩萨，写上她的名字和生辰，我知道她在那边也会收到我对她的祝福，我曾答应要和她一起来这里上香。我掏出她的照片，默默地看着，太阳透过婆娑的枝叶泻在我的身上，在她的照片上形成斑驳的倒影，她依然那么美丽、那么年轻，她永远也不会老去。两个明亮的眸子绽放着明亮的光，那么深情地望着我，用她那无与伦比的笑靥。我感到一阵眩晕……

从普陀山回来后，我变得越来越沉默，表情已在我的脸上冻结凝滞。胃中的气体时常向上翻腾，一种想吐的无奈陪伴着回忆，一切都像昨天。时间没有模糊记忆，倒让一些影响记忆的枝节去除，只剩下主干，越罢的清晰真实。这没有遮掩的主干，像把锋利无比的刀，刺痛着我的心。每天都觉得自己很空，像没有填充的稻草人，只有外表，没有内容。无名的愁绪慢慢地延展扩散。回忆，只有痛苦，所有曾有过的甜蜜，也成为无数翻滚的毒蛇在撕咬着。血肉模糊，身上的那张她的照片，和那个写有她名字的菩萨，成为我唯一的慰藉，也是我痛苦的源泉。

在一个无聊的下午，无聊的我开着车，去了无聊的公园，旁边跟着一个同样感觉无聊的神经，也不是今天感觉无聊，而是现在每天都觉得无聊。本是一个漫无目的地开车乱转，却鬼使神差地开到了公园的门前，又莫名其妙地停车、买票走了进去，此时的公园被一片姹紫嫣红所包围，而我的记忆依旧停留在那个寒冷的冬日，虽然我与惠子来过多次，但不能忘记的只有那次。我和神经走着，默不作声，就像当初和惠子一样。同样的漫无目的，所有的景色都变了模样，只有记忆如旧。走到我吻她的那棵树下，也是她被拥入我怀里的那个地方，那棵树已换上了新装，神采奕奕地迎接着我这厢故人。它或许忘记了在它最萧瑟时我们带给它的欢乐，或许它没有忘记，所以今天才满面春风地迎接着我，或是安慰我……我来到了那面墙下，此时有许多小野花在争相怒放，我分不清那个隆冬时分看到的那朵野花，是它们里面哪一朵的前生，或这里的哪一朵是它的后世，我蹲在那里久久地注视着它们，注视着这绽放的笑脸。我想把它们留入镜头，却没有带相机来，我想起惠子在这里坐在地上拍照时那专注的神情，这些花和那个场景再次印在我的脑海里……

三个月来，无法跟别的女人做爱。那种原始的冲动只有在梦中才会清醒，而在梦中永远是一个女人——惠子。我也总会在一阵坚硬的无法抚慰的勃起中，或一阵怅然若失的甜蜜中醒来。几乎每晚惠子都来。我身边那一张张活生生的脸、香艳的身体也无法驱赶惠子的到来。生命的源泉也已习惯了惠子的出现，和别的女人在一起，它好像永远呈睡着的状态。有一晚，和一个女人在一起，用尽各种方法都无法唤醒睡梦中的物件。我努力想忘记过去的一切，尤其是跟惠子的一切，但没法做到。无奈，睡着了，睡梦中却喷了旁边女孩儿一屁股黏稠。我又一次在梦中感到了惠子的体温，而睁开眼看到的却是另一个女人疑惑而不解的眼神……

我再次陷入黑暗中，我不能看到白天的阳光，看到那一张张阳光下的脸，我讨厌人群嘈杂的声音，以及那一张张笑脸。我不知道有什么高兴的事，让每一个我见到的人都笑容洋溢。我想杀死每一个对我笑的人，虚假的伪装的不得已的各种笑容，奸笑，狞笑，尴尬的笑。我全身的鸡皮疙瘩在这些笑声中颤栗。虚假的世界产生虚假的笑，我痛恨这些笑。我再次回到那熟悉的生活，那熟悉的圈子，在这里我能感觉到一丝温暖。我吸食K粉的量越来越大，身材也越来越苗条，我不愿和任何人讲话，每天早晨狂欢节来时都会带一个女孩儿回家。我的大脑处于极度混乱之中，经常把梦中的、想象的和现实的东西混为一谈，让听到的人哑然，瞠目结舌，不知所云。我也对这些听不懂我说话的人暴跳如雷，我已分不清是真实还是幻觉，但我知道他们都想让我死，他们都在看我的笑话。

我曾试图几天不吃饭，看能不能饿死，结果是：四天后我进医院打起点滴了。我一直以来都有一种感觉，“上辈子定是个高鼻子蓝眼睛的人”。很多次做梦，全说的是外文，并且全能听懂。一旦睁眼，又忘得一干二净。除了会说一个thank you和sorry，还有一个no外，把上学老师教的一个不剩地全部还回，似乎我的天性就是不能受人恩惠。

每天都会有许多稀奇古怪的思想占据我的大脑，但我不能让自己的大脑不想这些问题。我从醒来睁开眼，到睡着之前，都在不停地吸着K粉，我的大脑被无数个铁板分割成许多个方格，思想拼命地撞击，也无法突破铁板对它的阻隔，只得在这方块中无尽地徘徊，试图寻找到推倒它的正确答案。各种古怪阴冷的思绪一浪浪涌来，混沌的大脑杂乱无章，陈列无序。飞絮的尘埃迷乱记忆的音符，偶尔露出的面容很快又被落下的尘埃覆盖。碎片，碎片，没有线路的碎片。黑暗中的一支烛火，摇曳，忽明忽暗，在那有限的光圈中投下长长暗影，随即消失，无影无踪……

我独自一人在布满死亡的泥泞中，艰难地爬行着。沉浸的享受已经让我忘记了死亡的存在，我甚至笑得很灿烂。匆匆忙忙地和死亡打着招呼，又匆匆忙忙地与它擦身而过，留下的只是对生命回头的一声叹息。死神近得总是与我如影随形，压得我喘不过气来，又突然会在我一阵飘荡的大笑中无影无踪，我与它似乎并不陌生，但也不是太熟悉，我渴望某天它与我突然地亲密接触，我能想象在那一刻，我在它陌生的面孔上又看到了那似曾相识的表情，那长久以来出现在我脑海里的表情，今天终于实现了。我微笑着看着它那张悲伤而凝重的脸，不！应该微笑而祥和才对。它对自己所看到我这种由来已久的渴望，表示了莫名的质疑，我俩是否已调转了身份？他的表情让我笑得更加灿烂，像一朵盛开的野菊花，不是黄色是黑色。短暂的失态之后，死神终于又恢复了它本来面目。依然凝重、伤悲，向我伸出藏在黑色长袍下那只布满青筋的手，不！是白色长袍下一张温柔白嫩的手。表情转化为殷切自然，殷切得都让我不忍，也无法拒绝它的盛情。我在这种盛情下也伸出了我的手，握着它那只冰凉的手，不，应该是温暖的手。我突然像阵风轻轻地飘了起来，我不会忘记和为我送别的人打个招呼。我看到他们送我时留下的不舍的泪，我没有流泪，我依然保持着我的微笑，一种很久以来梦寐以求的微笑，我没有说再见。在微笑中缓缓地转过头，和那个拉着我的老人，不！应该是一个漂亮的女人才对，缓缓地消失在夜色中，对！沉沉的黑夜中。周围是一片白色的雾霭，切断了我与那些送行人唯一的依恋——眼神。雾霭渐渐散去，那个和我同行的漂亮女人牵着我的手，转头冲我宛然一笑。在那一笑中我认出了她，却又叫不出声来，我的声带突然嘶哑，发不出任何声音。她看出了我的急切，笑得依旧。我试图抓牢那只相拥的手，却只感到空气的存在，在我低头看个究竟的时候，一道刺眼的白光直扑我的双眼。我努力想睁大这无力的双眼，与她抗衡，失声的嗓音在这无力中突显她的不驯，嘶哑中尽显嚎叫的野性。“惠子——”那道白光在这声心声裂肺中黯淡的失色。那与我并肩而行，云雾中对我宛然一笑的美丽女人，却在我这一声撕心裂肺中无影无踪。焦急的心令我左顾右盼，我像一架失重的飞机，从云头直坠而下。我在下坠中拼命地大喊……我醒了，身体被汗水浸透。我又做梦了。

随着时间的推移，惠子出现在我梦中的时候越来越少，我又可以正常地和别的女人做爱了，每天带不同的女人回家。新买的房子装修后，几乎没回去过。我不想回到那个冰冷孤凄的地方，像冰窖。

随后的日子，总觉得有人跟踪我。我甚至不跟任何人在电话里说任何事，仍然感到一种潜在的危险一步步逼近。每一个陌生的脸，多看我一眼都会引起我的警觉和回应。除了神经，似乎身边的每一个人都不再那么可靠，经常在睡梦中惊醒。噩梦常常伴随着一身冷汗和莫名的悸动，脾气也越来越暴躁、古怪。每天回去睡觉，总觉得门没关好，一次又一次地起床检查门锁，无休止地洗手，不洗就看见细菌在蔓延、攀爬。越来越多的怪景象出现在眼前。一次，晚上回家，车开到门口时，我看到了一个鬼。然后对车上所有的人说，却没有人相信。他们说我眼花了，但我确实是看到了。还有一次正在睡觉，突然感觉我旁边的女孩儿变成了鬼，用手死死地卡着我的脖子，让我喘不过气来，快要窒息的感觉，我一下蹦起来，甩掉她压在我胸前的胳膊，伸手在枕头下摸索，差点用压在枕头下的刀杀了她。女孩儿在睡梦中被我一阵手忙脚乱惊醒，抓住我拿刀的手大惊失色，吓得直哭，我才好像清醒过来。

神经带我去看神经大夫了。我就不明白，他为什么显得如此的悲伤和无奈？我又没有死，何况就算死了，又有什么好悲伤的？世界上每天都要死那么多人，剩下的人还不是照样活着，太阳还不是照样升起。如果天上没有太阳只有月亮就好了。最好月亮也不要有，都是黑夜，这样就谁也看不清谁了。那个大夫，也很是他妈的混蛋，我当时都想抽他，看着他长的那张脸就像有病。两头大，中间小，五官倒没有太大毛病，就是因为没特点，叫我看着他竟然找不出一个适合的词语来形容他的长相，却还戴个眼镜装斯文。你说你长得他妈的这么大众，让人看后对你都没印象，还戴什么眼镜？最后他说我有什么精神分裂和妄想症。这是一个什么他妈的狗屁话，还给我开了许多药，并叫我不要再吸食K粉和摇头丸，说再下去就很危险。放他妈的屁！这些大夫就会危言耸听。他们就这样骗钱的，我死不死也不是他说了算的。让我吃他开的药，我才不吃呢，我知道他也想让我死。我觉得神经把我拉到这儿来看病很可笑，其实他应该来看看才对。

回家后，我把给我开的那些乱七八糟的药全部丢进垃圾桶……

飘雪了，大片大片的雪花扬扬洒洒，今年的雪比往年来得快一点，好几年没下过这么大的雪了，整整下了两天。空气中有股甜甜的清爽，眼睛所到之处全是白色。汽车与人都在白色中缓缓移动，不时看到有人在雪地里飞舞，咖啡馆里的暖气热得叫人坐卧不安。

我和六哥、老白几个人在打牌。“小瑞你知道吗？最近不知从哪冲出一帮子嚣张得不得了，砸了几个场子。把小姐拉出去办了不给钱，还打一顿，坏透了！”六哥说着。

“听说了，这货是从哪冒出来的，以前怎么没听说过？”我答道。

“这家伙以前是体校练散打的，判了几年，回来纠集了一帮以前体校的，身体都很好，仗着能踢能打，到处惹是生非。”老白说着。

老白是老江湖。五十多岁，脸上最有特点是他的胡子，呈八字状，看起来很威严。年轻时整天也是打打杀杀的，年龄大了倒成了我们这一行的活档案，没有他不知道的人和事，我一直怀疑他真实身份是不是特务。

不过我倒是他儿子的偶像，他儿子知道我们俩关系好，一天到晚吵着要见我。那一次他老婆在家做好饭我去了，他儿子见了我比见了刘德华还激动，拿出相机跟我合了几张影，兴奋得像吃了摇头丸似的。

“瑞，你那怎么样？”六哥问着。

“没什么事。”

“给弟兄们说小心点！这帮子都是愣头青，没什么规矩。”

“我知道了。”

几天后，英皇的张总打电话给我：“小瑞，你在哪儿呢？”

“什么事？”

“你不忙咱俩下午吃个饭，电话里不好说。”

晚上，在豪门海鲜，张总一脸愁容。

“怎么了，张总？”

“唉，昨晚来了几个人到我办公室，领头的叫‘黑子’。我还没弄清怎么回事，人家一进门就说这个场子以后由他来看。每个月给他们拿3万。”

“你没给他们说我吗？”

“说了。我说这儿有你的股份，我一个人做不了主。谁知这狗日的是个青皮。一帮子全是二十啷当岁，把我气得。讲道理又讲不通，说谁人家又都不认。还说‘你别跟我提什么什么人，我谁也不认得，只认识钱。没钱，天王老子来了我也不认，说给我三天时间考虑，如果到时间不回话，别怪他不给面子。他旁边几个人还骂骂咧咧的。他进办公室跟我说这些时，外面还开了两个包间，里面坐了二十几个，又要酒又要烟，临走一分钱也没给。我把他们送到电梯口，这一伙对咱们的迎宾小姐还动手动脚的。”

“他说三天后还来？”我问道。

“对！”

“行，他再来，你就说同意。但要告诉他，咱这是营业场合，拿了钱就别再来闹事了，也不要再带那么多人来了，把客人都吓跑了，没客人了拿什么给他钱？他如果同意，就让他第二天晚上来拿钱。最好晚点，两三点最合适，剩下事你就不要管了。”

“真的给他们钱？”张总一脸疑惑。

“你放心，他上不了咱的楼。”

三天后的晚上，张总来电话了：“瑞，黑子给我打电话了。我让他一个小时后来拿钱。”

“知道了！”

半小时后，我们开了两辆车，来到了英皇的楼下。

“哥，这怂要是来的人多怎么办？”小杰问道。

“你放心！他肯定不会带太多人，最多三四个。这种人没见过钱，弄点钱不会给大家分的。带这么多人来，他挣啥钱？他一会儿来，先控制住，如果敢反抗就别客气，直接拿枪打翻。”

“嗯，知道了。”

等了大约二十来分钟，一辆出租车停在门口，下来三个人。看其中一个和张总描述的形象一样，脸特别黑，个子有一米八五左右。左眼睑下方有一片红色胎记。这小子下车后大大咧咧地向一楼大厅门前的电梯走去。

我们呈扇形包了过去，这小子刚走到电梯口，回头发现有些不对，嘴里对另两个说着什么。小杰、阿荣已拿着猎枪顶着他了。其他人用砍刀架着剩下的两个。

“好好走，别说话，要不然今天就把你废到这儿了。”小杰说着。

这三个人被分别押到两辆车上，车子一直向南郊火葬场的方向开去。

今晚特别亮，天上一丝云彩都没有，月亮孤独地在跳着独舞，有些不像冬天的夜晚。这小子下来后一声不吭，却带着一脸的桀骜不驯。

“你叫‘黑子’吧？”

“咋，有啥事？”

“你认识我不？”我问道。

他看着我，不在乎地说着：“不认识！”

“好，不认识就好，今天就让你认识一下。听说你最近冲得很猛，谁的面子都不给，今天我也不用你给面子。”我语调很轻松。

小杰用枪抵着他的胸说道：“跪下！”

“要打就打，别说这话，我长这么大，还没给人跪过！”这小子倒还很硬气。

“好，我就喜欢你这种有椽子的人。”我说着，从小杰手里拿过枪，对着他的腿，冷笑着。所有的人都还没反应过来，枪响了。紧随其后是一声凄厉的惨叫“啊……”随即他扑通一声倒在了地上。旁边那两小子此时已吓得全身瑟瑟发抖，扑通扑通地跪倒在地上。

我依然冷笑着，看着他在地上痛苦地翻滚：“现在认识我不？”

“你打死我算了！”这小子大喊着。声音中充满了愤怒与不服。

我把枪递给小杰，嘴里说着：“好！好！”随后从裤子里拿出了一袋K粉，用小拇指挑出，放在鼻子上吸了两下。又把枪从小杰手里拿过来，慢慢对着他另一条腿。深深地吸了口冬夜刺骨的凉气，我把头抬起来，慢慢地转动着脖子。“嘭！”另一声枪响。在寂静的夜中像一声礼炮，又是一阵撕心裂肺的狂喊……我又一次重复着刚才的动作，再次把枪慢慢地移向他的头部，当枪抵到他头部的那一瞬间，他似乎忘了两条腿的疼痛，大喊着：“瑞哥，我错了，我不敢了！”

“哦？原来你认识我？那我倒还挺佩服你的，敢到我的场子要钱。看来还真不是一般人。”我回头看了一眼旁边那两小子，已吓得瘫倒到地上。

“你以为你砸了几个场子就不得了了，没人能治你了。你才混了几天就想翻天了？听说你很能打，现在是什么年代了，我还不相信你的拳头比我的子弹还硬。你听过一句话没有，‘天要让你亡，必先让你狂’。你也狂够了，现在是该亡了。你今天信不信我把你灭了？”我语气平和，冷冷地说道。

他看着我的脸，嘴里不住地回话：“我信，我信！”

“信就好，我就怕谁不信！如果谁不信，我还必须让他信，否则我就对不起他。”我又转到旁边那两个面前，“你两个他妈的，小小的不学好，出来当流氓！以为练过两天，敢拿刀砍人就不得了了。现在十二岁的小孩儿都敢砍人，你俩敢杀人不？”

“不敢，不敢，哥，我们再也不出来混了！”这两个不住地说着。

我用枪顶到其中一个的头上，突然闻到一股骚气，原来这小子吓得尿了一裤子，我没兴趣继续玩儿下去了。

“你俩今天看到什么了？”

“没看到，没看到，什么也没看到。”

“好！如果敢在外面胡说，我找不着你俩，你家人也跑不了。”

我又转向了黑子。

“黑子，今天你回话了，我放了你！你可以去报警，也可以等伤好了，再来找我。把我包拿来！”阿荣拿过包来，我拿出两万块：“这钱你留着看病！钱不够，说话！今天给你钱是我觉得，你是个汉子！可惜你认识我太晚了。好好看病！如果有缘咱俩还能成为朋友。”我转向那俩小子，“你俩一会陪他看病，要是公安局去了，你俩知道该怎么说吧？”

“知道，知道！”

半小时后，把他们三个扔到了医院门口，我们暂时躲了起来。

后来一打听，这小子还真是个浑家，没去报案。我又去了一次医院，又给了两万，一切恢复了正常。

我看着他，那多年一直和我苦苦挣扎的另一个我，灵魂终于离开了他所依附的罪恶肮脏的躯壳，看着我躺在地上，在微笑中痛苦抽搐的我，看着每一张在我身旁无助的脸。

第十章

时间过得飞快，转眼又是一年。在这一年中我的娱乐生活也与时俱进地由摇头丸、K粉变成为冰和麻古，基本每天都是浓烟滚滚，在冰的世界里驰骋冲杀。吸食过后是对女人无限的性的需求，或者说昨夜与我同行的那一个或几个美丽的姑娘与我有着相同的需求。而我与这些女人的媾合总是软与硬之间惆怅，我甚至三天三夜不出门，手中的冰壶在不停地吐纳喘息，激起无数的水泡，变为无数的欲望，而这无数的欲望侵吞我的神经，心中的郁闷随着一口青烟的吐出而无影无踪。

新的一天就在这吞吐之间开始，生活淫乱得让我自己都觉得脸红。但很快就在姑娘们热情似火的呼唤中，放弃了这仅存的一丝羞愧，恢复了动物原有的本能。在这段时间里，衣服对所有人都是多余的，人与动物之间本来就没有区别，唯一的区别已被我脱光弃置一旁。我已不再用大脑考虑问题，只是听从我兄弟的指引，它指挥着我全部的行动。我宣泄着我的欲望，抛弃这世俗的道德廉耻，生命的叫喊在爱欲中迸发。我努力地想忘记什么，又不知要忘记什么，生命成了我唯一能挥霍的东西。日子就这样一天天地过去。

这天城北的“老猪”突然约我吃饭。我和他只是一般关系，这小子因伤害被关了十多年，才出来没两年，就在城北搞得风生水起，各各行业都在插手，挣了些钱，出来进去总是一大帮兄弟跟着。

我和阿荣到王子饭店时“老猪”已到了。人如其名，五大三粗的身体上，扛一个大肉头。五官拧挤在一起，眼睛突兀着，一只硕大的鼻子鹤立其中，像没有发酵好露出肉馅的包子。一年四季短寸发型，几条刀疤像几条长虫爬在上面，显得很是刺眼。一条粗长的黄金项链挂在猪槽头般的脖子上，肆无忌惮地乱晃。萝卜状的手指上夸张地戴着几个钻戒，宽大粗俗的式样倒蛮符合他的气质。

“嗨，哥们儿，好长时间不见了，来来来，快坐坐坐。”他那布满横肉的脸上堆出一丝笑意。

“你是无事不登三宝殿啊，有什么事，说吧？”我递给他一支烟。

“也没什么事，就是好长时间不见，一起吃个饭，来来，喝酒喝酒。”

“听说你最近在城北搞得不错呀？”

“一般，也就刚能吃饱，吃好就谈不上了。不像你，守着市中心，满地都是钱。我今天呢，是想跟你说点小事。”

“说！”

“瑞，哥听说你最近百家乐场子开得不错，你也知道，我们那是城边，油水少，虽说兄弟多，可都是穷弟兄，你看能不能在你的场子上占点股，也好让兄弟们有口饭吃？”

我就说他为什么要请我吃饭，原来是为了分钱来的，虽然这个场子上我说了算，但是毕竟还有好几个股东，现在场子上一切都很顺利，谁又愿意把自己手里的股让出来呢？

“你打算占多少，让我听一下。”

“哈哈，无所谓，这还不是你一句话的事？”

“哈哈，猪哥你可千万不要抬举我啊，首先我要听听你的意思，然后回去和别的股东们商量一下，这可不是我一个人说了算，再说了，如果你占个股，就要天天来，而且还要带‘腿子’（客人），要是带不来腿子，自己就要上去玩，这万一要是输了就不好说，你现在日子过得又不错，又是建材市场，又是水果批发市场，你老哥还能看上这点钱，我还想哪天城里混不下去，去北郊找你。”

“哈哈哈，小瑞你还真会开老哥的玩笑，我这才开口就让你给堵回来了，那就是说不能占股了？”

他的那张猪头皮笑肉不笑，硬挤出一丝笑，偏头看着我，我见过脸皮厚的，没见过比他更厚的，也是老江湖竟然听不出我的意思，好像我说的是希伯来语。

“老哥，你千万不要这样想，要不我把我的股份让给你，刚好我也不想干了，事情又多又不挣钱，每天来的客人多，全欠的是账，你把他们催急了，他们又不来玩了，我正在为这事头疼呢……”

“小瑞，你也太会说了，把老哥我说得都不会说了，算了不说了，来喝酒喝酒……”我能感觉到他很是言不由衷。

吃完饭出来，我总感觉到心里不踏实：“阿荣，你最近注意点儿，让兄弟们多留点儿神，这种老江湖都是笑面虎。”

“哥，他在城北混就可以了，还想到咱这儿搅事，那我看他是活够了。看他年龄大，给他面子把他叫个哥，他还以为他真是哥。”阿荣的满不在乎让我更加的不安。

“小心驶得万年船，还是留个心眼吧。”我进一步叮嘱。

“我知道！”

最近“百家乐”场子生意出奇的好，每天公司都在上水，但我心里总是觉得不自在，不知为什么有一种要出事的感觉，这不下个月还没到，我已经把各个部门打点的钱送了过去，仍觉得空落落的，怕什么来什么，正在这时阿荣给我打来电话：

“哥，场子被人砸了，几个兄弟进了医院正在抢救。”

听到这个消息，我的心反倒踏实了。

“谁做的？”

“好像是城北的老猪。”其实我早就对老猪起了疑心，以我对他的了解，他决不会轻易地让我给说退的，尤其是现在他觉得自己在城北很了不起，在我这给来了个“没按上”（没搭理），心里肯定很不舒服，但他这样明的敢向我开战，倒有些出乎我的意料之外。

“在哪个医院？我马上过来。”

“四院。”四院几乎成了我们业内人士的定点医院，由于它的地理位置就坐落在市中心，医术也不错，又是老牌医院，所以好像只要是负伤的都会在四院，我也一样不能幸免的在那里住过两次院，并且和外科的王主任成了朋友，在去医院的路上我先给王主任打了电话。等我到那里时，小杰、阿荣、老四各带了一帮兄弟已陆续赶到了，急诊室门口挤满了人，负伤的兄弟已被王主任安排进了抢救室，两个轻伤，一个较重，重伤的兄弟手筋断了6根，缝了100多针，医生说可能残了，不过还好送来得及时，要不然命都难保。

“哥，狗日的老猪竟然踩到咱们头上了，这老怂是活够了。”老四骂着。

“别在这里喊，留几个人在这里，其他的人都回去。”我特别讨厌这种咋咋呼呼的样子。

我安排完医院的事后，和阿荣、老四、小杰去“喜来登”开了间房，听他们给我讲了事情的经过。当天开场子时和平时没有什么异样，只是多了几个生面孔。其中一个在玩的过程中就骂骂咧咧的，踹桌子，踩板凳的，有一把牌耍无赖不开牌。荷官催了两句，这小子竟然把牌摔在荷官的脸上，这时场子上的兄弟就不答应了，把这小子拉了出去。准备教训时，不知从哪里一下子冲出来四五十人，把场子上的兄弟直接就打翻了。等里面的人出来时，只剩下3个血肉模糊的兄弟，对方已无踪影。后来那两个受了轻伤的兄弟说，其中的两个就是整天跟着北郊老猪的。很明显这是有计划有预谋的。

就在我们紧锣密鼓地开始寻找老猪时，他竟然还给我打了个电话，说听说我的场子上出事了，问我要不要帮忙，要给我派些兄弟帮助我负责场子上的安全，让我给他一半的股份，胆大妄为到了极致。我笑着告诉他：你年纪也不小了，守着北郊几个批发市场不出事就不错了，有多大肚子吃多少东西，别贪多消化不了把胃伤了，到头来有命挣没命花。最后我俩都彼此“客气”地挂断了电话。

场子还是依旧开着，只是做好了充分的准备，另一方面开始全面寻找老猪。在长达半个月的寻找未果时，这天场子上又收到一个包裹，打开一看竟然是个骨灰盒，里面放着一叠烧纸和几个人名。首当其冲就是我，紧跟其后的就是阿荣、老四。看到这些，所有的人都嗷嗷乱叫，我也是气得快吐血了，阿荣和老四更是气得当时就要拿枪去找老猪。这俩人也是气昏了头，我们天天派人出去寻找都没有下落，他们俩现在去就能找到吗？我一直在告诫自己不要乱了阵脚，要冷静。

过了段时间，打听到老猪的一个兄弟过生日。我做了两手准备。一方面我让人把餐厅监控起来，一旦发现老猪到场，我们就过去。另一方面，我以其人之道还治其人之身，也买了一骨灰盒，而且放了一猪头进去。如果那天没见他，就派人把骨灰盒送到餐厅。果然老猪那天没有来，在其他人晚餐快吃完时，我派人把那个放着猪头的骨灰盒送了进去，我能想象到当他看到盒子后气得发白的猪脸。但老猪这帮人好像从地球上蒸发，每天派出去的兄弟打探，居然没有任何消息。转眼半个月过去了，就在这时我犯了个错误，几乎让我栽了大跟头，幸亏我准确的第六感使我们逃过此劫，但也是损失惨重。那天我突然接到一个陌生电话，没想到居然是老猪，他在电话里说这事是由我俩而起，让我也不用再天天找他了，他让我跟他约个地方见面，如果他把我打了，让我不要再混，我要把他打了，他就退出江湖。我一听这话真是喜出望外，正在为找不到他犯愁呢，他却送上门了，我没多想就一口答应了。

“好，我就喜欢这个样子，你还有点社会大哥的样子，明晚不见不散。”挂了电话我还一直处在兴奋状态，也许是我把他想得太光棍，毕竟混了十几年的老江湖，就没有往深处想。我们约好第二天晚上在东郊世园东路，兄弟们知道后也很兴奋，尤其是阿荣感觉不是去砍人，倒像是去领钱。第二天晚上我们去了六个面包车，我先派人提前到了那里，四周没什么异常，当我们在约好的时间到达约定的地点后，却并没有发现任何人与车，我感到很奇怪，今晚的世园东路和以往一样寂静，路旁光秃秃的树木在冬夜路灯的照射下显得有几分萧瑟，偶尔有一个骑车人从车旁快速地驶过，倒是我们这一排车在这里显得格外扎眼。

“哥，我咋觉得不对，这狗日的不会报警吧？”小杰说着，我也同样感觉到一丝不祥。

“哥，我看你先走，我和阿荣在这里，要是有事我们给你打电话。”说完就把我拉上了车。

“我和老四带些人就在前面的停车场，你们在这里当心点，有事我马上就过来。”我和老四把车子开到了前面不远的停车场，车刚停下，电话就响了。

“哥，你们快走，别过来了，公安把我们包围了。”小杰急促的声音伴随着警车在冬夜发出的刺耳的警笛声传入了我的耳中，预感终于成为现实，我们就因提前几分钟的离开，侥幸从公安局已经撒开的大网中幸免。阿荣和小杰就没有那么幸运了，他们的车子像脱缰的野马，在空旷的马路上和警车展开了拉力赛，警报声，喊话声，汽车在高速行驶时急速的刹车声，在这个夜晚构成了一曲交响乐。当乐曲的最后一个音符停止时，我们的两辆车被警车堵住了，十三个人，十四把刀，其中一个兄弟竟然拿了两把，全部束手就擒，还好重型武器都在我们的车上。我有时就在想，这流氓就是流氓，一个个平时张牙舞爪不可一世的，但在强大的公安机关面前绝对是不堪一击。从这也可以看出来我们生活的这个圈子是多么的脆弱。到了派出所这些被抓的兄弟倒表现出了一些大义凛然的英雄气质，一个个一问三不知，这种回答也难怪我们的民警同志在忙了一整夜之后反问道：“难道你们都是上山打柴的樵夫？可我们这里是城市啊，也没有让你们工作的地方啊？那么你们就是杀猪的屠夫？可是大半夜的你们也不在肉联厂啊？那最后我只能猜测你们是打把式卖艺的，可这是新社会呀，就算练摊时间也早点，地方也偏点啊？如果都不是，那又拿这些刀干什么呢？”

面对公安同志的一再追问，他们都选择了沉默来回答所有的问题，最后有位副所长还说出一段耐人寻味的话：“你说现在的人，学什么不好，要学斧头帮，可人家斧头帮拿的是斧子呀！”看来这位所长是有着丰富的工作经验的，对旧上海时期的流氓构成就很有研究，所幸这个派出所的一把手是我的一个老哥，也就是N年前我第一次被押在台上按住我头的那只大手，现在已经是所长了。在付出两个兄弟被拘留七天和一笔保释金的代价后，其他的人也安然无恙地出来了，而这一切竟然是老猪这个猪头的借刀杀人之计，就连这种人都能熟练使用三十六计，可见中国人是多么的机智。怪不得拿破仑说中国是一只沉睡的雄狮，我在感叹老猪的智慧时，也不得不惊叹他的脸皮之厚，胜过城墙上的砖，竟也全然不顾自己在江湖上的名声，做出这种下三滥的让圈内人唾骂耻笑的事情，要不怎么说江湖乱了，连TM这种人都能当大哥！这件事情表面上是我损失了，但江湖版本就是另一种结果。老猪的名声从此一落千丈，大有被扫地出门之势。

战争依然在继续。一天下午我们几个正在喝茶，阿荣来了，一进门端起茶就喝，脸上的表情既有喜悦兴奋又带失落后悔。

“哥，你知道我刚才碰见谁了？”

“谁呀？”

“老猪。”我一听就来了精神。

“在哪？”我急促地问道。

“南郊，今天我们几个去南郊收账，收完钱刚从公司出来，就看见老猪的车，在对面的一个高档社区门口停着，我们几个过去一看，你猜咋？原来老猪和一个女的在车里坐着，我伸手就去拉门，没想到这老怂竟把车门在里面锁着，他一看到我们马上就发动车，我也赶忙拔刀照着车窗就是一下子，把玻璃砍碎了，这狗日的一脚油就窜了出去，还把我甩了个跟头，他们几个在后面也是一阵乱砍，把车里的女子吓得乱叫，但还是让他跑了，不过看来也把他吓得够呛。”

我听完阿荣的话，心中闷了多日的恶气总算出了一些，但还是有些遗憾，竟然让这狗日的跑了……

“以后出去还是要小心，多带些人，不要让对方给伏击了。”我对阿荣说着。兴奋的同时又多了一分担忧。

“我知道了，哥你放心。”

……

从这件事情以后很长时间，都没有老猪的消息，大约一个月的时间终于发现了老猪的行踪，在北郊的批发市场，发现他开着一辆白色面包车带着七八个人出现了，我们也马上向那边赶去。当我们赶到时，他们的车刚走。我们马不停蹄在太北路终于追上了他们，几辆车在马路上展开了搏杀，我们其中一辆车冲到了前面本想一个急刹车把他们的车拦住，谁知对方没有丝毫要停的意思，冲着我们就撞了过来，要不是阿杰反应快，车技好，非把我们撞翻不可。就这还是把倒车镜给撞飞了，幸亏是晚上，马路上不多的行人仍然被奇怪的一幕所吸引，以为在拍电影。开始几辆车并行，各自从车里伸出几把刀对砍，不同的刀在空中碰撞，在夜色中产生令人激动的火花，夹带着悦耳的丁当声。场面一度混乱到我都不敢使用我手中的猎枪，怕伤到自己的人，杀红眼的老四拿出了自制的炸药包，顺着对方的车窗扔了进去，而对方在一阵手忙脚乱后又扔了回来，幸亏导火索长，这么一折腾给甩灭了。我挤开围在车窗前的兄弟，手中的猎枪开始发挥它的威力，这是一支正宗的美国产“雷明顿”五连发，我伸出半个身子对着他们的车开始了礼炮般的问候。他们的车像疯了一样狂奔，几次险些撞到骑车的路人，而车速却依然不减，让我不得不佩服老猪那超乎寻常的、强烈的求生渴望，渐渐的他甩开了我们，又一次眼睁睁地看着这个狗日的逃脱了。第二天听说我们刚刚离开，公安局防暴队就去了，因没有抓到任何人事情也就悬而不提了。老猪也彻底的没有消息，有人说他去了外地，有人说躲起来了，总之是没有任何人见过他了……随后的一个月是江湖对这件事情的各种演绎。

随着时间的消逝，大家已经开始淡忘此事，而且觉得这件事情已经就此结束。但就在这时，阿荣被伏击了，身上被砍了几十刀，双腿各挨一枪，搞得像变形金刚，差点成了机器零件，也怪他这种无所谓的性格，说了多少次，总是大不咧咧的。昨天晚上他和两个兄弟去酒吧喝酒，喝得晕乎乎的到半夜两点，他让两个兄弟先走了，自己一人回家，刚到家门口，从一辆黑色小车上下来几个人一阵乱刀，最后又拿出猎枪冲着两条腿各打一枪，被送到医院时已经昏迷，经过15小时的抢救总算活了过来，现在全身上下包得像白色的粽子。刚刚醒过来，除了眼睛，全身上下没有一处可以动的地方，他看着坐在床边的我，试图想说些什么，嘴张了张却无力说出，只是用眼睛看着我，我从他的眼神中看到了熟悉的光，我知道他想说什么，复仇的火焰已经全部燃烧了他的大脑。

“你什么也别说，我都知道了，好好养病，别的事我来处理。”他听了我的话，眼神又恢复了无力。

我安排老四每天多留些人在医院，防止老猪再派人来偷袭，并给阿荣的女友留了些钱，如果不够让她随时要。随后的半个月我把老猪的兄弟砍翻了四五个，搞得圈内血雨腥风，所有的人都说我疯了，倒是轮椅厂的生意一下子好了起来，但老猪还是毫无音讯……

阿荣身体好了一点，但还是不能动，每次拉屎拉尿都要好几个人抬着，而每次都痛苦得让人无法想象，一个平时很轻松的事情，对他现在来讲却好像要死了一次，每次看到他痛苦的表情我都很难受，我几乎每天都去医院看他。

“今天怎么样，看着气色不错啊，我刚给你买的红烧大鲍翅，你趁热吃点。”我看着躺在床上的阿荣笑着说道。

“谢谢哥，我好多了，就是胳膊和腿不能动。”

“别想那么多，都会好的。先吃点东西。”

“我不想吃。”

“快吃点，恢复得快。”在阿荣吃饭时我去了医生办公室，医生告诉我恢复的状况不容乐观，一条腿是好不了了，肯定要装假肢。两个胳膊及手的功能也不好恢复，我让医生不要告诉阿荣这些，我怕他一时无法接受这个事实，这就是江湖的代价。从选择这条路开始已经注定会有这么一天，这条路可能是世界上最艰苦的一条路，只有三种结果：1.医院——残废；2.监狱——牢底坐穿；3.飞黄腾达——善始善终。而大多数刚涉入其中的人只看到了第三种结果，而忽视了前两种结果，但往往多数人的命运是前两种结果，只有极少数的、微乎其微、又极其幸运的人才能实现第三种结果。就算是实现了第三种结果的人，也一定经历过前两种结果的一部分。我有时在想，人们更多的是相信看到的东西也就是表象的东西，而忽视了内在事物的本身，或者说人类是一种特别容易忘记的动物，尤其是曾经的痛苦。就是我们常说的记吃不记打，不要说别人发生的痛苦与自己无关，有时就连自己发生的痛苦也忘得一干二净，就算记得也是向别人吹嘘自己的经历时才想起来。也许等到阿荣用假肢走路时，他已经忘记今天所受的痛苦了。可能唯一能让他记住的就是杀了老猪这个人了。在这一点上，我们是同类——有仇不报非君子。

自从惠子走后，我仍坚持每月去一次山里的学校，但每次回来又会让我难过很久。惠子已经很长时间没出现在我的梦里了，但这并不代表白天不会突然出现在我的脑海里。昨天从学校回来以后我接到了六哥的电话，说好久没有见过面约我出去坐坐。当我已到约会的地方“豪门”夜总会的时候，六哥还没有到。我便坐在包间里和夜总会的妈咪张姐聊起了她们的小姐来。

“瑞哥，六哥刚打电话了，说你们要来，我便给你们安排了几个这里最漂亮的小姐。”张姐热情地给我推销着她的产品。这些当妈咪的也不容易，再难看的货色在她们的嘴里都如花似玉，对顾客说着同样的话，好像来的顾客不叫上一个她所说的漂亮小姐，就好像对不起她的一番盛情。

“张姐，我喜欢娇小的，玲珑的，那种高大肥美的就算了。我这人瘦，可吃不消，你这样子就差不多，就是年龄大了点。实在要是找不到合适的，和你凑合凑合也行？”我半真半假地和张姐开着玩笑。

“去你的，没事和你姐开玩笑。我怕我真要去你还不敢呢。”她边说边拿手推了我一下，脸上笑得大方得体，与她的职业匹配。

张姐虽说是个妈咪，但她的长相和装束却和这个职业差之千里。整体斯文中透着干练，一口标准的普通话。四十岁的年龄也遮盖不住她年轻时的漂亮，活泼开朗的性格又平添了几分豪侠之气。她做这个职业真是屈才了。正在我俩继续在玩笑时，六哥进门了。“你俩聊什么呢这么开心？”他带着奇怪的表情看着我们。

“哦，我正跟张姐商量娶她的事呢。”我一脸严肃状。

“啥？你没疯吧？”六哥认真的表情倒让我觉得是他疯了。

“别听他胡说，六哥你们先坐着，我给你们叫人去。”张姐边说边走了。

“你一天就没个正形，还把我吓了一跳，我以为你是High大了到现在还没醒呢。阿荣怎么样？”六哥一边脱着外套一边说着，一会你大哥也来，我给他打了电话可能马上到了。”

“宝山哥。”我重复着。

“那除了他你还有几个大哥？我都不敢说是你大哥。”

“噢！”我应着，宝山哥现在是政协委员，走的路和我截然不同，也从不玩这些东西。

“他又不玩，你叫他来干啥？”我问道。

“我今天有点事让他给我帮忙，再说咱俩也好久没见了，所以一起坐坐，他喝酒。”张姐带了几个小姐进来了，长得倒还可以，有一个女孩简直太矮了，快成侏儒了。

“这你也给我们叫进来，是不是没人了，站着还没我蹲着高。”六哥冲着张姐喊。这女孩一听完这些，气呼呼地转身走了，而她这种没有职业道德的作风，马上引起了六哥的强烈不满，嘴里开始骂着，让张姐把那女孩叫进来，准备采访一下她为什么拂袖离去，张姐赶忙在旁边回“不是”。

“六哥别生气，这也不能怪那女孩，其实这女孩个子也不低，就是膝盖离脚面近了点。”我很认真地说完。六哥一时没反应过来，停了会一下子大笑起来。

“瑞，你现在真是骂人都不带脏字，够损的你。”张姐也是一边笑一边指责我刚刚对她的维护。

“看，这就是你们的不对了，这个子矮也不是自己的错，要怪也只能怪她妈她爸没遗传好，这坐台也没有错，要怪只能怪社会太坏了，这要说错就是不应进咱这个包间，可这也不能怪她呀，这是她们领导给安排的，所以说这主要责任人是张姐而不是那女孩。”我一说完张姐马上拿起杯子一边笑一边说：

“对，对，是我的错。六哥别生气，来，我先喝一杯。”说完一饮而尽。六哥旁边的女孩马上也端起酒杯。

“六哥，别生气，小妹敬你一杯。”

“来给六哥先烧个头板，把老汉的火压一下。”我也在一旁给架着秧子，随着冰壶中水泡咕嘟咕嘟的响声和六哥吐向天空的那一口青烟，刚才的不快也随之而去了。

“瑞，这东西不错。”六哥赞不绝口，跟着那几个女孩也加入了我俩的队伍。就在我们吞云吐雾，满屋冰香麻酥之时，宝山哥来了。在我和他招呼之后，他和六哥两个人坐到一旁说事去了。

我和几个美女，你一板我一板地溜着。现在几乎每天都在搞，没事时就想溜两板。每天那么多的烦心事情，只有玩的时候可以让我暂时忘掉这些烦恼。现在真正能关心我的女人只有点点了，她还是像过去一样无怨无悔地等着我，我爱她更多的是像对妹妹，我也不想去伤害她。但她并没有因为我冷漠的态度而减少对我的爱，现在可能还在家里等着我回去。我也不知为什么，这些年来只有我觉得最孤寂的时候才能想起她。自从这次我俩重新在一起后她几乎每天都在家里，就算我在外面狂散多少天回去她也没有任何怨言。我时常感觉自己自私得要命，对待点点我不能做到对惠子一样，但我愿拿她当惠子的替代品，惠子走了一年多，我还是不能忘记我和她在一起所发生的一切事情，而对点点是更多的对不起她。现在每当在溜冰时脑海里总会出现这两个女人的身影，而时间这个怪兽让我越来越多地开始想点点，惠子的模样也越来越模糊。就在我和女孩们胡说八道说得正开心时，宝山哥和六哥也说完了他们的正事，宝山哥坐到了我的身旁。

“哥，你最近好吗？”我问道。我很长时间没有看到宝山哥了，他现在很忙，而我也是黑白颠倒，总说去看他总是没去，这在一个城市里说近不近，说远还真是远。

“我还好，听说你最近有些事。”宝山哥每次见我关心得总是让我感动。

“也没啥。”我口是心非地应着。

“你现在年龄也不小了，总不能在这条道上混一辈子，要见好就收，有些事忍忍就过去了，我可不愿看到你出什么事情！”他对我的关心让我时常不知怎么回答。

“我知道。”

“你看你现在都瘦成什么样子了，不要再玩这些东西了，对眼睛不好！”

“哥，我知道，我也是心烦才玩的！”他表情严肃得让我不得不严肃对待。

“我不想再看到你玩这些了，希望这是最后一次。我不想看到你搞这些，我先走了，我怕我一会忍不住把它们全给你扔了，让你面子上也挂不住。以后单纯喝酒可以叫我，你再要玩这些东西，最好都不要让我听说。”他强硬的态度加上语重心长的口气竟然让我当时更加的厌烦，所以我无意识地顶撞了他。

“哥，我知道了，你也别再烦了，我以后玩这些绝不会叫你知道，你先走吧！”话说完后我就后悔了，山哥听完我的回答后，用眼睛死死地盯着我半天，我没有敢看他。山哥突然站起来和六哥打了个招呼连我理都没理便离开了。我原本快乐的心情也一下子随着他的不辞而别不知踪迹。

“瑞，你哥给你说什么呢？满脸的不爽。”六哥满脸迷惑。

“他不高兴？我还不高兴呢。你谈事情就谈事情，把他叫来干什么，明知道他不喜欢玩这些，找着让他来骂我的是不……”我一股邪气冲六哥喊道。

“说来说去倒是我不对了。”六哥无奈地回答。我这一乱喊，吓得小姐们个个不敢大声出气。

“你们一个个都发什么愣呢，还不赶紧给你瑞哥把火点起来。”六哥赶忙又打起圆场来。

第二天下午正在吃饭，收到一条信息，是宝山哥发来的，也不知是谁发给他的，他又发给我。看完后令我无言，内容是这样的：“冰和麻古是现代社会生活中的最佳话题，人们在冰坛古穴中上演着不同的角色。哭泣声，欢笑声，叫床声，哀求声，拍打声，恐惧呐喊声，声声不息，声声刺耳。从前到后，人仰马翻。演绎着人与兽的较量；两面三刀，疑心四起，亲朋反目，祸事天降。意志稍差者，精神恍惚，心浮气躁，与人为敌，亲情友情爱情皆失，男人先强后衰，弱不禁风；女人先骚后厌，百病齐发，丧失生育能力，给人们带来意想不到的灾难。哥们儿，姐们儿，觉醒吧，远离高级鸦片吧，不要再做第二代东亚病夫，以上的感悟送给那些沉溺在冰坛古穴的朋友们！放下你们手中的壶吧！珍惜你的家庭和你身边的朋友吧！”

日子每天在吸食冰、麻古和寻找老猪中度过，白天也会不断地让K粉麻醉自己的神经。都说这些东西不上瘾，全是放他妈的屁，是不像海洛因不吸人身体难受，但这心里的瘾也让人产生依赖。每天都处于空虚寂寞之中，只有在这些东西的帮助下才不会那么冷。只是觉得自己的身体也越来越糟了，浑身都莫名的起一些疙瘩，非常的痛痒令人难受。去医院看过，医生也说不上来是什么原因，而我越来越觉得这个社会完了。我已对自己生活的圈子厌恶之极，以及对越来越多像我这样的人感到恶心，我不知道我们这些人对社会的进步都做了什么，唯一的贡献也许就是自愿做这些精神毒品的检验者，而不计任何报酬。我躺在沙发上，不想动，但大脑却在飞速地奔跑着，没有方向感，多愁善感，疑心重重。任何一句话都会让我产生一百种想法，同样我在别人的眼神中也看到了那令我熟悉的猜测，大家在一起玩的时候，似乎都是不分彼此的赤裸相见，可就是隔着这无法蜕去的人皮依旧生活在不同的方格内，你看着我，我看着你。用语言和肢体阐述着对问题的观点，力求做到统一，可结果是越来越糟，第二天问起时全他妈的不记得。我早已分不清哪句话是真，哪句话是假，哪句话该记，哪句话不该记，哪些话该说，哪些话不该说。每个人都在胡说八道，整个社会都在胡说八道，整个世界都在胡说八道。打开电视，翻开报纸，没有一个真实的，所有的人都在挂羊头卖狗肉，所有的人都奔着张爱玲的那句“出名要趁早”而来。“超男”“超女”那是男不男，女不女，那些偶像、巨星全是他妈的让导演和老板得了实惠。所有的人都在煽情，眼泪不值钱得像我家抽水马桶里的水，到处地流。各种奇怪的景象出现在我的脑海中，像断裂碎片纷至沓来：吃了假奶粉的大头娃娃，专做假药的混蛋厂商，坐在台上的高谈腐败的腐败贪官，强奸了学生的小学校长，在虚拟的世界里当美女的芙蓉姐姐，结伙抢劫的未成年，出卖处女膜的少女，让全世界大乱的布什，怎么也不下台的阿扁，非洲饿得半死的难民对一片面包的渴望，迪拜奢华的七星级酒店那艘准备出海远航的游轮……

一阵电话的铃声打碎了我杂乱无章的思绪，是老四打来的，“哥，六哥死了。”他的声音有点激动。我努力想听清楚这句话的含义和我刚才脑海中出现的情景有什么联系。在我一再的追问下和老四一再的重复下终于搞清楚六哥的死了这个事实，是真的死了，离开了这个世界而不是炒作。就是在前天我们玩完分手后，六哥带了两位美女回了他位于高新区的一栋公寓里，在二十八层的屋内开始了他一轮又一轮的与冰的会战，他们兴奋的感觉也达到了极致，他们不停地在宣泄着人性的最本能的欲望。一天一夜，在中间休息的时间，他的思想展开了想象的翅膀，他认为自己是一片落叶，可以从空中安详而自由地飘然落地，他趴在打开的窗子边，看着夜色笼罩下的路灯发出白色的光，好像指引他飘然飞逝的主的呼唤，路上的车子像甲壳虫似的在蒙蒙细雨中穿行。他光着身子对床上的两个美女讲述着他的感觉，说他如果现在下去肯定没有痛苦，绝对是一种解脱。两个美女在极度的运动后正闭上眼睛沉浸在他讲的境界中幻想，很长时间没有再听到那深情的娓娓道来。睁开眼睛已没有发现他的踪影，只有那橘黄色纱幔在风中发出扑扑的声音，她们没有任何的感觉，又闭上眼睛进入冥想的安静之中，直到传来急速的敲门声才惊扰了美女们的幻想。在一阵手忙脚乱的穿衣开门后，从大楼保安的嘴里才知道六哥就像他讲述的那样，像一片树叶从窗子上跳了下去，只是没有飘然落地，而是在地球巨大的引力作用下如飞弹般快速地从二十八层垂直落地，快得可能还没有让他体会到他所想象的那种感觉，就在寂静的人行道上发出一声沉重的声响，血水和雨水在他一丝不挂的身上泼画出一幅美丽的超现实主义的图画。这一声响惊动了大楼巡夜的保安，这才找上楼来。那两个美丽的女人现在正惊魂未定地在接受公安的调查呢。过去六哥跟我在一起HI大了就会对我说活着没有意思，恨不得现在就死等这类话，我于是很奇怪，他为什么跟我有同样的感觉，他看起来不是这种人，我当时还挺讨厌他那个样子，想死也不用说出来，去就是了，何必要对别人说，没想到他真的就去了，还连一件衣服都不用穿。来时赤条条，去也赤条条，确实做到了生不带来死不带去，像一阵风吹过，不曾留下任何青丝，就连名字这个符号也会随着时间在这个世界消失。我又一次感到生命的脆弱，我无法猜测当他最后落地的那一刻是否后悔，我更无从知道他当时有没有感到恐慌，还是真像他说的没有痛苦，是一种解脱。

在我的生活里已经历了太多的死亡威胁和痛失亲人的事情了，每次都会让我产生许多联想，人为什么要活着，活着的理由是那么的复杂和繁琐，死却要单纯多了，六哥走了，安详得好似没有痛苦，却把痛苦留给了活着的人，在落地的那一刻没有来得及去感受痛苦就已经进入了极乐的世界，却把痛苦和恐慌留给了看到他的人，也许是“冰”害了，也许是“冰”拯救了他，这些问题已随着他的离去而不再重要，不过可能很多人就此会离开“冰坛”。这也许就是他离开这个世界最好的理由了，我在心里默默地祝福他“六哥，走好”。随后我一天都没有出门，至于想了些什么，我也说不清楚，就是想陪陪点点，这个可怜的孩子，不知哪天也要为我收尸。

我和老猪的这场架已陆续打了快一年，从冬天打到了夏天转眼又快到秋天。双方各有损伤。阿荣还不能下地走路，每一个兄弟在这个季节都显得特别的狂躁，只要一提到“老猪”这个名字就会引来一片的砍杀声，这天突然接到城北的老江湖胡哥的电话，电话里支支吾吾说不清楚，非要我见面谈。在城北胡哥属于很有资历和名望的，以处事公道、仗义疏财闻名。我与他的关系不错，以前我俩在一格监舍里关过，这些年一直保持着良好的关系，只是他现在年龄大了，又做了正行，已经很少出来了。他平时说话快人快语，今天却磨磨唧唧，倒有些不像他的风格，见面寒暄过后进入主题，原来是老猪知道我与他的关系专门托他来当中间人讲和来了。胡哥不愧是博学多才，从春秋战国开始到抗日战争、解放战争、抗美援朝、中日建交、中美会谈，时间横跨上下五千年，地域广阔到东西半球，总之是冤家易解不宜结，只有永远的利益没有永远的敌人；社会主义经济应以抓经济为主，要文斗不要武斗……

我的大脑在如此飞奔的时间与地理间的纬度和经度上转动、跳跃，来不及认真思索每次战争的得与失，只在胜与败之间寻找最后的答案。在胡哥三寸不烂之舌天南地北时，我脑海里出现了一切三十六计中与此时的情况相吻合的名称，什么瞒天过海，明修栈道，暗渡陈仓，声东击西……以及老猪看着我中计后那张得意洋洋的阴险嘴脸。我没有吭声，只是脑子里想象和预测着可能发生的每一个结果及胡哥在这件事上扮演的什么角色。最后的答案是肯定老猪现在不敢露头，经济方面就出现问题，所以托胡哥出面谈和。看来这小子深知战争是以政治和经济及英勇的军队为基础的，打不过了开始使用外交手段。而胡哥又抹不开面子，为维护他多年的声誉来调和双方的矛盾，使之能够化干戈为玉帛，绝对是以公平、公正为基础，尽量做到双方满意，大家坐下握手言和为目的的。但我不能排除这是老猪的缓兵之计来麻痹我的神经，让我对他掉以轻心。当胡哥最后一句结束语出来时，我才结束了对他不礼貌的思想跑题。

“你觉得我说的怎么样，兄弟？”他语态、神态都是那样的叫我不能随便地说出任何一句不负责任的话。

我思考了一下，很负责任地对他说道：“胡哥，你今天来的意思我全明白了，不管你对老猪怎样，起码我知道你是真为我好，现在这社会别人都是多一事不如少一事。谁还愿意管这种烂事，别说管不上，就是管得上也没人管，全是看笑话看热闹的，你能为兄弟着想我也谢谢你了。”

我一说完胡哥脸上表情不高兴地说道：“你胡说啥呢，你是我兄弟，我不管你谁管你，我是不愿意看着你再出事。”胡哥的话语和表情让每一个初入社会的人都会痛哭流涕。

我克制住内心对他的感激之情说道："胡哥，这样吧，这事我回去和兄弟们商量一下，毕竟受伤的不是我，阿荣还在医院，半年了还下不了地，这事起码得他愿意。这也不是我说一句话就行了，我和老猪也没仇没怨，我只能给你在这表个态，如果兄弟们没怨言，我肯定给你老哥这个面子，这件事就算了，你看怎么样？"我态度诚恳得让所有见到我的人都会觉得应该这样。

"好，瑞，那明天我给你打个电话，咱俩再见面，我就先走了还有点事。"

"咱俩吃个饭再走嘛！"我挽留着胡哥。

"不了，真有事。等这事情完了再吃也不迟。"

胡哥走后我把老四、小杰、肥羊、韩飘等几个主要兄弟都叫来了。"最近什么情况，发现老猪的行踪没有？"我问着在座的每一个人。

"老猪一帮人失踪了。我天天派人在他们家附近盯着，就是不见人。"老四说着。

"我今天把你们叫来，就是商量这件事，现在这样子下去也不是办法，他防着咱找，咱们也得防他，他不闪面，成了咱在明他在暗。我想这样，不如先和解。"

"就这样算了？阿荣不是白挨了！再说这件事传出去好像是咱怕他了。"肥羊说着。

"阿荣那儿，你们不用管，至于咱们是否害怕他，我想别人也不会这样去想。"大家的沉默让我感觉到心里都很不愿意。

"不是我要和他谈，是他要和咱们谈，他托城北的胡哥今天来找我了。"我把今天的情况进一步给大家说了一下。

"你们看怎么办？"我问道。

"绝不能就这样就算了，要不然也没法给阿荣交待。"老四说完看着我。

"这也是我想的，但现在这种情况对咱们比较有利，我这个想法不知道你们是咋看的。"我若有所思地看着老四。

"哥，你说我听你的，你说咋办就咋办。"

"那好，你们先回去，最近都不要有什么举动，等我消息。老四你留下。"其他人走后，只剩下我和老四。

“老四，你说这事该咋办？”

“哥，反正我觉得不能这么算了。”他用不解的表情看着我。

“你觉得像老猪这种人砍几刀能解决问题吗？”我问道。

他回答：“不行。”

“那你说应该做到哪一步才行？”我进一步地追问道。

“把那狗日的灭了。”老四一脸愤怒。

“他每天带一帮人出出进进，身上肯定也带着家伙，你想灭他，他还想灭咱呢，这小子关了十多年，一出来就在城北横行霸道，靠的就是心毒手辣，表面笑嘻嘻，背后捅刀子，你真心想跟他了事，他都不一定跟你完。”

“哥，那你为什么还和他谈？”老四对我的话更加不解。

“兄弟，现在告诉你，我的真实想法，我的意思是先和解，你暗中派人把老猪的行踪搞清楚。知道的人越少越好，咱们表面和他和解，等他放松警惕一次把他灭了，到时候咱俩去，你敢不敢？”

“哥，你说的什么话，你都亲自去我还有什么害怕的？”

“好，兄弟你先把前面的事办好，但这件事决不能声张，不能透露任何风声，仅限你我知道。”我认真地叮嘱着老四。

“哥，你放心吧，我没认错哥，你也不会认错兄弟。”老四话语有些激动。

“走，咱们俩一起去医院看看阿荣去。”我拍着老四的肩膀说着。

随后我俩一起去了医院，在路上我突然担心老四会对阿荣说起，又再次提醒了他。

“老四，一会见了阿荣别提咱俩说过的事。”“我知道，哥。”

到了医院，进了白色的病房，阿荣靠在床头，女朋友正在给他削苹果吃。除了双腿还不能动，上半身已经差不多了，看到我们进来赶忙招呼他女朋友也赶忙拿凳子。

“哥，你坐。”

“嗯，没事。今天怎么样？”

“好多了，就是腿还没有知觉，哥，我出院后要不剁了这狗日的，我誓不为人。”阿荣的情绪总是很激动，我用眼睛看了他女朋友一眼，又看了一下门。他反应过来。

“子梅，你先出去，我和咱哥说点事。”

“哥，你先坐着，我下楼去买点东西。”阿荣的女朋友很懂事。

“好，你忙。”跟着，我让房间里的其他兄弟也出去了，我表情严肃地看着阿荣没吭声，看得他有些丈二和尚摸不着头脑。

“哥，咋了？”他有些懵。

“我希望从今天起像刚才那样的话再不要说，你现在就做一件事，好好养伤。哥不管做什么事，不管别人对你说什么都希望你相信我，不要乱想。以后所有一切与报仇有关的话都不要再提了，听到没？”

“哥，你这是什么意思？”阿荣不解疑惑的眼神看看我又看看老四。

“你不用问什么意思，只管照我的话去做，你相信哥不会害你，也不会不管你，咱们是亲如手足的兄弟就行了。”我尽量想把话说明白让他清楚。

“哦。”他还是满脸的疑惑。

“阿荣，你就放心吧。照咱哥说的去做，咱哥是啥人你还不清楚？”老四在旁边宽慰着阿荣。我们又闲聊了一些别的，他女朋友回来我们就走了。

第二天和胡哥的见面基本上就按他和解的提议达成共识，只是在阿荣医药费及相关损失的具体数字上来回地商榷了几个回合，最后也都取得高度统一，剩下的就是我与老猪见面在双方制定的协议上签字盖章了，也就是我们传统意义上的聊天喝酒，相逢一笑泯恩仇。

三日后晚上金色年华夜总会，大约九点左右老猪带百十个兄弟来了，个个怀揣利刃，如临大敌，我们也是全副武装，虽然没有来那么多人，但也武装到牙齿。胡哥也带来了一帮自己的兄弟，他看起来比我们还要紧张，老猪依然是一副笑面虎的样子。我们三个向包间走去，外面的气氛异常紧张。大厅里、过道里、大门口都站满了人，笑容对这里每个人都是多余的，一个个横眉冷对，凶神恶煞的眼睛，盯着所有的在场的自己不认识的人，随时准备扑过去撕碎对方，战争一触即发，整个夜总会像一个大的弹药库，谁不小心打了个喷嚏都可以引发一场无法控制的爆炸。在我们包间门口的各路人马都密切关注着里面的动静，或者透过窗上的玻璃时不时地看着里面的情况，我们里面的说话每个字符、音量的高低都影响着外面每个人的神经系统。

“今天把你俩叫来，你俩都能给我老东西面子，我就说两句。”胡哥很谦虚地说着。

“你俩都是我的好兄弟。有什么事不能好好说，打什么架，现在都什么年代了，还你砍我杀。我把话说清楚，今天谁要是找事，就是不给我面子，我也不给他面子。现在你俩有什么恩仇就说开，说开了就是好兄弟。”

“猪哥，你对兄弟有什么意见你先说，兄弟做得不对的地方一定改。我年龄小，不懂事，有什么得罪老哥的地方还望你明说。”我笑着跟没事人一样看着老猪说道。

“瑞，你千万别这样说，我也是白吃了几年干饭，比你年长几岁罢了，还是你说看老哥哪里做得不对，老哥一定改。”老猪的笑容，无邪得不比我的差，不知道的人还以为我们是几年没见的老兄弟呢，今天终于欢聚一堂了，两人的脸上都灿烂得像盛开的向日葵，比梵高笔下的那朵还鲜亮。

“还是你先说吧，猪哥，年龄大就是资本嘛，再说尊重老的爱护小的，是我做人的基本原则。”我俩这种你来我往，逢场作戏的表演可以和任何一个奥斯卡获奖者媲美，就在我俩你推我让之时，胡哥实在有些看不过去了。

“我说你俩能不能爽快点，就这事情谁先说不都一样嘛，说你俩不客气吧，就你扔炸药包，他用枪打人。一说客气倒是连一句话都说不出来了，出来混不就是为了日子过得好一点，何必结这冤呢？今天你俩能说好是给我面子啊，不能说好，我马上走！反正我也老了，你俩看！！”

“好，胡哥，你老快人快语，我小瑞也不是那墩不展的人，我就先说两句。猪哥你说咱俩以前关系不错，你想在我场子上占股，我给你说得很明白，也是怕你在我这赔钱，可你倒好直接把我的场子砸了，人打伤好几个到现在还下不了床，阿荣是我最好的兄弟，你的人把他打残了，你说你做得是不是过了！当然你我今天来的目的不是说这些没用的，但你总要给我说个理由吧，也好让我给兄弟们一个交代，或者说兄弟我是哪点亏了你，也让我明白一下。”

“瑞，这件事你有点误会我，砸你的场子不是我让他们去的，我根本就不知道，等我知道后，把他们臭骂一顿，本来准备出来坐坐给你个解释，还没来得及见你，你就动手了，不仅把我的车砸了，把我的人打了，还差点要了我的命，这你也是不打算让我混了。”老猪一顿说，好像真成了我的不对。

“现在你俩都不要说那些不打粮食的话，过去都过去了，说说以后准备怎么办，难道要打一辈子？”胡哥在一旁说着。

“瑞，不说了，就当哥哥我不对，阿荣的医药费我认，以后咱俩还是好兄弟。有用的着老哥的地方，你尽管打招呼。”老猪豪爽得让我以为认错了人，这越发引起了我的怀疑。

“好，猪哥你都这么说了，我也没啥说的，就这么定了，改天我请你吃饭。”话音刚落，胡哥就不失时机地端起了酒杯。

“来，喝了这杯酒这件事就算过去了，以后大家合作共同发财，干了。”当我们举杯一饮而尽时，外面也解除了警报，每个人的神经也松弛了下来，第二天胡哥把阿荣的医药费拿来了，老猪又像以前一样到处张牙舞爪，一切似乎都皆大欢喜。

事情的发展正如我怀疑的那样，这次谈和正是老猪的缓兵之计，从和解以后我一直没有放松对老猪的警惕，老四也全方位跟踪了解他的一举一动和他的落脚点，并且给他身边安插了钉子。果然这老怂有次喝多酒后对别人说，让我最多再活半年，我就知道他不会就此善罢甘休，不了了之，我开始抓紧收拾他之前的多项准备工作了。

今天天气格外的舒服，金秋十月，天高气爽，我突然觉得该去看看惠子了，好久没去看她了，我和神经开着车子去了南郊的墓地，在一排排林立的墓碑中，惠子依然笑得那么纯真无邪。碑前很干净，可能是有人来过或是看墓的老人打扫过。我把手中火红的玫瑰花放在她的前面，蹲下久久地注视着碑上她的照片，多么熟悉的一张脸。我掏了一支烟点上慢慢地抽着。一团烟雾挡住了我的视线，我用力驱赶着这阻碍我视觉的青障。心里很平静，因为我知道我很快就要和她见面了。我冲着她的照片自言自语地说着，说着我们的以前，说着她走后我的情况，没有任何保留，说着她刚离开我时的阳痿，到现在的吸冰和麻古，与各种女人混乱的生活，以及点点对我很好，但我却总是对不起她……

我告诉她我很快就要和她见面了，希望她到时不要嫌弃我，我喋喋不休地对她说着这些令站在身旁的神经更加神经的话，他用疑惑的眼睛看着我，但这并不能阻止我说我想说的话，我知道自己在说什么，但他是不会明白的。在回来的路上，我对神经说了很多话，包括我小时候的许多事，我说请他吃饭，就我们俩人好好吃顿饭，聊聊天。神经跟我这么多年，我知道他跟我不一样，他本不属于我们这个世界，更不应在这个世界里飘摇。要做正行一定会成功，他好学。我俩来到了香港大鲍翅酒楼，要了一个清雅的包间。

“兄弟，你跟我在一起十多年了吧？”

“嗯，十二年了。”

“从今天起，你不要再给我开车了。”

“为什么？”他神色惊异。

“这么多年，我把你当亲兄弟看，虽然没让你给我干什么事，但我知道，你心里是爱哥的。我经常想到那一次我被人砍了，在医院进手术室前，我满身血肉模糊，冲着你眨眼睛笑，你看着哥，眼泪流下来的场景。人有时候是一种感觉，也许一辈子在一起什么也没做。但我知道，如果只剩我们俩时遇到危险，你绝对会冲到我前面的。有些人可能做了许多事，但真剩两个人遇到危险时就变了。”他看着我，很茫然，不知我说这些是什么意思。

“来，咱俩今天好好喝一回。这么多年，好像咱俩还没单独像今天这个样子。你是亲眼看着哥怎样一步步走到今天的。其实我经常想这一辈子也值了，该享的福享了，该受的罪也受了。十六岁第一次进监狱，前后也进了好几次，以后死也不会再让自己进去了。虽然在里面相对混得还不错，但一想到闻不到自由的空气，我就会疯的。仅仅一道墙，那就是两个世界，两种空气。”

“哥，你今天好好的，说这干吗？现在不是都好好的吗？”

“哼哼，是不错。”我冷笑着。

“这些年在社会上混，我靠的是什么？在我第一次被人砍过之后，我就发誓：如果别人砍我一刀，我就要回他十刀；他剁我一只手，我就要他的命。人生谁不是一死，只是活着的人赋予死亡不同的名称，也就有了不同的意义，其实实质都是一样的。结果都是死！我早就看透了。我有时候一直认为我就是上帝派到人间的使者，我活着就是为了送那些该回到上帝身边的人回去，我把他们送走了，我也就该回去了。如果不幸我先让别人搞死了，那他就是上帝的使者，他的职责就是先送我回去。”

“哥，你今天到底怎么了，老说这些？”神经的脸上越显得糊涂。

“没事，只是想跟你聊聊，你心里对哥好，我都知道。你和我去看病，认为我神经了，别人可能也这样认为。我告诉你，我不糊涂，我什么都明白。我知道许多人和我在一起害怕我，觉得我是个疯子。包括社会上一些人，表面上给我面子，实际心里恨不得我去死！哼！不管别人怎么说我，那都是不相关的人，我唯一值得自豪的是：对自己的家人及朋友没有做过什么对不起的事，要说有遗憾，那就是我爸在的时候我总是不听话，惹他老人家生气，还没来得及报答他的养育之恩，他又那么早地先去了。他刚走那几年，我经常梦到他，一喝醉就哭，觉得对不起他老人家。这也是为什么这十多年我从不让老娘生气的原因。这人呀，就是这样。活着的时候不知道珍惜，但没了，才知道后悔来不及。所以说，老人活着对他们好点。就算人走了，一滴眼泪不流也无憾啊！

“要是我哪天不在了，你替我去看看老妈，陪她老人家说说话，也不枉我兄弟一场，另外点点这娃也不错，能帮忙就多费心。”

“哥，你到底怎么了，老说这些怪话，又不让我给你开车，为什么？”

“唉，光说这些，把正事忘了。前几天盘了个餐厅，位置不错，就是原来的老板不会经营，我用你的名字把合同签了，厨师我也在成都找好了。最近你就把那里重新装修一下，去当老板吧。好好干！以后哥有个什么事，你经常回家替我把老娘看看，我也就知足了。给，这是合同。”

“哥……”神经的声音呜咽着，低下头，用手揉着眼睛。

“行了，行了，让你去当老板又不是生离死别！另外，哥给你看了一套房子，把首期付了。以后有个餐厅也能分期付款。就算我不在了，你也能照顾自己。”

“哥，你别说了。”神经深深地埋下了头。

“好好，不说了，吃饭吃饭……”

随后的时间里老四也把老猪的行踪打听得一清二楚。在这段时间里我尽量陪着点点。我非常清楚陪不了多久了。在我和老四去找老猪的头两天，我故意找茬把她赶走。她委屈的表情让我不忍多看。她眼里充满了哀怨，说算她自己瞎了眼，说我就不是人，是个木头都可能被感化。就当我们俩从来都不认识过，永远都不想再看到我。我任由她宣泄着长久以来的压抑。没有多说一句话。

第二天我和老四准备动手了，两个月以来通过对老猪的踩点，发现这小子不管平时怎样，每个星期肯定要回家陪女儿，也只有这一天不前呼后拥地带一帮人，晚上在家里住，而且他们家偏僻，便于下手。

这天照例是星期天，天气异常的暖和，万里的晴空上飘着朵朵白云，清雅的蓝感染着天空。空气的清晰度让这个城市的一切尽收眼底。太阳开心看着这一切，没有一丝寒意。大约下午五点，我和老四拿着两把枪，一长一短，开着一辆贼车到了老猪的家门口。这里果真偏僻。独门独户的一个小院，能在城里找到这样的一个地方现在已经很难了，看来这小子还很懂生活。时间在一分一分过去，太阳已渐渐地开始了西沉，而老猪还没有出现。

“哥，这狗日的咋回事，会不会有变？”老四显得焦躁不安。

“再等等。”夜色完全笼罩而老猪似乎没有回来的意思。

“按以往的情况，这狗日的早该回来了。会不会有事不回来了？”老四的想法倒是跟我很相似，难道这狗日的命不该绝？我心里泛起嘀咕。

这时天气忽然变了起来，乌云遮住了星星的脸，月亮躲在云的背后，西北风开始唱歌，这变幻莫测的天也使我有些不安。我俩打开车窗抽了支烟，这时突然发现，开始飘雪花了，雪花一片片地落在车窗上，眨眼间洁白的雪花又化为一滴水印，没了美丽的衣衫。

雪越来越大，本来僻静的街道更没了人的气息，只有偶尔经过的车灯投下的白光，一下子又消失在茫茫之中。这时已经到晚上十点多了，就在我俩都已失去耐性即将放弃的时候，一辆车从我俩后面缓缓地驶来并且慢慢地打着右转向，向人行道驶来，我俩同时变得兴奋起来，我们缩坐在车座上，睁大眼睛努力看清楚即将从车上下来的人和车牌号，果然是老猪的车。我掏出那把五四，老四也掏出雷明顿。

车停了。先下来的是一个高挑的女人，在他们家门前那点灰暗的路灯的包裹下可以看出有几分姿色，跟着下来的是个十二三岁的小女孩，那是老猪的女儿。她在那里叫着爸爸快点，最后下来的就是我日思夜想再熟悉不过的那张猪脸。老猪下来后拉住向他走来的女儿，他老婆走在最前面去开小院门。

我和老四快速下车，端起手中的枪向老猪靠近。他还沉浸在与女儿的快乐中，丝毫就没有感觉到这近在眼前的危险。离他还有几步之遥时，他女儿回过了头，借着微弱的灯光我看到了他女儿那张纯洁无瑕的脸，美丽得让人心动。如果不是猪头领着，我根本无法和老猪画上等号。她用一种疑惑的眼神看着我俩这两张戴着口罩的面孔，也许就没有看清或是就算看清也无法记起我们的五官。我犹豫了一下，这时老猪也感到身后的动静回过头来，当看到拿枪的我和老四时，眼里露出了惊恐。我没有再犹豫，扣动了手中的扳机。几乎同时老四的五连发也喷出了枪火，老猪那张惊恐万分的脸上带着一种不相信的神情倒在了地上。

刚刚积起的雪被血映得鲜红，我俩又冲着倒地的老猪补了几枪。枪声惊动了前面开门的老猪的老婆，她在这寂静的冬夜发出了凄厉的尖叫。叫声划过夜空传得很远，四周的一切仿佛也颤抖起来。他女儿吓得已忘记了一切，只是呆呆地站在那里看着发生的一切。五声枪响后，我俩迅速上车离开了现场，只有号啕大哭的女人和呆若木鸡的女儿留在了那里。

第二天我去了医院。

“哥，我听说‘狗熊’让拿枪打死了，打成马蜂窝了？”阿荣眼睛里透着亮，激动地说着。

“以后不要再提这件事了，把我以前说的话都忘了！”

我没有任何兴奋的感觉，倒觉得心里很堵，平淡的语气让阿荣也失去了说话的激情，我不想提起这件事，哪怕是一个字都不愿再提，说不清为什么，既没有该来的恐惧也没有得手后的兴奋，有的只是一种说不清的堵。

“我知道，哥……”阿荣还想说什么，我打断了他的话。

“别说了，都过去了，好好养伤。”

从医院出来，有一种说不出的沉重与轻松。太阳毫不吝啬地照在身上，我却感到一丝寒意，打了一个冷颤。一种奇怪的感觉从心头掠过，我看到老猪女儿那张呆若木鸡的脸。那张让人为之动容的脸，让我心堵得慌，我竟然想：这个失去父亲，亲眼目睹他躺在血泊中的孩子未来会怎样？我没有觉得老猪不该死，只是他的女儿让我有了忏悔之心，若有可能我宁愿抚养她长大、读书。我心里堵得更加厉害。

这几天没有出门，把自己关在屋里，放下厚重的窗帘，挡住所有的光，躲在黑色之中，躲过了所有人的目光，却无法躲过心灵的注视，眼前总是浮现老猪他女儿那张纯洁的脸……

随后的日子每天都在做梦，本来就少得可怜的觉常常被噩梦惊醒，以致我无法入睡，有时小憩一会儿也会出现稀奇古怪的梦，我只能依靠毒品帮我驱赶内心的恐慌。至今我也不认为打死老猪是错的，这种人该死，死一个社会就会好点，活着只能害人。再说如果我不打死他，哪一天也肯定会被他打死。只是我无法闭上眼睛，只要闭上就会出现他女儿那张纯洁无辜的脸，和那双惊恐而茫然的双眼在盯着我。这个他妈的老猪竟然有这样的女儿，不知他上辈子积了什么德、又和我有什么恨？但每当我一想到阿荣，或去医院看到阿荣那个活死人的样子，我就感到老猪这个小子死有余辜。我不知道怎么会产生这么多的想法，主要是这么多的负罪感，我为谁负罪？肯定不是老猪，但他女儿那张脸却总是折磨着我，我怎会有如此多的不安？我也不知道如果惠子在，我还会不会做出这件事来，也许还会做，否则无法向兄弟交待。我每天寝食不安，处于这种激烈的矛盾之中……

老猪的死轰动了整个江湖，也惊动了各级领导和公安部门，全民都行动起来寻找破案线索。这天山哥给我打电话说找我有事，电话不便说让我去他办公室，到了办公室他正在等我，从他那严肃的表情我知道事情肯定不好。

“小瑞，老猪死了你知道吗？”他一开口我就知道是什么情况了。

“我知道。”我装作很平常的样子。

“和你有关吗？”他的我问话让我更觉得事情的严重性。

“和我没关系。”我保持着平静。

“那就好，不过我告诉你，你已经上了市局的黑名单，现在已经开始侦查了，你的手机可能已经被监听，只要不是你干的我就放心了。”山哥的话中透出一丝疑惑。

“哦！你怎么知道的？”我心里一紧张语气也跟着紧张起来。

“今天中午我和几个领导吃饭听到的。我一直打你电话，你没开机我以为……”山哥终于没有说出后面想说的话，我依然没有吭声。

“如果和你没关系，我也建议你出去转转，别老在这里晃悠。现在这个时期如果抓进去就难办了。等到案子破了你再回来，省得麻烦。还有你也少搞点那东西，你看看你现在脸色都发青了，瘦成什么样子，人不人鬼不鬼，再这样下去就毁了。”

“我知道了。”听他说完这些我已无心再坐下去，寒暄了几句之后我说有事就先走了。

随后的日子，我总觉得有人跟踪我，我甚至不跟任何人在电话里说任何事，仍然感到一种潜在的危险在一步步逼近。每一张陌生的脸，多看我一眼都会引起我的警觉和回应。除了神经，似乎身边的每一个人都不再那么可靠。经常在睡梦中惊醒，噩梦伴随着一身冷汗和莫名的悸动，脾气也越来越暴躁、古怪。

我不知道公安什么时候能找到我，我也不知道我还能活多久，今天就要过完了，也是今年的最后一天，明天就是新的一年。

晚上英皇总套。到处弥漫着一股腐烂的味道。幽蓝、昏暗的灯光，女人微醉的神态，迷离的眼神，濒临死亡的绝望，渴望性的抚慰。猩红色的沙发，熊熊燃烧着欲望。糜烂气息的残喘，火苗在跳动，心灵冲撞的岩浆，寻找记忆的出口。墙上一幅出浴图，烟雾迷蒙。白色的乳房在缭绕中膨胀，丰腴的肥臀，在朦胧中留下一抹光韵。想入非非的靡靡之音，低沉的节奏敲击着欲将平静的心灵。白色的酒杯盛放白色的液体，透过蓝色产生蓝色的记忆。摇转杯子，蓝色的冰块在环绕中，在玻璃的磨擦中，在清脆的跳跃中，化为大西洋湛蓝的海水，淹没无数章鱼的肢须。沉睡中的火山被唤醒，被温暖裹住。柔软的舌，将火燃得更旺。身体无力抵抗，在嚎叫中窒息。

我在这种氛围中沉醉，一个人悄然来到我的身旁，迷乱中听到一个来自地狱的声音，敲碎我甜蜜的梦。

“瑞哥，阿荣下午在医院也被带走了，好像在找枪，听说与‘老猪’的死有关。”

“什么？”我努力想睁大蒙眬的双眼，试图再听得清晰些，他又说了一遍。“好，我知道了。”

我挣扎着想坐起来，但是失败了。一阵电话铃声滴滴作响，像午夜敲响的丧钟，一闪一闪的灯光犹如坟场亦明亦暗的鬼火。

“瑞哥，信息。”小杰把电话递给我。我的眼睛在手机液晶面板上看到一行模糊的字：“哥，外面下雪了，很大，愿这场雪带去我新年的祝福，新年快乐！明天餐厅开业，别忘了早点来。弟，神经。”

突然一阵眩晕像一道闪电在我的大脑中凝固、融化、飘散开来……心脏像狂奔的野马发出野性的嘶鸣，整个房子天旋地转，我努力地站了起来，直接从房中冲了出去。

“哥，你干什么去？”小杰他们在后面喊着，我没有理会对我的任何呼唤，把目瞪口呆留给房间里的每一个人，向电梯冲去，在电梯口小杰追上了我，一把抓住我的手问我去哪里。我没有开腔，只是甩掉那只拉住我的手，上了电梯。我不允许任何人跟着我，对着站在电梯外的那一张张木然无措的脸，在电梯门关闭的那一瞬间把微笑留给他们。

我走出电梯，两腿在大脑的抽象中飘浮不定左右晃动。出大门，外面已是白茫茫一片，我忘记自己只穿了件衬衣，衬衣在寒风中扑扑作响，我有种欲飞的感觉。坐进车里，发动车子，后面小杰他们也追了出来，一脚油门，车子像疯了一样冲了出去，差点撞上路旁的树。我在漫天的雪花中狂奔，我打开车子的天窗呼吸着寒冷的空气，雪一片一片从天窗中飘入，又被车里的暖风融化。我把车开上了二环路，脚使劲地踩着油门，恨不能把脚伸进油箱里，向神经的餐厅方向驶去。

青灰色的水泥路面已被白雪覆盖，前面驶过的车子在白雪上留下了两条污迹，我沿着污迹奔跑。冷冷的风让我有些清醒，我一边驾驶一边掏出放在车上袋子中的粉死命地吸着，眼中的一切都慢了下来，空中白色的雪花慢慢地落在我的脸上。一切在我的瞳孔中变异，我觉得自己像逐风的战士，突然前面出现了庞然大物，我没有犹豫就冲了过去……

一阵巨大的冲击波向我袭来，安全气囊全部打开，我感觉不到车子的移动。车子依旧发出油门的轰鸣声，我的两腿被卡住了，方向盘抵住我的前胸，使我动弹不得。车子前方冒出的滚滚浓烟在寒冷的冬夜化为白色的气体向上升腾，我看到从前面大卡车上下来了不知发生什么事的司机，用奇怪的眼神，看着钻到他车子后屁股下的这辆已经面目全非的车和车上的我。这时，小杰他们也已经追上来了。

“哥，你怎么样？”小杰拉开变形扭曲的车门叫着我。

我看到一个出口，无数璀璨的焰火照亮发出刺眼的光，爸爸从那束光中飘然而至，一团薄雾笼罩在他周围，使我看不清他的脸，他蓦然看着我，我伸手却始终拉不住他，随即又消失在那烟雾中。一尊金光闪闪的菩萨对我笑而不语，那是莲花座上的观音，手持能够解救万民于干旱之中的甘露瓶，四射的光芒照得我睁不开眼，这万丈光芒突然变成让我无法逃遁的一道道灰色的墙，从四面八方向我积压过来，老猪女儿的脸出现在每一道墙体上——洁白。

我已无力再逃，漫天飘荡的雪花突然变成飞舞的蝴蝶，一个个刚刚破茧而出，那白色的茧深入地下，又拔地而起。一根洁白的茎上盛开出一朵朵洁白的花。那千万只蝴蝶在这些花上翩翩起舞。飞舞中的蝴蝶向两旁散开，中间出现惠子美丽的面容。半空中惠子在看着我，依然那么漂亮，穿着一袭白袍，一对白色的翅膀，像天使。她一脸肃穆地看着我，向我伸出手，欲言又止。

小杰死命地把我从车里拉了出来，我躺在白色的雪地里，脸上是黏稠热淌的血。雪一片片地落在我的身上，我笑了，四周乱成一团。

“快叫救护车。”四周的一切在我的眼中黯淡下来，所有的声音都由近至远，一个东西离开了我的躯体，飘入空中，在洁白的雪中注视着我，看着我的身体被白雪覆盖。我看着他，那多年一直和我苦苦挣扎的另一个我，灵魂终于离开了他所依附的罪恶肮脏的躯壳，看着我躺在地上，在微笑中痛苦抽搐的我，看着每一张在我身旁无助的脸。黏稠的液体随着我心脏的跳动一股一股地从我的嘴里涌出，我看见惠子笑了，我也笑了，像她一样无邪，我终于可以和她在一起了，一个干净的灵魂，一个完全让她接受的我。

我走了，用这种方式回到了惠子身边，我不再孤独……

后　续

在大多数人眼里，我是“道上”的人。二十年转瞬而过，当年的懵懂少年已历经生死，布满沧桑。失去的是如火的激情，留下的是一份淡定和无法释怀的记忆。

审视自己几十年来走过的路，更多的是后悔。为何人总是在穷途才知自己的愚蠢？后知后觉未必不是好事，但只怕老天不会再给你机会。人生死不足惜，怕就怕不知为何去死。如果可以明白地死，死又何惧！

我想用自己的经历，及在这条路上的真实感受及感悟去劝诫那些和我一样在这条路上浑浑噩噩生活的人，以及那些在人生的十字路口徘徊的年轻人。人生应选对方向，刹那间的辉煌转瞬即可熄灭。

愿更多渴望想成为“大哥”的年轻人，能够真的明白人生其实就两个字——“因果”。这条路更多的是悲伤和眼泪，伤害与被伤害。对各自的家庭、亲人、朋友来说都是灾难。

平淡才是真实的生活，如有一人能够真的从这本书中理解了上述的道理以及本人的良苦用心，也算我做了一件善事，结了一个善缘吧。

我知道我不是什么大师，这本书更谈不上是什么大作。我只是一个虔诚的、掏心掏肺的人，愿把自己的灵魂献上祭台，令更多的人不再迷途。

因才学疏浅，书稿历经五年，数易其稿。几年的心血终于得到了回报，从某种意义上这对我而言不只是一本书的出版，更多的是对自己前40年的一次认定和总结，也是对自己曾经美好希望的一次实现，同时也为后面“东飘西荡”的写作充了电。人不怕平凡，就怕没有理想和目标。只要有目标，专注于心中的理想，就一定会实现。

每个优秀与卓越皆由平凡而来，我知我的平凡，但绝不会自甘一生碌碌无为。人的一生怎样度过都不重要，重要的是最终你是否为这个社会奉献了什么。你是否将这爱的灯火继续传递下去，这种爱不是小爱，而是自我奉献的大爱。这才是关键的！所做的一切、所得的成绩都不应该属于自己而是全社会的，据为己有等于犯罪。

德国大哲学家康德说过，历史的第一要任务是“叙述，叙述，然后还是叙述”。时代的巨变，真可谓波谲云诡，瞬息万变，奇幻无比！西安无不感同身受。小说作为民间文化记忆，需要传媒“把关人”宽容的历史胸襟。没有好人，坏人就没有故事；没有伟人，平民就构不成历史。我感谢所有曾经无私帮助过我的朋友，今天我所得到的一切都是你们所赐予的。

在这里我要感谢那些让我在无数个哭泣的夜晚得到温暖的人。哪怕只是阴霾里的一个微笑，也足以感动一生。而那些曾经不经意间伤害过我的人们，使我在无助的时候变得更加坚强。你们也是我的朋友，只是用不同的方式在成就我这个曾经不知道感恩的人。我的世界因为你们而变得更加精彩。

最后感谢帮助《飞》顺利出版的人们。谢谢！

不足之处，敬请见谅！

史明礼

壬辰年于西安